Die russische Kunsthistorikerin Jelena Koschina erinnert sich an ihre Kindheit: Sie war acht Jahre alt, als sie 1941 mit ihrer Familie vor den deutschen Truppen aus Leningrad fliehen mußte und in einem Kosakendorf in der ukrainischen Steppe evakuiert wurde. Obwohl das kleine Mädchen den Tod der geliebten Großmutter, des größeren Bruders und der kleinen Schwester während dieser Monate erleben muß, erfährt sie die Zeit der Evakuierung doch nicht nur als Schrecken, sondern vor allem als ungeheuer intensive Lebensphase, in der sie, angeleitet von der klugen und menschlich imponierenden Mutter, die Schönheit der Natur sehen lernt, die Literatur als Mittel zum Überleben erkennen lernt und wieder und wieder die Maxime der Mutter ›Man kann immer etwas tun‹ bewahrheitet sieht. Jelena Koschinas Erinnerungen fügen sich zu einem zutiefst humanen Buch, das reich ist an Hoffnung und Gewißheiten und, vor allem in Gestalt der Mutter, Lebenshaltungen vorführt, die den Schrecken in dunkler Zeit bannen können. Das unverbrüchliche Festhalten an moralischen Grundvorstellungen, das Vorleben von Zivilcourage und die unbeirrbare Besinnung auf die Kraft der Phantasie und Imagination – dies sind die wirklichen Verbündeten im Kampf gegen ein trostloses Schicksal.

Jelena Koschina, die 1933 in Moskau geboren wurde und in Leningrad aufwuchs, war nach dem Studium der Kunstgeschichte von 1962 bis 1980 als Kuratorin in der Eremitage tätig. 1984 emigrierte sie mit ihrer Familie in die USA. Sie lebt heute in New York. Jelena Koshina hat mehrere kunstwissenschaftliche Bücher und Artikel, vornehmlich zur französischen Malerei des 17. und 18. Jahrhunderts, veröffentlicht.

Unsere Adresse im Internet: www.fischer-tb.de

Jelena Koschina

Durch die brennende Steppe

Eine Kriegserinnerung

Aus dem Russischen
von Annelore Nitschke

Fischer Taschenbuch Verlag

Die Frau in der Gesellschaft
Herausgegeben von Ingeborg Mues

Veröffentlicht im Fischer Taschenbuch Verlag GmbH,
Frankfurt am Main, Dezember 2001

Lizenzausgabe mit Genehmigung
des S. Fischer Verlags GmbH, Frankfurt am Main

Gesamtherstellung: Clausen & Bosse, Leck
Printed in Germany
ISBN 3-596-15187-2

Durch die brennende Steppe

Am 31. Juli 1942 besetzten die deutschen Truppen unser Kosakendorf. Es war der Vorabend meines Geburtstags: Ich wurde neun Jahre alt.

Den ganzen Tag irrten wir durch die Steppe: Wir flohen. Wir, das waren meine Mutter und ich. Nur wir beide waren noch am Leben, vor fünf Monaten aber, im Februar, hatte man uns nach dem sogenannten »Lebensweg« über das Eis des Ladogasees zu fünft in einen Güterwagen gepfercht, zusammen mit anderen evakuierten Leningradern. An jeder Station wurde es in jedem Waggon geräumiger: Man schaffte die Toten hinaus. An der Station Tscherepowez wurde der Leichnam meines großen Bruders Vadik hinausgetragen. Er war keine zehn Jahre alt geworden. Särge gab es nicht, die ausgezehrten kleinen Körper wurden einfach auf Tragbahren gelegt und dann alle zusammen in einem Massengrab bestattet. Mama deckte Vadik mit einer alten Wolldecke zu.

»Behalt die Decke«, sagte jemand halblaut. »Die Lebenden brauchen sie.«

»Aber wie soll er denn ...«, Mama sprach den Satz nicht zu Ende. Aber sie nahm die Decke nicht an sich. Als ob die ihren Ältesten noch wärmen könnte. Oder als ob es schon nichts Trennendes mehr zwischen ihm, dem Toten, und uns, den Halbtoten, gäbe.

»Habt ihr einen?«

Die alte Frau an der Tür deutete in die hintere Ecke.

»Da liegt er. Nehmt ihn mit!«

»Wie, Sie haben nicht mal ein Laken, um ihn zuzudekken?« fragte der Sanitäter mißbilligend, als er sich seinen Weg zum Leichnam des auf dem Bretterboden ausgestreckten alten Mannes bahnte.

»Das ist nicht meiner, lieber Freund. Seine Leute sind alle weggestorben, er ist der letzte. Ich würde ihm ja mein Laken geben, hab aber keine Kraft – da drin, im Sack ist eins. Wieso sollte ich's ihm nicht geben, bin ja selbst die letzte, morgen wird man mich holen. Sie werden mich holen, wenn wir hier noch bis zum Morgen stehen.«

Der Zug stand tatsächlich mal eine Stunde, mal einen ganzen Tag. Niemand wußte, wohin er fuhr und wie lange er wo stehen würde. Mal stand er inmitten öder Felder und kahler Wälder – ein Gleisdefekt –, mal auf einer Zwischenstrecke, die von Militärzügen oder Kohletransporten verstopft war. Dann kamen Frauen mit Flechtkörben her und boten Brot, Eier, gekochte Kartoffeln und Salzgurken an. Sie verkauften ungern, tauschten lieber gegen Kleidung. In ihrer Verzweiflung kaufte Mama alles, worum wir sie nur baten. Wir, das waren ich und mein dreijähriges Schwesterchen, Großmutter erbat nie etwas. Sie war schon ganz schwach und sprach sehr wenig.

Der Zug fuhr und fuhr, hilflos und sinnlos, ohne Reiseroute, ohne Fahrplan, trieb wie ein Span auf einer von Sandbänken aufgehaltenen Strömung. Hinter uns lag der offenbar für immer zugefrorene Ladogasee, vor uns die heiß umkämpfte Frontlinie, zu der die deutschen Divisionen unaufhaltsam vorrückten. Der Zug fuhr geradewegs auf sie zu, wir gerieten mehrmals in Luftangriffe – genau wie in Leningrad.

An der Station Kuschtschewka, etwa achtzig Kilometer von Rostow entfernt, war klar, daß es nicht weiterging. Alle Strecken waren unterbrochen, Gleise und Bahndämme von Bomben verwüstet, und die Front kam weit schneller auf uns zu, als wir uns vom Ladogasee entfernten.

Wir wurden in der Kate einer älteren, alleinstehenden Kosakin untergebracht. Der Leiterwagen brachte uns bis zur Hofpforte. Mama nahm Tanjetschka auf den Arm, Großmutter und ich dachten, daß wir selbst gehen könnten. Doch es zeigte sich, daß ich es nur auf ebener Erde konnte. Als ich an der Schwelle der Haustür war und hinübersteigen wollte, schaffte ich es nicht. Verwundert und fast beschämt betrachtete ich dieses schmale Querholz, über das ich meinen Fuß einfach nicht setzen konnte. Ich probierte es ein paarmal und wankte, ich mußte mich am Türpfosten festhalten. Drinnen in der Kate saßen mehrere ältere Kosakenfrauen in einer Reihe auf der Umlaufbank – alle gleich kerzengerade und steif mit harten, verschlossenen Gesichtern, die unter den weißen Kopftüchern seltsam dunkel wirkten. Sie schauten mich schweigend und gleichmütig an. Diese stumme Feindseligkeit verlieh mir Starrsinn, und ich versuchte zum drittenmal, die Schwelle zu übersteigen. Doch damit waren meine letzten Kräfte erschöpft, ich stürzte auf den kalten Lehmboden – immerhin auf die andere Seite. Fast tonlos und kläglich wie sonst nur alte Frauen brachte ich ein »Ach, du liebe Zeit« heraus (obwohl ich mich über meine Unbeholfenheit lustig machen wollte).

Mama trug mich zur Bank und legte mich darauf. Dort lag ich und stand nicht mehr auf. Bei der geringsten Bewegung bekam ich grausame Krämpfe. Mein Kopf hielt sich nicht mehr auf dem Hals, er konnte nur noch auf einem Kissen liegen. Manchmal trug mich Mama auf den Hof hinaus in die Sonne, doch meist blieb ich im Bett, im Dämmerschlaf oder ganz ohne Bewußtsein. Die Zeit und das Leben flossen irgendwo an mir vorbei. Manchmal öffnete ich die Augen und sah alles ganz klar, konnte jedoch weder hören noch verstehen, was um mich herum gesprochen wurde. Manchmal brachte ich die Augen nicht auf, hörte aber gut, wie unsere Quartiergeberin im Nebenzimmer auf Mama einredete: »Lexandrowna, ich sag' dir was:

Laß gleich drei Särge auf einmal machen. Dann hast du's leichter. Und es kommt dich auch billiger. Die lebt keine zwei Tage mehr. Soll ich also drei Särge bestellen?« – »Nein«, antwortete Mama. Ich hörte sie nie mehr wieder so leise und verzweifelt »nein« sagen.

Dann fingen die Bombenangriffe an. Ich konnte bereits wieder aufstehen. Die Bomben waren mir aus Leningrad so vertraut, daß ich nicht die geringste Angst verspürte und mit einem seltsamen Überlegenheitsgefühl den panischen Schrecken unserer Wirtin und ihrer Nachbarinnen beobachtete – dieser dunkelgesichtigen Frauen mit dem harten Blick unter dem weißen Kopftuch. Das Dorf und die Schienenwege wurden lange und hartnäckig bombardiert, wir wohnten unmittelbar daneben. Die riesigen Öltanks fingen Feuer, und schwere Schwaden fetten, schwarzen Rauchs verhüllten den ganzen Himmel über dem Dorf.

Wir mußten fliehen. Mein Vater war seit dem ersten Kriegstag an der Front, war Offizier und Kommunist. Doch auch sonst waren wir bedroht: Es hieß, die Deutschen haßten die Leningrader besonders und erschossen sie oft auf der Stelle. Mama packte einiges in den Rucksack – und wir gingen in die Steppe, ohne zu wissen, wohin.

Hier habe ich in meinem von Hunger und Krankheit erschöpften Gedächtnis immer noch Lücken. Wie auf einem zerrissenen Filmschnipsel: Manche Bilder sind scharf und deutlich, auf anderen erkenne ich nur zufällige Kleinigkeiten, und sonst ist alles falsch belichtet oder verwackelt. Obwohl seit unserer Ankunft schon gute drei Monate vergangen waren, war ich immer noch zu schwach, alles in mir war wie verzögert, ich hatte nicht genug Kraft, um mir auch nur irgend etwas im Zusammenhang einzuprägen.

Aber vielleicht konnte ich mir auch gar nichts klar einprägen. Auf diesem Bild der unaufhaltsamen Zertrümmerung und des Chaos gab es nichts Zusammenhängendes. Die zerfetzte Welt zerstob in tausend Splitter. Noch immer hingen Qualm und Brandgeruch in der Luft und machten die unermeßlich weite Steppe eng und stickig, als ob sie von einer schmutzigen, verbrannten Faust zusammengepreßt würde. Die Häuser brannten, das Korn auf den Feldern brannte, am höchsten hinauf loderten weiterhin die Öltanks. Beim ungeordneten Rückzug hatte man manches selbst angezündet, manches hatten die deutschen Bomben in Brand gesteckt. Alles war der Willkür des Schicksals überlassen worden. Die Kubankosaken waren jedoch Menschen eines zu ökonomischen Schlags, als daß sie ihr Hab und Gut völlig sinnlos hätten verkommen lassen. Ja, hatten sie denn nicht auch alles selbst erarbeitet oder selbst hergestellt?

Eine junge Frau begegnete uns, an deren Tragjoch zwei Eimer Honig baumelten – natürlich aus der Kolchosimkerei. Dann kam ein alter Mann mit einem riesigen Bündel auf dem Rücken, das jeden Augenblick seine Form änderte, immerzu schaukelte, zusammenfiel und hysterisch gackerte. An derselben Stelle wirbelte uns der Wind ein ganzes Daunen- und Federgestöber ins Gesicht, wir konnten es kaum noch rechtzeitig mit dem Taschentuch verhüllen – irgendwo hatte man auf der Hühnerfarm die Federsäcke aufgeschlitzt. Weiter begegneten uns Einspänner, manchmal auch ganze Fuhrwerke, die bis obenhin bepackt und sorgfältig abgedeckt waren. Ihre Besitzer warfen uns bang gespannte Blicke zu und hieben stärker auf die Pferde oder Ochsen ein.

Die Sonne brannte schrecklich, doch es schien uns, als käme die Hitze nicht von ihr, sondern von den Bränden und dem Qualm. Ich habe sogar eine Art Sonnenfinsternis in Erinnerung: Von Zeit zu Zeit wurde die Sonne von einem schwarzen Schleier umflort. Dann knallte aus dieser Schwärze plötzlich Motorengeheul, und ein Flugzeug (ein deutsches, die Zeichen auf den Flügeln waren gut zu erkennen) flog im Tiefflug über uns dahin. Maschinengewehrsalven knatterten, doch entweder wollte der Pilot nicht auf die Menschen auf der Straße schießen, oder er traf uns einfach nicht – wir blieben unversehrt.

Ich klagte nicht und blieb nicht stehen, aber meine Kräfte waren rasch erschöpft. Es fiel mir immer schwerer, die Füße von der Erde zu lösen, jeder Atemzug in der heißen Luft schnitt sich mit scharfem Schmerz in meine Kehle, gelangte aber nicht in die Tiefe, wo er so nötig gebraucht wurde. Ich hielt mich an Mamas Hand fest, konnte ihr jedoch nicht folgen. Da beugte sich Mama schweigend – wir wollten möglichst nicht sprechen, nicht Qualm und Staub schlucken – zu mir herunter, nahm mich auf den Arm und trug mich auf der Straße weiter. Eine unglaubliche, übermenschliche Freude ergriff mich – Erholung, Ruhe, Mamas Arme. Ich wußte, daß es nicht lange dauern würde, daß Mamas Kraft keine Viertelstunde reichen würde. Aber diese Viertelstunde war die reine Seligkeit. Ich schloß die Augen, ich hörte weder die Flugzeuge noch das Wiehern der Pferde, noch die Schreie. Vielleicht verlor ich aus Schwäche das Bewußtsein, doch auch das war Glück – wenigstens einen Augenblick nicht mehr wahrzunehmen, was rundum geschah, sich wenigstens einen Augenblick von der Straße unter den Füßen und vor den Augen zu befreien, von der Straße, die in den Schläfen hämmerte und die Kehle zupreßte.

Mama setzte mich auf dem Gras neben der Straße ab, um zu verschnaufen, sie ließ sich schwer und völlig erschöpft neben mich fallen. Ihr Haar über der Stirn war mit grauem Mehl bestäubt.

»Dort kommt ein Bombentrichter«, stieß sie hervor. »Wir müssen ihn durchs Feld umrunden. Kannst du das?«

»Ja«, sagte ich. »Geht schon. Ich kann's schon.«

Aber das war noch schwerer – über die abgeknickten langen Weizenhalme zu steigen, die sich um die Beine wickelten, kratzten und stachen und sie nicht losließen. Der Weizen war viel höher als ich. Meine Kräfte versiegten wieder. Und wieder nahm Mama mich auf den Arm.

Alles war wie auf einen Schlag zu Ende. Wahrscheinlich einfach deshalb, weil der Tag zu Ende war und die Dunkelheit hereinbrach. Wir hatten eine weite Strecke von der Bahnstation weg geschafft, bis über das Flüßchen Jeja hinüber. Ich weiß nicht mehr, ob es ein anderes Kosakendorf war oder einfach nur ein entfernter »Abschnitt« unseres Dorfes Kuschtschewka – Abschnitte nannte man hier die über die Steppe verstreuten Siedlungen von ein, zwei Dutzend Katen.

In keine einzige Kate ließ man uns ein. Weiterzugehen war sinnlos. In der Dunkelheit hätten wir den vormarschierenden Deutschen begegnen können: Es hieß, auf manchen Straßen seien sie schon weit vorgerückt, hier erwartete man sie von einer Stunde auf die andere. Hinter den Katen wuchsen Pappeln an der Straße. Wir setzten uns darunter ins Gras.

Es war schon hohe Dämmerung. Hier, weit von der Bahnstation entfernt, war die Luft frisch und sauber. Es roch nur nach Steppe und dem Abendessen, das vor der nächstgelegenen Kate auf dem Ofen gekocht wurde, der im Garten unter einem Strohdach stand. Dort riefen sich die Menschen etwas zu, als ob nichts wäre, und klapperten mit dem Geschirr. Ich erkannte den weichen, dumpfen Klang der breiten Tontöpfe und irdenen Schüsseln, den ich so liebte. Die Hausfrau schalt jemanden: »Du blödes Kind!« Ein Hund bellte träge und gutmütig – vielleicht verbellte er uns, vielleicht dienerte er sich auch nur vor dem Abendessen an.

Mama und ich saßen im Dunkeln unter den Pappeln. Auf dem Gras war es weich und warm. Ich war sehr müde, verspürte aber weder Hunger noch Angst. Da war nur das traurige, schon ganz gewohnte Bewußtsein unserer Unbehaustheit. Wir hatten auf dieser Welt kein eigenes Dach, keine eigene Tür, keinen eigenen Hund. Nicht einmal eine eigene Tonschüssel besaßen wir.

»Lenotschka«, sagte Mama zu mir.

Sie holte etwas aus ihrem Rucksack.

»Du hast doch nicht vergessen, daß du morgen Geburtstag hast?«

Erst jetzt sah ich, was sie mit dem Proviant in den Sack gepackt hatte. Auch im Dunkeln war es gut zu erkennen: ein nagelneues, weißes Kleid mit Blümchen.

»Das ziehst du morgen an. Das ist dein Geschenk. Siehst du, du wirst trotzdem gefeiert.«

Ich legte die Hand darauf, und bei dieser seltsamen, vergessenen Empfindung, wie sich glatter, neuer Stoff anfühlte, der nur für mich da war, und bei dem Wort »Geschenk« wurde plötzlich die Erinnerung an ein anderes Leben wach. »Feiern«, »Geburtstag«, »Geschenk« … Da gab es auch noch den Tisch – in unserem Zimmer, in unserem eigenen, und wir saßen zu so vielen daran, und auf dem Tisch standen Piroggen, die Mama und Großmutter so herrlich backen konnten. Jetzt lagen drei Gräber hinter uns – ob Vater noch lebte, wußten wir lange nicht –, und vor uns breitete sich die dunkle Steppe aus, und irgendwo weit draußen in dieser Dunkelheit marschierten auf derselben Straße, neben der wir saßen, mit schwerem Schritt deutsche Kolonnen.

Wir hielten uns umfaßt und schwiegen. Aus irgendeinem Grund fiel mir aus Vadiks Schulatlas, der in Leningrad zurückgeblieben war, die Abbildung »Mittelalterliche Vorstellungen von der Welt« ein: Ein Mensch am Ende der Welt; sie ist mit einer Kristallkuppel überdeckt, an der Mond und Sterne befestigt sind. Er kniet am Rand nieder, streckt den Kopf zur Kuppel hinaus und schaut ins Leere, wo nichts mehr ist, weder Sterne noch Wolken, nur Wirbel. Wir waren ebenfalls am Rand der Welt – ihre Grenze war die Straße, neben der wir saßen. Jenseits von ihr begann die stockfinstere, bedrohliche Leere. Wir warfen keinen Blick in sie hinein, sie selbst hatte die Kuppel, die unsere Welt bedeckte, durchstoßen und kam langsam und lautlos auf uns zu.

Wir aßen etwas. Mama breitete etwas Weiches auf dem Gras aus, legte mich darauf und sich daneben. Jenseits der Straße zirpten die Zikaden. Ich fand eine Stellung, in der ich auf dem Rücken einschlafen konnte und mir das Gras nicht den Blick zum Himmel hinauf versperrte. Die Milchstraße verlief genau über der Straße. Ich liebte sie sehr, wanderte sie gerne mit den Augen ab, schritt von einem Stern zum nächsten, kehrte dann wieder um und versuchte dabei zu erkennen, was mir unterwegs begegnete. Der Kleine Bär? Das Sternbild der Jagdhunde?

Irgend etwas geschah neben der Milchstraße. Eine leuchtende Linie durchschnitt den Himmel, aber nicht von oben nach unten wie eine Sternschnuppe, sondern umgekehrt. Dann zeichnete dieser Leuchtstift Bögen nach den Seiten, und am Ende eines jeden flammte eine kalte Kugel auf. Es war ein »Christbaum« – so hießen die Raketen, die lange Zeit in Trauben am Himmel hingen und die Erde unter sich beleuchteten. Ich hatte schon früher »Christbäume« gesehen, aber jetzt flammten drei oder vier gleichzeitig auf, und irgendwo weit weg hörte man ein monotones Dröhnen. Auf der Erde liegend spürte ich, wie sie schwach erbebte.

»Mama, sind das Panzer?«

»Schlaf und denk an nichts«, sagte Mama. »Morgen hast du Geburtstag.«

»Christbäume« hingen über der Steppe. Ihr totes Licht hatte etwas Feindseliges für die Milchstraße, aber es blieb ganz ruhig. Ich versuchte, nur das Licht zu betrachten. Es roch stark nach Wermutkraut, und die Zikaden im Gras zirpten immer lauter. Dann fiel plötzlich der Chor der Frösche ein – wahrscheinlich im Schilf am Fluß. Dadurch klang das ferne, mechanische Dröhnen irgendwie weniger schrecklich, sie schoben es beiseite. Endlich kam der Schlaf zu mir, und er war so tief, als läge ich in meinem Leningrader Bett, in unserem Zimmer am Waldprospekt.

Am nächsten Tag kehrten wir zurück. Die Deutschen waren bereits überall, also war auch überall Gefahr. Jeder konnte hier zwar mit dem Finger auf uns deuten, wir aber zu keiner Tür eintreten, sondern nur durch die Steppe streifen und dadurch noch rascher die Aufmerksamkeit auf uns lenken.

In den Häusern unseres Abschnitts wurden die Keller durchsucht. Warum, wußte man nicht. Im Kosakendorf hatte man die Deutschen mit Brot und Salz empfangen. Der Grund dafür war natürlich der allgemeine Haß auf das Kolchossystem. Die deutschen Flugblätter, welche die Flugzeuge zuvor abgeworfen hatten, versprachen den Kosaken, daß sie das Land wieder wie früher, vor der Revolution, würden nützen können. Das hatte großen Eindruck gemacht. Alle Einheimischen erörterten laut und unverhohlen diese Versprechungen, ohne sich vor den für ihren Patriotismus bekannten Leningradern zu genieren. Als Mama die Zeitung gelesen hatte und zu jemandem sagte: »Die schreiben, daß die Unsern acht Flugzeuge abgeschossen haben«, trat Schweigen ein, und dann erschütterte uns die Frage: »Lexandrowna, wen meinst du mit ›Unsre‹ – die Sowjets oder die Deutschen?« Erst viele Jahre später ging mir der Sinn dieser in der Kindheit erhaltenen Lektion auf, die mein ganzes Leben lang einen bitteren Beigeschmack behielt. Wir alle, die wir Seite an Seite lebten, waren durch eine Unmenge von Trennmauern ohne Durchgang geschieden. Das Schicksal von uns Leningradern und das der Kubankosakenfrauen, die uns beherbergten, war gleichermaßen schwer, doch nur gleich an Schwere, in allem anderen aber verschieden. Dieser Unterschied errichtete zwischen uns eine Mauer der Fremdheit und des Unverständnisses, ja sogar der Feindschaft, obwohl uns doch eigentlich gegenseitiges Mitgefühl hätte verbinden müssen. Die Gedanken der einen wie der anderen bewegten sich in Bahnen, die unwiederbringlich diametral auseinandergingen. Mama und die Leningraderinnen aus unserem Transport: »Dort, an der Newa, sind wir bei lebendigem Leib erfroren und Hungers gestorben, doch keiner kam auf die Idee, zu kapitulieren! Haben wir etwa nicht gesehen, wieviel Ungerechtes und Grausames in unserem Land geschehen ist? Aber ist jetzt die Zeit, um die Rechnung zu präsentieren, wenn das ganze Land in Flammen, Blut und Trümmern steht? Wer kann denn jetzt an sein zerstörtes Leben denken, an sein weggenommenes Feld?«

Die Kosakenfrauen aus Kuschtschewka: »Was setzen die sich mit aller Kraft für ihre Bolschewiken ein? Haben die noch zu wenig Schlimmes mit ihnen erlebt? Die ganze Stadt haben die Bolschewiken hungern lassen, und wer überlebt hat, den haben sie zwei Monate lang wie Vieh im Güterwagen herumgekarrt – sterbt nur auf der Fahrt! Und ohne ein Stück Brot hier abgesetzt – schöne Herren! Na, gehorcht denen nur, das ist eure Sache, aber wir sind gegen sie, wir erinnern uns noch an unsere Kosakenfreiheit!«

Natürlich hatte meine Mutter in Leningrad nichts von dem furchtbaren Hunger in der Ukraine und im Kubangebiet gehört und geahnt. Woher hätte sie davon wissen sollen? Wir hatten in diesen Gegenden weder Verwandte noch Bekannte – und auch wenn wir welche gehabt hätten und die keine Angst gehabt hätten, uns die Wahrheit zu schreiben, dann hätten wir ihre Briefe nie zu Gesicht bekommen. In der Presse und im Rundfunk wurde nur von den Höchstleistungen der wackeren Getreidebauern und vom glücklichen Überfluß des Kolchoslebens gesprochen – »der jahrhundertealte Traum des Volkes hat sich erfüllt …«

Und woher hätten wir das Allerwichtigste wissen sollen?

Mama erfuhr es mit Sicherheit später, als sie sich mit den Kosakenfrauen angefreundet hatte. Doch mir sagte sie kein Wort darüber – damals schirmten die Erwachsenen die Kinder mit aller Macht vor dieser Wahrheit ab. Ich erfuhr es erst nach einem ganzen Leben, erst, als ich nach New York emigriert war. Erst als es in unserem Land keinen Platz mehr für uns gab und wir uns auf der anderen Erdhalbkugel wiederfanden, auf einem anderen Kontinent – erst da erfuhren wir diese bittere, verspätete Wahrheit über die Menschen, neben denen wir gelebt hatten, und über die Erde, auf der wir so viele Jahre gegangen waren.

Es war an einem Abend: Ich las in alten Heften von Roman Guls »Neuer Zeitschrift«. Einen Artikel über General Wlassow überflog ich flüchtig, als mir plötzlich das Wort »Kuschtschewka« einen Schlag versetzte. Der Name des Steppendorfs der Kubankosaken in New York? Wie kam er hierher?

Ich wendete das Blatt um und las aufmerksam die vorige Seite. Irgend jemand, der Wlassow gut gekannt hatte, gab dessen Bericht wieder, er sei vor dem Krieg als Kommandant der Bahnstation Kuschtschewka eingesetzt worden. Dies habe bei ihm zu einem jähen Bewußtseinswandel geführt. Weil durch Kuschtschewka damals von Süden nach Norden die Transporte mit den verhafteten Familien der zwangsenteigneten Bauern in die Verbannung gefahren seien. Er sei Zeuge furchtbarer Szenen gewesen, die er sein Leben lang nicht habe vergessen können, nicht einmal im Krieg.

Wie kommt es, daß gleichsam ein unsichtbarer Finger auf einen unscheinbaren Ort inmitten der Wälder oder der Steppe zeigt und dieser plötzlich zur Kreuzung hoffnungsloser Wege wird, auf denen eine Welle unermeßlichen menschlichen Leids entlangflutet? Tausende und Abertausende von Menschen – wie halten es die hölzernen Güterwagen aus, wie ertragen es die Schienen? Zuerst die Transporte mit den todgeweihten Frauen, Greisen und Kindern, die von ihrem Land vertrieben worden sind und keinen Ernährer mehr haben – man hat die Männer erschossen oder zu Tode gequält. Dann, einige Jahre später, die Gegenwelle von Norden nach Süden auf denselben Schienen, nun mit den ebenso todgeweihten und langsam dahinsterbenden Leningradern, die wie ich nicht einmal mehr in der Lage sind, die Schwelle einer Kate zu übersteigen.

Als ich über diese Schwelle stürzte, rührte sich keine der Kosakenfrauen, um mir zu helfen. In diesem Augenblick sahen sie nicht mich, sondern durch mich hindurch ebensolche ausgemergelten, entkräfteten Kinder aus ebensolchen Transportzügen, nur waren es die Transporte der zwangskollektivierten Bauern. Sie sahen ihre Gesichter in den offenen Türen der Güterwagen oder hörten nur ihr Weinen – sie durften nicht einmal ihre Häuser verlassen, nicht einmal ein Stück Brot übergeben. Die Menschen dort drinnen kamen aus den Nachbardörfern, waren vielleicht sogar Verwandte, einst hatte man sich an Festtagen oder zu Hochzeiten besucht. Jetzt brachte man sie in den Tod, in den Norden.

In denselben Norden, aus dem die Güterzüge – vielleicht dieselben? – uns hierher gebracht hatten. Und da wir von dort kamen, da wir in diesem Krieg für diesen Norden waren, hatten wir in ihren Augen teil an dem, was man mit jenen Kindern in den Transporten der entkulakisierten Bauern gemacht hatte.

Woher sollten wir das wissen?

Dieses Gefühl, daß eine Mauer die Menschen trennte, war eine der bittersten und schmerzhaftesten Leidenserfahrungen meiner Kindheit. Fast bitterer als alles, was wir bis dahin durchgemacht hatten. Der Tod regnete nicht in Form von Artilleriegeschossen vom Himmel herab oder begrub uns nicht unter einstürzenden Hausmauern, während die Bomber über der Stadt dröhnten. Die Kälte schmerzte nicht peinigend in den erstarrenden Händen und Füßen, die alles Gefühl verloren, der Hunger folterte uns nicht durch die tote Leere im eigenen Körper, durch die rasende Konzentration auf das eine und einzige: Wann werde ich noch ein Stückchen Brotrinde bekommen? Wann einen Becher heißes Wasser? Irgend etwas, nur um wenigstens für kurze Zeit diese stechende Leere loszuwerden! Nein, alles war ruhig. Um uns herum herrschte normales Leben, die Menschen gingen umher, taten irgend etwas, sprachen miteinander und sogar mit uns. Und doch gab es keine Menschen. Für uns nicht. Da war eine Mauer.

Vielleicht war es das größte, königlichste Geschenk des Schicksals an mich in meinem Leben, daß es mich schon damals wachrüttelte und zwang, nicht die Höhe der

Mauer zu sehen, sondern die Risse darin. Hier war ein Riß, und da – schon eine richtige Bresche!

Der große, breitschultrige Deutsche, der unsere Kate betreten hatte, musterte Mama und mich, gab einen scharfen Befehl und zeigte mit geübter Handbewegung auf den Koffer – öffnen und alles auspacken. Er durchwühlte rasch unsere Habseligkeiten und schaute dabei kaum etwas an. Plötzlich erstarrte er. Er sagte nichts, schrie nicht, sondern stieß etwas brodelnd aus seiner Kehle. Und er nahm das Ding nicht vom Kofferboden auf, sondern riß es jäh an sich.

Er richtete sich hoch auf und trat dicht an uns heran. Er hatte das »Ding« in der Hand und stieß es mir ins Gesicht und Mama gegen die Brust. Es war eine alte Feldbluse meines Vaters.

Wie sie hineingekommen war, weiß ich nicht. Wahrscheinlich hatten sie Mama oder meine Großmutter in der Hoffnung zu den Kleidern gepackt, etwas dagegen eintauschen zu können. Sogar in zerknautschtem Zustand erkannte ich sie sofort. Er hieb weiter damit auf uns ein und zeigte mit der anderen Faust schreiend auf die Kommandeursrauten (oder Streifen) am Kragen.

Seine Schreie waren Fragen. Er wiederholte ein und dasselbe kurze Wort, wahrscheinlich: »Wer?« oder »Von wem?« Dann: »Offizier?«

Mama hatte eine übernatürliche Eigenschaft: Sie war unfähig zu lügen. Sie konnte einfach keine Lüge aussprechen, so wie sie nichts in einer ihr fremden Sprache sagen konnte.

»Ja«, sagte sie. »Offizier. Mein Mann.«

Ich weiß nicht, ob der Deutsche sie verstand. Wahrscheinlich ja. Er schaute sie eine Minute lang an. Mama stand mit leblosem, erstarrtem Gesicht da. Sie hatte von Natur aus einen dunklen Teint, sogar noch nach dem Winter der Blockade. Jetzt war ihr Gesicht ganz weiß, nichts war mehr darin lebendig, sogar die riesigen schwarzen Augen hingen unverwandt an dem Deutschen.

Das konnte sicher nicht lange anhalten – daß sie so dastanden und einander anschauten. Doch solch eine Minute genügt, um zu ergrauen.

Er sagte etwas Unverständliches, schleuderte die Feldbluse auf den Boden und ging zum Koffer zurück. Sofort griff er wieder nach etwas und richtete sich auf. Er hielt das Foto meines Vaters in der Hand, das dieser von der Front geschickt hatte – es zeigte ihn in voller Kampfuniform mit Tellermütze und dem Rotstern-Orden (oder waren es schon zwei?). Der Deutsche hielt es Mama hin und schrie wieder:

»Kommunist?«

Das verstanden wir.

»Ja«, sagte Mama. »Kommunist. Offizier. Mein Mann.«

Sie brachte das nur mühsam, doch sehr deutlich heraus.

Er wurde ruhiger und schrie nichts mehr. Seine Bewegungen wurden sachlich und gemessen. Er nahm das Foto in die linke Hand und langte mit der rechten nach der Revolvertasche auf der Hüfte, öffnete sie und holte den Revolver heraus – dabei ließ er uns nicht aus den Augen. Dann deutete er wiederum unerwartet ruhig mit dem Revolver auf mich, fuhr mir damit beinahe übers Gesicht und fragte etwas.

»Ja«, sagte Mama. »Meine Tochter. Seine Tochter.«

Um Unklarheit sachlich zu vermeiden, deutete er mit dem Revolver auf das Foto, dann wieder auf mich. Mama nickte bestätigend.

Er nickte ebenfalls, fast zufrieden. Trat einen Schritt zurück und zielte auf mich. Mama trat hinter mich und legte ihre Arme um meine Schultern.

Ich verspürte keinerlei Angst. Der Tod war in unserem Leben etwas Alltägliches und Gewohntes, mein Bewußtsein, obgleich völlig klar, war so von Krankheit und Hunger geschwächt, daß ich keine Kraft für Angst hatte. Ich stand schweigend und reglos da. Mama ebenfalls.

Aus irgendeinem Grund schoß er nicht. Ließ die Hand sinken. Schien irgend etwas in Gedanken zu überschlagen. Steckte den Revolver zurück in die Tasche, knöpfte sie aber nicht zu. Hob die Feldbluse vom Boden auf und legte sie zusammen mit dem Foto säuberlich auf das Paradebett unserer Hauswirtin, neben die Kissenpyramide am Kopfende. Dann wandte er sich wieder dem Koffer zu.

Er warf einen Lumpen nach dem anderen hinaus. Dann erstarrte er aufs neue. Vor dem Koffer hockend, betrachtete er etwas aufmerksam auf dessen Boden. Dann stand er auf, wieder ein Foto in der Hand, und seine Augen wanderten zwischen der Aufnahme und uns hin und her. In ihm vollzog sich wieder eine Änderung: Seine Schwerfälligkeit hatte nun etwas Verlegenes, als versuche er mit großer Anstrengung etwas zu begreifen.

Endlich reichte er Mama das Foto mit einer Frage – ohne die vorige Gereiztheit, nur ungeduldig und verdrossen, daß er nicht verstand.

»Mein Vater«, sagte Mama.

Es war eine uralte, natürlich noch vorrevolutionäre Fotografie meines Großvaters. Er trug den Ornat des russisch-orthodoxen Priesters, langes Haar und das Brustkreuz.

Der Deutsche ging rasch in die Knie und holte noch etwas aus dem Koffer. Es war dasselbe silberne Brustkreuz, mit dem mein Großvater aufgenommen war. Durch welches Wunder war es noch nicht gegen Mehl oder ein Stück Butter eingetauscht worden? Das Kruzifix richtete sich in der Hand des Deutschen auf und schimmerte vor uns in schwachem Glanz.

Er fragte noch etwas, halb bejahend, fragte weniger uns als vielmehr sich selbst, hielt dabei das Kreuz und die Fotografie in den Händen und verglich, ob es dasselbe war.

Es war das Jahr zweiundvierzig – erst ein Jahr nach Kriegsbeginn. Der Deutsche war ein einfacher Bauer, vielleicht auch nur ein Knecht oder Arbeiter nach seiner linkischen Einfältigkeit zu schließen, die in ihrer Grobheit eher an einen Landmann als an einen hartgesottenen Soldaten denken ließ. Er war noch nicht völlig verhärtet und aus seiner Bauernhaut in die des Soldaten oder gar des SS-Manns geschlüpft. Im Jahr dreiundvierzig hätte er nicht mehr so angestrengt über das Kreuz und die Fotografie nachgedacht. Doch jetzt konnte er noch zögern. Als ich ein paar Jahre später »Krieg und Frieden« las, die Szene, wo der gefangene Pierre zu Marschall Davout gebracht wird; durch einen kurzen Blickwechsel verwandelt sich die Beziehung zwischen dem Gefangenen und dem Heerführer einfach in eine zwischen zwei Menschen, da dachte ich wieder an unseren Deutschen.

»Das ist gut«, sagte er endlich und zeigte mit jeder Hand, mit dem Kreuz und der Fotografie, auf die andere. Und übersetzte mühsam: »Koroscho.«

Dann ging er drei Schritte zum Bett, auf dem die Feldbluse und das Foto meines Vaters lagen.

»Das ist schlecht«, sagte er, und diesmal schwang der frühere Grimm in seinem Ton mit. »Plocho!«

Doch wie um einen Schlußpunkt zu setzen, legte er auch das Kreuz und das Foto meines Großvaters aufs Bett und sagte noch einmal: »Koroscho.«

Er blieb noch einen Augenblick betrachtend vor dem

Bett stehen, schwieg eine Weile und schüttelte dann den Kopf, als wäre er sich seiner Verwirrung bewußt geworden. Dann winkte er ab, ohne sich richtig zu uns umzudrehen, machte eine schroffe Handbewegung in Richtung Koffer – weg damit – und ging rasch aus der Kate.

Mama und ich standen noch lange reglos da. Es war still und leer. Auf dem Bett in der Stubenecke lagen zwei Gegenstände und zwei Fotografien. Wir schwiegen.

Dann setzte sich Mama plötzlich, immer noch ohne ein Wort zu sagen, auf den Lehmboden und bedeckte das Gesicht mit den Händen. Jetzt schlang ich meine Arme um ihre Schultern. Ich erschrak furchtbar. Der Tod machte mir nichts aus, was war schon Besonderes daran? Aber ich hatte noch nie erlebt, daß Mama so alle Kraft verlor und das Gesicht unter den Händen verbarg, die sie mit aller Macht auf die Augen preßte.

Meinen Großvater habe ich nie gesehen. Er starb im Jahr meiner Geburt, in Cholm, wo er viele Jahre gelebt hatte und Mama geboren war. Diesen Ort verbindet man mit Puschkin. Mamas Patenonkel lebte in Opotschka, und als sie mir das erste Mal davon erzählte, erinnerte ich mich sofort – wir trieben zu Hause einen Puschkinkult, und seit früher Kindheit kannte ich ganze Seiten aus seinen Werken auswendig – an die Zeile: »und die Reise nach Opotschka, und abends das Klavier«. Eine stille, friedliche Gegend in Mittelrußland. Ich habe Fotografien von ihr gesehen. Felder, lichte Laubwälder, Dörfer und kleine Städtchen, versteckt hinter zugewachsenen, alten Gärten, über denen weiße Glockentürme aufragen und die zarten Kreuze der im Grün verborgenen Kirchen in der Sonne blinken.

Als die Revolution bis Cholm vordrang, blieb vom früheren Leben im Städtchen nichts mehr übrig. Auch die

Lebensweise meines Großvaters und seiner Familie wurde völlig umgekrempelt.

Was dachte er in jenen Jahren, was mußte er durchmachen? Ich brauche nicht zu raten: Menschen haben es mir berichtet, die mit eigenen Augen Männer wie ihn gesehen haben, in der eigenen Umgebung. Nadeschda Mandelstam:

»Irgendwo in der Bogoslowskigasse, nicht weit von unserem Haus entfernt, stand ein Kirchlein. Ich erinnere mich, wie wir dort einen Volksauflauf bemerkten, stehenblieben und erfuhren, daß eine ›Beschlagnahme‹ durchgeführt wurde. Sie fand ganz offen statt – ich weiß nicht, ob es überall so offen gemacht wurde. Wir gingen in die Kirche, niemand hielt uns zurück. Der betagte, völlig aufgelöste Priester zitterte am ganzen Leib, und über sein Gesicht rollten dicke Tränen, als die Meßgewänder von den Bügeln gerissen wurden und die Ikonen auf den Fußboden krachten. Die Männer, die die Beschlagnahme durchführten, wetterten gegen die Religion, während die alten Frauen weinten und sich die Menge johlend über das unerhörte Spektakel amüsierte …

Ich weiß nicht, ob der Priester am Leben blieb, über dessen Gesicht die Tränen rollten. Er sah so aus, als ob ihn im nächsten Augenblick der Schlag treffen würde.«

Mein Großvater blieb am Leben – das bitter und schwer für ihn wurde. Er besaß keinerlei Existenzmittel mehr. Das Geld, das er sein Leben lang gespart hatte, um sich und seiner Familie den Traum von einem kleinen Haus zu erfüllen, lag auf der Bank, die die Revolution nicht überlebt hatte, wie alle Banken. Die älteste Tochter, die noch das Gymnasium hatte abschließen können, arbeitete als Lehrerin – eine Stelle für die Tochter eines Geistlichen zu finden, war ein reines Wunder. Meine Mutter, die damals noch zur Schule ging, wurde ausgeschlossen. Allerdings durfte sie aus besonderer Güte, da sie eine glänzende Schülerin war, alle Prüfungen am Gymnasium extern ablegen und das Reifezeugnis erwerben. Den Menschen, die ihr das erlaubten, wie auch denjenigen, die ihre Schwester einstellten, wurde außergewöhnlicher Mut abverlangt. Mama gab sofort Nachhilfeunterricht für schwache Schüler, die oft älter als sie waren. Der jüngste Sohn war noch ganz klein. Das Leben war schlimmer als ein Hungerdasein.

Es war die Zeit, als die neue Staatsmacht einen katastrophalen Mangel an Menschen hatte, die in der Volksbildung arbeiten konnten. Mein Großvater war seinerzeit nicht nur Priester gewesen, sondern auch Inspektor der Gemeindeschulen in seinem Landkreis. Als gründlicher, charakterfester Mann, der in allem, was er tat, gewissenhaft vorging, genoß er beträchtliche Autorität. Und was für die Staatsmacht noch wichtiger war, er überblickte die ganze Situation im Schulwesen besser als jeder andere, kannte alle Schulen und wußte, wie es dort zuging und was sie brauchten.

Damals leuchtete vor ihm und seiner hungernden Familie nicht nur die Möglichkeit eines Auswegs, sondern sogar eines beneidenswert abgesicherten Lebens auf. Er bekam einen vorzüglichen Posten in der Abteilung für Volksbildung angeboten – im Grunde die ehemalige Inspektion, doch mit weit mehr Rechten und Privilegien. Dies bedeutete nicht einfach nur Gehalt und Sattwerden, es bedeutete, daß sowohl er als auch seine Familie auf einen Schlag aus der Kategorie von Menschen herausfallen würden, denen offiziell nach der Verfassung die bürgerlichen Rechte abgesprochen worden waren, und sich in den Strahlen der neuen Macht würden sonnen dürfen.

Es gab nur eine einzige Bedingung. Vater Alexander

Lutschanski mußte selbstverständlich seinen geistlichen Rang ablegen. Ein Priester hatte im Staatsdienst nichts zu suchen.

Mein Großvater willigte nicht ein.

Ich weiß, daß sie damals in einem Haus an der Straße wohnten, die zum Friedhof führte. Aus den Fenstern schaute mein Großvater auf die Menschen hinunter, die von Begleitsoldaten zur Erschießung geführt oder zu mehreren auf Kastenwagen gebracht wurden. Vor seinen Augen, unter seinen Fenstern, gingen die Menschen ihre letzten Meter, zählten die letzten Minuten ihres Lebens.

Mein Großvater legte den Priesterrang nicht ab.

Er wußte sehr wohl, daß es nicht nur die Angst vor Gefängnis oder Tod auszuhalten galt. Viele Aussprüche und Szenen aus jenen Jahren, die mir meine Mutter und meine Tante erzählt haben, lassen keinen Zweifel daran, daß er sehr schnell und genau das Wesen der neuen Staatsmacht durchschaut und erkannt hatte, was sie mitbrachte. Er wußte, daß sein Leben, wenn er es behalten sollte, ohne Hoffnung und Lichtblick wäre.

Die entfesselte Agitation gegen die Priester, Religion und Kirche, die ganz Rußland mit einer Welle von Erschießungen, Verhöhnungen und unflätiger Schelte in der Presse wie auch auf Kundgebungen überrollte – Kirchen wurden in Brand gesteckt und gesprengt, Ikonen, Handschriften und Bücher wurden vernichtet –, diese Agitation machte ihm klar: Selbst wenn er am Leben bliebe und nicht einmal hinter Gittern säße, wäre er, der seinen Rang nicht abgelegt hatte, zu Einsamkeit verurteilt. Früher oder später würden sich alle von ihm zurückziehen.

Zwischen ihm und den Menschen, die ihn seit Jahrzehnten kannten, verfestigte sich immer aufdringlicher und selbstsicherer sein falsches Bild, sein verzerrter Schatten: Er galt als Betrüger, der sich sein Leben lang auf

Kosten anderer bereichert hatte, als Parasit, der nie etwas getan hatte, als Schwätzer und Heuchler. Längst tot, schaute er dem deutschen Soldaten von seiner Fotografie nur einen kurzen Moment in die Augen – und der glaubte ihm. Die Menschen, die ihn sein Leben lang kannten, glaubten nicht ihm, sondern das, was ihnen eingetrichtert wurde. So wie er wirklich war, lebte er nur tief in seinem eigenen Inneren und noch für zwei oder drei andere Menschen. Für die übrigen war er gestorben, und nur sein häßlicher Schatten lief noch spottend und Grimassen schneidend weiter auf Erden herum. Dieser trug seinen Namen, eignete sich aber nicht usurpatorisch sein Leben an, wie das meist beim Schatten im Märchen der Fall ist, sondern dichtete ihm umgekehrt die eigenen Fehler und die eigene Verkrüppelung an.

Mein Großvater wußte das von Anfang an. Von seinen Freunden lebten einige nicht mehr, die anderen würden sich ans Leben klammern, verstohlen um Nachsicht bitten und sich zerstreuen. Das Schmerzlichste, weil im Herzen verankert, wäre, daß er keine Familie mehr hätte. Die Familie würde nicht standhalten können. Seine Frau würde es aushalten, und nur sie. Die Kinder aber: Die Älteste war im Revolutionsjahr elf, Galja neun und der Sohn Wolodja noch fast ein Säugling. Sie würden im neuen Leben aufwachsen, mit der neuen Staatsmacht. Keine Kinderseele kann das aushalten. In seiner Natürlichkeit und Treuherzigkeit kann kein Kind glauben, daß die ganze Welt um es herum unrecht hat, daß alle netten, guten Menschen, die es liebevoll anlächeln, dem Vater aber aus dem Weg gehen, unrecht haben, daß die Lehrer, Zeitungen und Bücher unrecht haben – und nur der Vater recht hat. Irgend etwas hatte er ihnen wohl einpflanzen können, und er durfte hoffen, daß sich wenigstens die Töchter, vielleicht auch alle drei, niemals von ihm lossagen würden (so geschah es auch). Doch das wäre auch alles. An seine Schuldlosigkeit glauben, im Gegensatz zur ganzen Welt, das würden sie nicht können. Sie wären auf deren Seite und nicht auf seiner.

Als meine Mutter mit ihrem Mann nach Cholm kam, um ihn ihren Eltern vorzustellen, hielt mein Vater, ein junger Parteigenosse, der die Arbeiterförderungsschule besuchte, nach den üblichen Vorstellungsformeln alle Anstandsregeln für beachtet und sprach kein Wort mehr mit seinem Schwiegervater. Es gab nichts, worüber er mit dem klassenfeindlichen Greis hätte reden sollen, der sein Leben lang jenes Volk mit dem Opium der Religion vergiftet hatte, aus dem er, sein Schwiegersohn, stammte. Es war sicherlich keine bewußt getroffene Entscheidung (dann hätte er, ein geradliniger Mann, sich überhaupt geweigert, nach Cholm zu fahren), sondern ergab sich eben so, aus unwillkürlicher Antipathie und unabänderlicher innerer Unverträglichkeit, die aus den ersten Worten oder vielleicht auch nur Blicken erwachsen war. Mama hat mir nie etwas davon erzählt, nicht einmal nach ihrer Scheidung von meinem Vater (ich erfuhr es von Tante Talja). Da ich sie kenne, kann ich mir denken, welche Scham ihres Mannes wegen und welches eigene Schuldgefühl hinter diesem lebenslangen Schweigen stehen mußten und welche nie beigelegte Erschütterung dieser Vorfall in ihrer Seele zurückgelassen hatte.

Doch das Verhalten meines Vaters war für jene Jahre ganz natürlich. Man nannte das damals »über Bord werfen«, »auf die Müllhalde der Geschichte befördern« und so weiter. Als ein in seinem Glauben felsenfest verankerter Mensch übernahm mein Vater voller Inbrunst sowohl die pathetischen Parolen als auch die geläufigen praktischen Methoden ihrer Umsetzung ins Leben, als da waren: nicht mehr mit einem auszurottenden Greis reden, die Beziehung zu einem entlassenen Mitarbeiter abbrechen, sich von einem Verwandten abwenden, der sich auf einer Versammlung eine politisch unreife Bemerkung erlaubt hatte. Damit reinigte und bestätigte sich die neue Welt mit ihrer unbestechlichen Prokrustesmoral selbst.

Jahrzehnte waren vergangen. Mama lebte schon nicht mehr. Gut, daß sie unsere letzten hoffnungslosen Jahre in Leningrad nicht mehr erleben mußte. Ich arbeitete noch in der Eremitage, doch es war klar, daß ich meine Arbeit nur um den Preis würde behalten können, der einst meinem Großvater abverlangt worden war. Mit dem Unterschied, daß ich mich nicht von der Religion lossagen sollte, sondern einfach von meiner Redlichkeit. Tante Talja besuchte uns immer seltener, wie alle Bekannten insgesamt, doch sie kam noch. Das Gespräch drehte sich um meine Probleme in der Eremitage.

»Lena mußte mit alldem rechnen«, erklärte meine Tante. »Sie arbeitet an der ideologischen Front.«

»Tante Talja, geht's auch ohne absurdes Theater?« fragte ich müde. »Was zum Teufel soll da ideologische Front sein – das Bildnis des Herzogs von Alençon, Poussins ›Landschaft mit Polyphem‹, van der Meylens Schlachtengemälde?«

Aljoscha mischte sich ein:

»Natalja Alexandrowna, die Hetze gegen Ihren Vater – war das gerecht? Wurde das auch an der ideologischen Front gebraucht?«

Meine Tante hatte ihren Vater sehr geliebt. Doch sie zuckte mit keiner Wimper.

»Er war ein klassenfeindliches Element.«

Mein Großvater hatte das alles gewußt. Er war auf alles gefaßt. Schweigend und mit erhobenem Kopf ertrug er seine Einsamkeit – Jahr für Jahr.

Erst kurz vor seinem Tod öffnete sie sich plötzlich. Mama schickte ihren ältesten Sohn Vadik für mehrere Monate zu ihren Eltern nach Cholm. Ich sollte bald geboren werden, und Mama schaffte es nicht, zwei Kleinkinder allein zu versorgen.

Zur rechten Zeit auf die Welt zu kommen war vielleicht mein bester Schritt im Leben. Mit meinem Großvater geschah etwas Außerordentliches: Der Damm brach, er faßte eine verzweifelte Leidenschaft zu diesem ersten und einzigen Enkelkind, das er noch erlebte. Es war eine überraschende Befreiung von allem, was ihm auf der Seele lag: von der Folter der Einsamkeit, von der unterdrückten Sehnsucht nach Menschen, vom Leben in tiefer Ausweglosigkeit. Die Leere und das Schweigen waren wie weggeblasen, beide kugelten sich vor Lachen, wenn sie vor der Tür des alten Häuschens in Cholm saßen. Und mein Großvater sagte dem Kleinen mit unsicherer, des Sprechens fast entwöhnter Stimme vergessene Kinderreime vor.

Es war ein stilles Glück vor dem Tod. Mein Großvater wußte, daß er bis zuletzt durchgehalten und allem standgehalten hatte. »Gehe hin in Frieden ...« Und Vadik umklammerte mit seinen Händchen, die nie erwachsen und stark werden sollten, seine alte, schon schwach werdende Hand.

Aber niemand wußte etwas davon. Alle Prüfungen waren vorbei. Nichts lag mehr vor ihm außer Dankbarkeit und Unsterblichkeit – weil Großvaters Leben schon vor dem Tod in dieses kleine, erst beginnende Leben umgefüllt worden war.

Mein Großvater starb noch im selben Jahr – plötzlich und ruhig, an einem Herzinfarkt.

Dieser Mann also schaute von der alten Fotografie dem Soldaten in die Augen, der noch einen Augenblick zuvor auf mich gezielt hatte. Was hatte so auf ihn gewirkt? Das Kruzifix, die Achtung vor der fremden Religion? Oder etwas im Gesicht, im Blick, der ihm begegnete? Wieso regte sich etwas Menschliches in ihm, wieso arbeitete es sich auf einmal unter den Schollen der Verhärtung und Abstumpfung hervor, wo es bis dahin unberührt gelegen hatte?

Einer der größten Verluste in meinem Leben ist, daß ich das Grab meines Großvaters nicht habe besuchen und ihm nicht habe danken können. Wenn man aus dem Grab heraus retten kann, warum sollte man dann nicht auch am Grab »danke« sagen können? Aber Cholm wurde, wie man Mama und mir sagte, im Krieg fast vollständig zerstört – vom alten Cholm sei nichts mehr da. Vom Friedhof auch nicht.

Alles, was ich noch als Andenken behalten habe an diese kurze, glückliche Zeit, als sie alle drei – Großvater, Vadik und Cholm, unsere Heimat, die Erde unserer Familienwurzeln – vereint waren, ist ein altes Foto von meinem Bruder. Auf der Rückseite steht in der winzigen, sorgfältigen Handschrift meines Großvaters geschrieben:

Vadim Fjodorowitsch Koschin.
Aufgenommen am 25. September 1933
in Cholm.
1 Jahr und 4 Monate

Hinter dem Kleinen sieht man eine anmutige, von Laubwerk umrankte Säule – die Andeutung einer Laube oder Veranda. Rechts von ihm breitet sich eine weite, provinziell idyllische Landschaft auf der Hintergrundleinwand aus, mit einem See oder Teich weit unten, dicht belaubten Baumkronen an seinem Ufer und einem hohen, ruhigen Himmel. Es hätte eine Bühnendekoration für Tschechows »Möwe« sein können und war vermutlich zur gleichen Zeit wie das Stück entstanden. Jedenfalls erkannte ich denselben See und denselben Himmel auf den Fotografien, die Mamas alte Freundinnen später nach Leningrad mitbrachten. Mama und sie waren als Gymnasiastinnen darauf abgebildet – alle ungewöhnlich schön und vom altmodischen Liebreiz der jungen Mädchen aus der russischen Provinz, mit großen Augen, die gerade und aufrichtig blickten, ernsthaftem, nicht lächelndem Mund, glattem, gerade gescheiteltem Haar, alle in dunklen Kleidern mit weißem Krägelchen. Sie saßen am Ufer desselben Sees, als ob sie auf irgend etwas warteten. »Ich bin die Möwe ... Nein, doch nicht ...«

Wenn ich an den Brand von Cholm während des Krieges dachte, stellte ich mir keine brennenden Bäume, ja, nicht einmal brennende Häuser vor. Aus unerfindlichem Grund glaubte ich immer inmitten der herankriechenden Feuerzungen die fragile, weiße Säule mit den Pappranken drumherum zu sehen, unten aber lag still der nicht existierende friedliche See, und um ihn herum schlummerte das Wäldchen. Dann beleckte die erste Feuerzunge die kleine Säule, und der See unten brach plötzlich als schwarzer und gleich darauf blutroter Fleck ein, schon erbebte alles, und das glich den qualvollen Krämpfen eines Lebewesens, und alles krümmte sich in blitzartiger Agonie und stürzte in den lodernden Abgrund.

Vielleicht gingen Mama und ich am selben Tag und zur selben Stunde durch die brennende Steppe.

Ich weiß nicht, was auf Großvaters Grab war – eine Steinplatte, ein Kreuz aus Eisen oder Holz? Was auch immer, es ist nichts davon übrig. Vielleicht sind nicht einmal mehr Großvaters Knochen in der Cholmer Erde, die von Bränden durchglüht, von Panzerraupen zerfurcht und zermalmt und von Planierraupen umgepflügt worden ist. Geblieben ist nur das Unsichtbare und Unfaßbare, was mir jetzt vor Augen steht und was ich am allermeisten bewahren möchte: die Erinnerung an meinen Großvater und sein unbeugsames Festhalten am Priesterstand.

Vielleicht wird dies irgendwann einmal jemandem helfen, wie es mir geholfen hat. Weil sich von Generation zu Generation alles wiederholt. Der leichteste Weg zu allen Gütern führt über die Verleugnung. Ob Gottes, seiner selbst oder seiner Freunde, das spielt keine Rolle. Die meisten willigen ein, wenige nicht. Und was am meisten helfen kann, ist die Erinnerung, daß es immer Menschen gegeben hat, die nicht eingewilligt haben. »Die Umstände sind stärker als Sie, Sie müssen sich beugen«, schrieb mir einmal eine Dame, halb um sich und ihre Freunde zu rechtfertigen, halb um sich selbst und alle anderen davon zu überzeugen, daß es nur so möglich ist zu überleben. Ich aber wußte, daß die Umstände letztlich nicht stärker als mein Großvater waren. Daß er es bis zuletzt durchgehalten hatte, unter Menschen in Einsamkeit zu leben, schweigend zu ertragen, daß der Mann seiner Tochter nicht mit ihm sprechen wollte und sein häßlicher Schatten ihn selbst verdeckte. Daß fast die ganze Welt einem Menschen das Recht auf seine Würde abzusprechen vermag, sie diesem Menschen aber, wenn er seine Würde in sich bewahrt hat, nichts anhaben kann. Die Umstände vermögen nichts.

Ich dachte nicht oft an die Geschichte meines Großvaters, aber sie war mir immer irgendwo gegenwärtig. Vielleicht existiert tatsächlich ein unsichtbares genetisches Horoskop, welches das Schicksal nicht nur eines Menschen, sondern seiner ganzen Sippe vorbestimmt. Nicht das Sternbild entscheidet es, das bei der Geburt über einem aufgegangen ist, sondern die Worte, die gesagt oder aber im Gegenteil nicht gesagt wurden, als die eigene Mutter noch ein kleines Mädchen mit langen schwarzen Zöpfen war. Damals wie heute und wie vor tausend Jahren stand man vor der ewigen Wahl. Kreon sagt bei Anouilh: »Ich sagte ja.« Antigone antwortet: »Ich habe nicht ja gesagt. Ich kann noch nein sagen zu allem, was mir mißfällt. Ich bin mein eigener Richter.«

Es ist sehr wichtig zu wissen, daß es in der eigenen Sippe Menschen gab, die nein sagen konnten. Daß es in der Kette der Generationen ganz in der Nähe ein Glied aus unnachgiebigem Stahl gab. In den schwersten Augenblicken hilft das. Manchmal erweist es sich als der einzige Halt. Der beste Halt ist überhaupt das Gefühl der Verantwortung. Des Gliedes in der Kette.

Ich dachte öfter an den Deutschen und die Durchsuchung – als wir wieder zu Hause waren.

In Leningrad kam ich endlich in die Schule. Sie war in der Baburingasse – heute, nach dem Bacchanal der Umbenennungen, heißt sie wohl Smoljatschkowstraße. Wenn ich nach dem Unterricht später als gewöhnlich das Schulhaus verließ, sah ich oft, wie riesige Kolonnen von Kriegsgefangenen auf dem Waldprospekt aus der Vorstadt Poklonnaja Gora, wo sie Trümmer aufräumten und etwas bauten, von der Arbeit heimgingen.

Leningrad war noch halbleer. Es gab wenig Menschen, und die schienen sich auf den breiten Prospekten aufzulösen. Selbst Denkmäler sah man nicht: Sie waren von den Sockeln abgenommen, mit Säcken in Sand gepackt oder mit Brettern eingeschalt worden. Die Häuser lagen in Trümmern oder standen leer, ohne Fensterscheiben, Dächer oder Fußböden im Inneren. Straßenbahnen und Autos fuhren selten. Die Grünanlagen und Parks waren verwahrlost oder zu Gemüsegärten umgewandelt worden. Diese Stille, Verödung, Unbeweglichkeit war der

Geist der Stadt: Sie war gewissermaßen auf der Grenze zwischen Tod und Leben erstarrt.

Doch täglich wiederholte sich zur immer gleichen Abendstunde ein und dasselbe. Endlose Reihen von Kriegsgefangenen gingen über die ganze Breite der Fahrbahn den Waldprospekt entlang. Und wie auf ein unsichtbares Zeichen hin strömten von irgendwoher die Menschen auf die Gehsteige des Prospekts. Sie standen schweigend an der Bordkante, dicht vor den Gefangenenkolonnen, und schauten die Deutschen unverwandt an.

Leningrad war noch eine fast gesperrte Stadt, und alle diese Menschen hier hatten die Blockade überlebt – ganz oder schlecht und recht. Die meisten von ihnen waren ältere Frauen, obwohl damals alle bis auf die zwanzigjährigen Mädchen, und manchmal auch die, älter wirkten. Man sah fast keine Männer, lediglich vereinzelte Greise und Invaliden von der Front, und ganz wenige von uns Kindern.

Wir standen alle da und schwiegen. Niemals hörte man auch nur einen Schrei, einen Fluch oder eine Beleidigung. Es gab keinen einzigen Spott. Kein Zeichen der Erbitterung oder des Hasses und schon gar keinen Versuch, jemanden zu schlagen. Keiner redete sie auch nur an. Wir standen wie eine lückenhafte, reglose Mauer da, und hinter uns standen die Massen der Toten.

Die Deutschen gingen vorüber, ohne uns anzublicken. Sie schwiegen ebenfalls fast alle. Sie hatten angespannte, erschöpfte Gesichter. Die einen schauten gerade vor sich hin, die anderen ließen beim Gehen den Kopf hängen (es waren die meisten), und sehr wenige versuchten miteinander zu reden, wobei sie so taten, als beachteten sie uns nicht. Doch auch sie hatten diese abwesenden, versteinerten Gesichter wie die Schweigenden.

Wozu mußten wir dort stehen und sie anschauen? Es war schwer. Keiner von uns hatte Triumphgefühle oder empfand auch nur Schadenfreude. Alle auf dem Gehsteig hatten einen fast ebenso müden, bitteren Gesichtsausdruck wie diejenigen, die an uns vorüberschritten. Nur schlug keiner von uns die Augen nieder. Wir standen da und schauten die Deutschen unverwandt an. Als ob uns eine unbekannte Kraft zwänge, neben ihnen zu stehen, um irgend etwas zu erkennen und zu verstehen.

Wer hat gesagt: »Was den Menschen nicht bewußt ist, das empfinden sie manchmal um so stärker?« Wir spürten in diesen Augenblicken etwas sehr Wichtiges. Konnten jedoch nicht mit dem Verstand begreifen, was es war. Schweigend und unabdingbar wurde in unserem Inneren eine schwierige Arbeit geleistet.

Sie gingen, gingen immerzu. Wir kannten es alle auswendig: »Auf zum tödlichen Gefecht gegen die finst're Faschistenmacht, die verfluchte Horde.« Das tödliche Gefecht war noch im Gange, aber bereits irgendwo weit weg, und die Bomben fielen jetzt auf deutsche Städte, und die Deutschen saßen wie wir vor zwei und drei Jahren in kalten Kellern, und jetzt erkannten die deutschen Kinder am Dröhnen fern am Himmel, welche Flugzeuge anflogen und welche Fracht sie trugen.

Das tödliche Gefecht war noch im Gange, aber in uns selbst hatte sich bereits etwas verschoben. Sie waren keine Macht, diese Gefangenen, und mit der verfluchten Horde hatten sie auch keine Ähnlichkeit. Es waren ebenso abgerissene, unterernährte Menschen wie wir selbst. Daß sie uns ähnlich waren, hatte etwas Beunruhigendes. Es brachte die gewohnten Reden und Gedankengänge durcheinander. Feinde und Mörder? Ja. Aber wir verspürten nicht den Wunsch, uns an ihnen zu rächen. Der unbewältigte Kummer lag noch als schwerer Stein auf dem Herzen eines jeden, wir waren noch derart trostlos über unsere eigenen Verluste, daß dem nichts angemessen war, daß es ganz absurd gewesen wäre, an irgendeine Vergeltung zu denken. Was hätten wir von ihnen fordern können, was hätte uns das geholfen? Gibt es denn eine Vergeltung, die mir aus dem Gedächtnis löschen könnte, wie Vadiks Leichnam unter der alten Decke aus dem Güterwagen getragen wurde, wie Tanjetschka sterbend röchelte, wie Mama und ich, die beiden letzten, uns allein inmitten von Qualm und Getöse durch die brennende Steppe schleppten? Und wenn sie das nicht löscht, nicht wiedergibt, wozu brauche ich dann diese Vergeltung?

Nicht Vergeltung brauchten wir. Wir brauchten etwas von ihnen, ja. Aber keine Vergeltung. Mehr.

Sie gingen, gingen immerzu. Wir standen als stumme Mauer auf dem Gehsteig: Frauen, Krüppel, Kinder. Sie wußten, was wir dachten. Und senkten die verhärmten, unrasierten, ausgemergelten Gesichter mit der roten oder weißen Staubschicht darauf noch tiefer – rot von Ziegeln, weiß von Kalk und Zement.

Ein seltsamer, unterdrückter Laut entrang sich der Kehle einer Frau neben mir: Sie trug eine alte Wattejacke, die scharf nach Maschinenöl roch. Was hatte sie – wollte sie anfangen zu weinen? Oder einfach aus Schmerz und Drangsal über alles, was war, aufschreien? Vielleicht hatte sie aus Mitleid aufgeschluchzt, beim Anblick des Gefangenen, der noch fast ein Junge war, der keine unrasierten Bartstoppeln hatte, aber dichte Sommersprossen? Vielleicht sah er jemandem ähnlich?

Sie waren uns zu ähnlich, zu sehr wie wir. Das stand dem Gedanken sehr im Wege, daß sie Feinde waren. Und das forderte etwas von uns. Was? Wir wußten es nicht, aber ein Gefühl dringlicher Schuld hielt uns hier auf dem Gehsteig, neben ihnen.

Wir hatten aus irgendeinem Grund überlebt. Wir hatten für irgend etwas überlebt? Wofür? Wenn man das wüßte!

Und in diesem bitteren, schweigsamen Stehen entstanden plötzlich so seltsame Augenblicke – da blinkten Licht und Freiheit auf –, als ob wir hier nicht mit unserer Kummerlast stünden, sondern langsam und mühevoll irgendwohin aufstiegen, wo es keinen Haß und Tod, keine Unbehaustheit und Verzweiflung gab. Wo war das? Wir wußten es nicht. Doch das Gefühl, daß in diesen Augenblicken etwas mit uns – und mit ihnen – geschah, daß wir dem einen halben Schritt näher gekommen waren, was wir brauchten, das war da und verflüchtigte sich nicht.

Sie gingen, gingen immerzu. Und Leningrad, verödet und feierlich, blickte im stillen Frühherbst des Jahres vierundvierzig mit den gähnenden Fensterhöhlen der unbewohnten Häuser auf sie und uns herab. Der klare Abendhimmel schimmerte durch sie hindurch und über uns in seiner ganzen ungetrübten Weite.

Nach der Durchsuchung war klar, daß wir nicht mehr im Dorf bleiben konnten. Wir mußten wieder fortgehen.

Und wir gingen.

Diesmal fanden wir an einem Ort Unterkunft, der den merkwürdigen Namen »Gemüsebrigade« hatte. Der Betrieb der ehemaligen Kolchose war in verschiedene Brigaden aufgeteilt: Es gab die Feldbrigade, die Gartenbrigade und so weiter. Die Gemüsebrigade bestand aus viele Hektar großen Äckern, auf denen Tomaten, Kartoffeln, rote Rüben, Sonnenblumen und Bohnen angebaut wurden. Mitten in diesen Äckern, weit von jeder Behausung entfernt, stand die Kate der Brigade. Ein Holzhaus wie alle in dieser Gegend – gestrichen, mit Stroh- oder Schilfdach, nur sehr langgestreckt, wodurch es mehr einer Scheune oder Baracke glich als einem Wohnhaus. Es hatte drei Zimmer. Im mittleren und größten, das ein Durchgangszimmer war und keinen Ofen hatte, stand ein langer Holztisch, umgeben von Bänken – hier versammelten sich die Kolchosarbeiter bei schlechtem Wetter oder bei zu großer Hitze zum Mittagessen. Hier lagerte auch das Gemüsesaatgut in Säcken oder einfach in Haufen auf dem Fußboden. In einer Ecke standen aufgerollte Strohmatten zum Abdecken der Treibbeete, in einer anderen Spaten, Rechen und Hacken. Die beiden Seitenzimmer, die von dem mittleren abgingen, waren kleiner und hatten einen Ofen, sie eigneten sich als Wohnraum. Es hatte noch nie jemand darin gewohnt, doch bei Kälte oder Regen übernachteten dort die Pferdeknechte oder sonst irgendwelche Leute, die einen weiten Weg zur Arbeit hatten und früher als alle anderen aufbrechen mußten.

Im einen dieser Zimmer wurden Tante Chwenja, eine ältere Kosakin, und ihr kleiner Neffe Mikolka untergebracht. Ihr Haus war beim Bombenangriff abgebrannt. Das zweite Zimmer gab man zwei obdachlosen Leningrader Familien: Mama und mir und Jelisaweta Nikolajewna. Sie hatte zwei Kinder mit romantischen skandinavischen Namen – die Tochter Dagmara war wohl vierzehn und der Sohn Nira vier oder fünf Jahre alt.

In der Mitte unseres gemeinsamen Zimmers stand der Ofen, die Stellwand darüber teilte es in zwei Räume. Der hintere war natürlich wärmer und wesentlich angenehmer, da man nicht durchging. Selbstverständlich überließ ihn Mama sofort Jelisaweta Nikolajewna und erklärte mir:

»Sie sind zu dritt, und wir nur zu zweit, Nira ist jünger als du, kleine Kinder dürfen nicht im Durchzug sein.«

Tatsächlich ging die Tür zu uns häufig auf. Dauernd kamen die früheren Kolchosarbeiterinnen nach alter Gewohnheit herein, um sich auszuruhen und am Ofen zu wärmen, wenn sie im Herbst und später im Winter mehrere Kilometer durch die Steppe von einem Abschnitt zum anderen laufen mußten.

Wir drei so ungleichen Familien lebten in Frieden und Eintracht miteinander. Das war vor allem Mamas Verdienst. Sie nahm ganz ruhig Tante Chwenjas Gebrummel hin, die meinte, sie als Älteste und zudem noch Einheimische hätte besondere Privilegien, wie auch die mangelhafte Haushaltsführung Jelisaweta Nikolajewnas, die den Komfort des Leningrader Lebens nicht vergessen und die Rolle der mit allem versorgten, ein wenig verwöhnten Dame nicht ablegen konnte. Zu guter Letzt war es immer so, daß Tante Chwenja und Jelisaweta Nikolajewna ihre Auseinandersetzungen beilegten, indem sie sich Mamas Meinung unterordneten und sie sogar danach fragten, obwohl Mama nie ein herrisches Wesen an den Tag legte, ja nicht einmal einfach nur Selbstsicherheit.

Mamas Verdienst war auch, daß wir allmählich Zugang zu den Einheimischen fanden, die so verschlossen und mißtrauisch gegenüber den Fremden waren, den »Kazapen«, wie wir Russen von den Ukrainern verächtlich genannt wurden. Sie knüpften immer öfter mit uns ein Gespräch an, besonders mit Mama, die sie ausfragten, wo sie gelebt und gearbeitet habe und wie es in Leningrad gewesen sei, als der Krieg begonnen habe. Der Chor der kalten, harten Augen, der mich empfangen hatte, als ich vor Schwäche über die Schwelle der Kate fiel, war schon eine ferne Erinnerung für mich. Wir wurden allmählich angenommen.

Eine Zeitlang beobachtete man uns schweigend. Alle sahen, daß Mama unablässig irgend etwas machte: putzte, wusch, nähte und nie eine Arbeit ablehnte, selbst wenn ein Riesenhaufen Mist aus dem Pferdestall auf dem Hof mit Mistgabeln umgehäufelt werden mußte. Aber vielleicht nahm etwas anderes die Kosakenfrauen noch mehr für sie ein. Mama, die eine junge (34 Jahre) und schöne Frau war, nahm keinerlei Notiz von den wenigen Männern, die in unserer Kate auftauchten. Ich erinnere mich gut an einen düsteren, schweigsamen Mann von etwa vierzig Jahren. Man wußte nicht so recht über ihn und sein Leben Bescheid: Er war nicht von hier, doch woher er kam, wußte niemand genau, in der Kolchose war er eine Art Garteninspektor gewesen, zur Front war er aus irgendeinem Grund nicht eingezogen worden. Er hatte hier weder Familie noch Angehörige, und ob er überhaupt welche hatte, wußte wiederum niemand. Er war keiner von denen, die sich ausfragen ließen.

Er kam oft ohne ersichtlichen Anlaß von weither geradelt und saß längere Zeit im Hof, nahm aber, in seine unergründlichen Gedanken versunken, kaum am Gespräch teil. Er war hochgewachsen und stark und bewegte sich beinahe ebenso ungern, wie er sprach. Sogar sein Gesicht war schweigsam: fester Mund, gerade Brauen, tiefliegende Augen, die dadurch besonders streng und durchdringend wirkten.

Einmal kam er, als wir alle im Hof waren. Mama hatte von jemandem zwei Eisenkreuze für die Gräber machen lassen (sie ging oft auf den Friedhof) und sie angestrichen, jetzt malte sie die Namensschilder auf Sperrholz. Ich saß neben ihr im Gras. Er begrüßte uns, stieg vom Fahrrad, stützte sich aufs Lenkrad und betrachtete lange Mamas Arbeit. Mama malte weiter, wir alle schwiegen.

»Ja, das ist schwer«, sagte er plötzlich. Er sprach nicht den hiesigen Dialekt, sondern stets ein reines Russisch, wodurch er sich sehr von den anderen unterschied. Übrigens nicht nur dadurch. Es trat eine lange Pause ein. »Es ist schwer, wenn man … so viel verloren hat. Und allein bleibt.«

»Ich bin Gott sei Dank nicht allein«, sagte Mama, ohne den Kopf zu heben. »Ich habe meine Tochter. Und meinen Mann an der Front.«

Die neue Pause war noch länger.

»Na ja, ich fahre wohl wieder. Es war erholsam bei Ihnen.«

»Alles Gute für Sie«, sagte Mama leise und weich.

»Alles Gute.«

Und er fuhr. Nach diesem oder ein wenig späteren Besuch kreuzte er nicht mehr bei uns auf, er war einfach verschwunden. Ich hörte nie mehr etwas von ihm.

Unser Umzug war richtig gewesen: Wir sahen fast keine Deutschen mehr. Es gab keine Landstraße in unserer Nähe, und wenn doch welche bei uns auftauchten, dann hatten sie sich entweder verirrt oder wollten die kärglichen Gemüsevorräte der Kolchose inspizieren. Doch in letzterem Fall hatten sie eine Begleitung aus dem Dorf dabei, und wir schlossen uns in der Kate ein. Den Deutschen kam wohl kaum in den Sinn, daß an diesem Ort jemand wohnen könnte, und keiner der Begleiter verriet uns jemals. Sie erklommen gemeinsam den Gipfel der mit Erde bedeckten Rübenmiete, und der Offizier schaute finster hinunter, schwer zu sagen, ob auf die nicht sehr appetitlichen Rüben oder auf die Spitzen seiner glänzenden Stiefel, die von der durchnäßten Schwarzerde verschmiert waren.

»Das ist alles, mehr ist nicht. Nix!« erklärte die Begleitperson.

Doch die stumme Drohung schwebte weiterhin über uns. Überall wurden Anschläge angeklebt und angenagelt, daß alle Einwohner mit ihrem Paß in der deutschen Kommandantur erscheinen und sich registrieren lassen müßten. Auf Nichterscheinen stehe die Erschießung. Tante Chwenja ging sofort hin. Mama und Jelisaweta Nikolajewna rangen lange mit ihrem Entschluß und berieten sich immer wieder flüsternd, jedesmal leiser und bedrückter. Schließlich gingen auch sie. Es dauerte, bis sie wiederkamen. In ihren Pässen waren Stempel in deutscher Sprache.

»Das schlimmste ist, daß die Deutschen hier sind und wir auch«, sagte Mama, die versuchte, sich und mich von irgend etwas zu überzeugen. »Aber sollte uns dieser Tintenklecks wirklich Unglück bringen?«

Sie hatte bittere Erfahrungen im Leben gemacht: In ihrem Personalbogen stand »Vater ist Priester«, daher Arbeitslosigkeit und allenthalben verschlossene Türen. Als Mama einmal darüber sprach, bemerkte sie beiläufig: »Eine Freundin von mir, die auch so einen Personalbogen hatte, hat sich vor den Zug geworfen...« Im weiten Umkreis verheimlichten die Leute listenreich ihre Herkunft, aber Mama schrieb weiterhin standhaft überallhin: »Vater ist Priester«, sogar als sie heiratete, wollte sie nicht den Nachnamen ihres Mannes annehmen, damit niemand denken sollte, sie sei bereit, sich von ihrem Vater loszusagen.

Der Tintenklecks brachte ihr tatsächlich Unglück. Als wir endlich nach Leningrad zurückkehren durften und wieder unsere beiden Zimmer hatten, die leer und ausgeraubt waren – eine Nachbarin, der Mama die Schlüssel überlassen hatte, hatte alles herausgeholt, was sie herausholen konnte, von den Kinderbüchern bis zu Decken und Kissen –, da stellte sich heraus, daß es gar nicht mehr unsere Zimmer waren und wir kein Recht hatten, darin zu wohnen. Wir hatten so sehr von unseren eigenen vier Wänden geträumt, von unserem Fenster und unserer Tür, daß uns diese seit langem unbewohnten, feuchten und verwahrlosten Zimmer wie das Gelobte Land erschienen. So zogen wir heimlich ein, wie Schmuggler. Man hätte uns jeden Tag ausweisen können, sowohl aus den Zimmern wie überhaupt aus Leningrad.

In Mamas Paß stand der Stempel der deutschen Kommandantur. Deshalb gestattete man ihr nicht, sich in Leningrad zu melden, gab ihr also keine Aufenthaltsgenehmigung. Sie wurde von einer Instanz zur anderen geschickt, von einer Kanzlei in die andere, und alle waren belagert von ebenso schikanierten, verzweifelten Menschen wie sie, die in endlosen Schlangen warteten.

Schließlich landete sie in dem Gebäude, das in Leningrad »Großes Haus« genannt wird – im KGB-Gebäude auf dem Litejny-Prospekt. Dort wurde in jeder Sache das endgültige Urteil gefällt.

Viele Jahre später belegte ich an der Universität das Seminar von Vitali Alexandrowitsch Bogoslowski über die Architektur Petersburgs-Leningrads. Bogoslowski sah aus – vielmehr wollte aussehen – wie ein klassischer zerstreuter Professor aus der Komödie: lange, hagere Gestalt, glänzender kahler Schädel, ungeschickte und fahrige Bewegungen mit den schlenkernden Armen (die reinste Schauspielerei, er war bis ins hohe Alter ein ausgezeichneter Sportler). Diese Mimikry als Selbstschutz gab es damals oft. Das theatralische Gehabe war jedoch so offenkundig, daß es den scharfen Verstand nicht im geringsten verbarg. Vielleicht war das in jenen Tauwetterjahren, als es überall gärte, auch nicht mehr nötig.

»Also, fangen wir beim Litejny-Prospekt an«, verkündete er, während er sich an den Tisch setzte und das Zeichen für das erste Dia gab. »Womit beginnen wir? Natürlich!«

Auf der Leinwand erschien eine Aufnahme des Großen Hauses.

»Was sagen Sie dazu?« wandte sich Bogoslowski an uns mit einem durchdringenden Blick, der alle und jeden blitzschnell maß, und einem bissigen Lächeln. »Urteilen Sie selbst. Ein sprechendes Bild. Das muß man schon sagen!«

Tatsächlich, so eine beredte Aufnahme hatte ich noch nie gesehen. Der unbekannte Fotograf – wahrscheinlich Bogoslowski selbst – hatte nicht dem Haus gegenüber gestanden, wie es fast immer geschieht, sondern wohl in gleicher Linie mit der Fassade. Die perspektivische Verkürzung war so stark, daß die Vorsprünge zwischen den Fenstern die Fensteröffnungen vollständig verschluckten, das Gebäude war augenlos, mundlos, unmenschlich, blind und taubstumm, und nur die schroffen Vertikalen aus Beton hieben mit mechanischer, fast maniakalischer Kraft von oben nach unten. Wir, allesamt fröhliche und selbstsichere junge Leute (»das wird sich nie mehr wiederholen!«), verstummten plötzlich, und Kälte breitete sich im Hörsaal aus.

Im Großen Haus wurde Mama von irgendeinem hohen Tier empfangen. Dieses Erlebnis vergaß sie ihr Leben lang nicht.

»Was haben Sie denn da?« fragte das hohe Tier mit der geschulten Stimme des routinierten Referenten. Er hielt Mamas Paß mit zwei Fingern hoch und wedelte angeekelt damit.

Mama schwieg: Rhetorische Fragen erfordern keine Antwort.

»Den Stempel der deutschen Kommandantur!« antwortete sich das hohe Tier selbst. »Einen Nazistempel! Und Sie, eine sowjetische Staatsbürgerin, haben zugelassen! Daß! In Ihrem! Sowjetischen Paß! Nein, das werden Sie mir nicht verschweigen! Antworten Sie!«

»Auf Nichterscheinen stand die Erschießung«, sagte Mama unter großer Überwindung.

»Ach, die Erschießung! Na und? Hatten Sie Angst davor?«

»Ich habe eine Tochter. Ich habe nur noch eine einzige Tochter. Die anderen sind alle gestorben. Ohne mich wäre sie …«

»Aha, Ihre Tochter war Ihnen also wichtiger als Rußland? Sie haben die Heimat verraten!«

»Mit dem Paß zur Kommandantur zu gehen heißt doch noch nicht, die Heimat zu verraten.«

»Doch, das heißt es! Für die Heimat muß man mit dem Tod einstehen!«

Ja, natürlich. Gerade als sich die Front auf Kuschtschewka vorschob, dröhnte der Befehl Nr. 227 des Obersten Befehlshabers aus dem Radio: »Heute, am 28. Juli 1942, haben die Truppen der Roten Armee Rostow aufgegeben und ihre Banner mit Schande beladen …« Alle hatten sich mit Schande beladen: sowohl die Soldaten, die in den Straßen Rostows liegengeblieben oder blutüberströmt und entkräftet abgerückt waren, wie auch die Leningrader, die man als Sterbende zur Frontlinie gebracht hatte. Nur vor die Türen der Kabinette, in denen alle Entscheidungen getroffen und alle Befehle unterschrieben wurden, war die Schande nie getreten. Sie kannte ihren Platz.

Es war das Jahr 1944. Damals hatte Dürrenmatt sein Drama »Romulus der Große« noch nicht geschrieben: »Soll man denn nicht das Vaterland mehr lieben als alles in der Welt?« – »Nein, man soll es weniger lieben als einen Menschen … Vaterland nennt sich der Staat immer dann, wenn er sich anschickt, auf Menschenmord auszugehen.«

»Und Sie wollen auch noch in Leningrad wohnen! In der Heldenstadt!« Das hohe Tier geriet immer stärker in Ekstase, begeistert über die Schönheit seines Monologs und die Hilflosigkeit seiner Zuhörerin.

»Dafür, daß ich in Leningrad gewohnt hatte, wurde ich

in die Liste der zu Erschießenden eingetragen. Ich und auch meine Tochter. Wenn unsere Armee einen Monat später gekommen wäre …«

»Sie wagen es auch noch, von unserer Armee zu sprechen! Leute wie Sie hätte man gar nicht zu retten brauchen!«

»Warum sollte ich nicht von der Armee sprechen dürfen? Mein Mann ist seit dem ersten Kriegstag an der Front. Aus jeder Familie war bei uns einer an der Front. Wieso hätte uns die Armee nicht retten sollen?«

Das hohe Tier machte einen kleinen Rückzieher. Die Bemerkung über die Armee war wohl ein Fehlschuß gewesen. Um so schlimmer!

»Verstecken Sie sich nicht hinter Ihrem Mann! Er ist an der Front, aber Sie – hier der deutsche Stempel – waren im besetzten Gebiet!«

»Bin ich etwa schuld, daß man uns Sterbende direkt ins besetzte Gebiet gebracht hat?«

Schließlich und endlich erlaubte man uns – aber nur wegen meines Vaters an der Front –, in Leningrad zu bleiben. Mama bekam jedoch für immer das Recht abgesprochen, wieder als Lehrerin zu arbeiten. Menschen, die im besetzten Gebiet gewesen waren, verloren für immer den Zugang zu vielen Berufen, vor allem natürlich zur »Erziehung der heranwachsenden Generation«. Was konnte diese Generation von einer Frau mit einem deutschen Stempel im Paß lernen?

Wenn ich an das Große Haus dachte, überkamen mich rastlose, lästerliche Gedanken. Zwei Jahre vor Mamas Bittgang hatte der deutsche Soldat unsere Kate betreten, um sie zu durchsuchen. Wir und er waren Feinde. Doppelt und dreifach. Wir kamen aus Leningrad, der Stadt, die alle Deutschen haßten. Wir waren die Familie eines Offiziers, der an der Front auf seine Freunde schoß und auch auf ihn selbst hätte schießen können. Ja, er war bereit, uns zu töten. Aber warum reichte so wenig aus, um ihn zum Schwanken zu bringen und die Stimme der Menschlichkeit in ihm zu wecken? Was hatte er über uns erfahren? Daß wir das Kreuz und die Fotografie eines alten Priesters aufbewahrten? Doch warum hatte er vorher auf mich gezielt – bevor er dieses Foto gefunden hatte?

Mama stand im Großen Haus vor einem wichtigen Mann. Sie und er befanden sich in diesem Krieg auf derselben Seite, gehörten demselben Volk an. Er wußte vieles über Mama, was in ihm etwas Menschliches hätte wecken können. Vor ihm stand eine entkräftete, kranke, vorzeitig gealterte, schlecht gekleidete Frau. Sie hatte den Hunger während der Blockade überstanden, fast ihre gesamte Familie begraben, in ewiger Todesangst auf besetztem Gebiet gelebt, sich fast drei Jahre lang kümmerlich unter fremdem Dach durchgeschlagen und seit langem ihren Mann nicht mehr gesehen, der irgendwo kämpfte und Orden erhielt (sie wußte nicht einmal, ob sie ihn je wiedersehen würde). Sie bat nur darum, daß sie und ihre letzte Tochter in den eigenen zwei Zimmern wohnen durften – in zwei verlassenen Zimmern der menschenleeren Stadt.

Auf seinem Gesicht erwachte nichts Menschliches. Mama und er befanden sich nicht auf derselben Seite. Sie gehörten nicht demselben Volk an. In dieser Mauer gab es keine Risse.

»Sind das überhaupt Menschen?« fragte Mama einmal in meiner Gegenwart. Sie meinte nicht das hohe Tier aus dem Großen Haus, sondern noch unsere Zeit in Kuschtschewka.

Die Front rückte auf Kuschtschewka vor. Großmutter lag schon im Sterben oder war gerade gestorben. Es war klar, daß auch Tanjetschka sterben würde. Ihr Tod war qualvoll: Sie keuchte und röchelte. Vielleicht hatte sie Diphtherie oder Angina. Vor Halsschmerzen aß sie nichts; sie konnte nicht sprechen und stöhnte kaum noch. Es gab nirgendwo einen Arzt. Mama verlor den Kopf und rannte in der unsinnigen Hoffnung ins Dorf, einen Doktor zu finden, den sie holen könnte. Sie lief auf der von Bomben umgepflügten Straße, während die Flugzeuge über der brennenden Steppe heulten und Maschinengewehrsalven abfeuerten, überholte Autos und Gespanne und geriet dabei fast zwischen die Räder.

Im Kosakendorf traf sie das wilde Chaos panischer Flucht an. Alle Türen der öffentlichen Einrichtungen waren entweder fest verschlossen oder standen im Gegenteil sperrangelweit offen. Unter den Fenstern verglommen die Feuer aus beseitigten Archiven, der Wind trug versengte Papierfetzen durch die Straßen und weiter in die Steppe hinaus. Hier und dort lagen Gegenstände aus den Amtsstuben herum: staatseigene Stühle, Karteikästen – alles oder fast alles zerbrochen, irgendwelche verschnürten Bücher. Dafür standen vor den Häusern, die sich durch ihr imposantes, privilegiertes Aussehen von den anderen abhoben – den Häusern des Führungspersonals –, ganze Züge von Fuhrwerken und Autos. Menschen hetzten und rannten auf Befehle umher, die aus den offenen Fenstern ertönten:

»Nein, nicht dorthin! Unter den Koffer! Den Kronleuchter, hast du den Kronleuchter weggepackt?«

Aus den Häusern wurden Möbel getragen, riesige Ballen mit Wäsche oder Kleidung, Kisten, und auf ein Auto – das verstörte Mama aus irgendeinem Grund am meisten – zerrte man Kissen und Federbetten.

»Federbetten ...«, sagte Mama Jahre später. »Sie haben an Federbetten gedacht ... Sind das überhaupt Menschen?«

Damals dachte und sprach sie nichts. Sie rannte zwischen den Feuern, Autos und wild wiehernden Pferden umher, in deren Mähnen sich diese verbrannten Papierfetzen verfingen. »Ein Arzt! Wo ist der Arzt? Wo ist das Krankenhaus?« Das Krankenhaus war leer, nirgends war ein Arzt. Mama keuchte, als sie fast rennend nach Hause zurückkehrte: In der Kate lagen drei Sterbende.

Aber ich war nicht in der Kate – irgend jemand hatte mich auf den Erdwall vor dem Haus gesetzt (wahrscheinlich Mama selbst, bevor sie weggegangen war). Dort saß ich, teilnahmslos, in meiner gewohnten Lethargie, ohne von den Flugzeugen, den Bränden, dem Heulen, Schreien und Knirschen Notiz zu nehmen und das Chaos der Autos und Fuhrwerke auf der Straße jenseits des Flechtzauns zu beachten.

Mama stürzte taumelnd zur Gartentür herein. Ein Blick auf mich – ich lebte also noch –, und schon rannte sie ins Haus, versuchte etwas zu sagen, aber ihre ausgedörrte Kehle brachte nichts heraus. Ich hörte ihren Schrei. Es war ein Schrei … ich zuckte zusammen, stieß sogar einen schwachen Antwortschrei aus, versuchte aufzustehen – und konnte es nicht.

Mama rannte mit Tanjetschka im Arm auf den Hof hinaus. Der Kopf meines Schwesterchens hing über Mamas Schulter, ihre Augen waren schon geschlossen, und nur der kleine Mund öffnete sich krampfhaft und schnappte nach Luft.

»Meine Schwalbe! Meine kleine Schwalbe, flieg nicht fort!«

Mama hob Tanjetschkas leichten Körper mit letzter Kraft in die Höhe, zum schwarz gewordenen Himmel hinauf, der von Qualm und Getöse erfüllt war, als ob sie dort leichter atmen könnte.

»Meine Schwalbe!«

Mein Schwesterchen war schon tot.

Diese Szene vergaß ich nie und werde sie natürlich bis zu meinen letzten Tagen nicht vergessen. Aber ich weiß nicht, wie viele mir noch bleiben, und es erschiene mir wie Verrat, wenn mit mir verschwinden würde, was ich als einzige gesehen habe und nach so vielen Jahren immer noch sehe: Mama hebt mit ihrem verzweifelten Schrei, den außer mir halbtotem Kind in dem alles erfüllenden Getöse und Geheul niemand hört, den leblosen Körper meiner kleinen Schwester in die Höhe. Das Maß an Kummer und Verzweiflung, das unserer Familie zugemessen war, war in diesen Minuten randvoll, wir ertranken fast darin. Wir zwei waren allein mit unseren beiden Verstorbenen, mit dem Tod, der von überallher auf uns eindrang: der vom Himmel niederstürzte, als schwarzer Qualm von den Brandstätten herankroch, nebenan auf der Straße vorbeimarschierte und schon in uns selbst nistete, in unseren ausgemergelten, hilflosen Körpern.

Diese Minuten sind mir im Gefühl geblieben wie eine für immer eingebrannte, unauslöschliche Linie. Nur ein Haar trennte damals das, was ein Mensch ertragen kann, von dem, was er nicht mehr auszuhalten vermag. Und wenn Mama das aushalten konnte, wenn sie es schaffte, mich an der Hand aus diesem schwarzen Inferno hinauszuführen, so ist das für mich zum Eichmaß dessen geworden, was der Mensch kann und muß, wenn alle und alles gegen ihn sind. In den bittersten Augenblicken meines Lebens, und das Schicksal teilte sie mir freigebig zu, stand dieses Eichmaß unsichtbar neben dem, was ich selbst einzustecken hatte, und jedesmal erkannte ich deutlich: Nein, es ist noch sehr weit davon entfernt. Noch kann ich standhalten. Noch muß ich aushalten.

In der deutschen Kommandantur wurden Mama und Jelisaweta Nikolajewna nach meinem und Dagmaras Alter gefragt. »Sie müssen zur Schule gehen. Im Dorf wird es eine deutsche Schule geben.«

»Nein, das kommt nicht in Frage«, sagte Mama, als sie zurück war. »In eine Hitlerschule, nie im Leben.«

Ich hatte mich schon ein wenig von meiner Schwäche und krankhaften Gleichgültigkeit gegenüber allem in meiner Umgebung erholt. Etwas wie ein winziger Strahl freudigen Widerspruchs durchzuckte mich. Ich wollte doch so gerne etwas lernen. Als Vadik, der eineinhalb Jahre älter als ich war, in die erste Klasse kam, hatte ich ihn heftig beneidet. Heimlich guckte ich in seine Schulbücher und Hefte, wo in seiner erstaunlich gleichmäßigen, runden Schrift geschrieben stand: »Mama geht in den Garten.« Und natürlich entzückte mich kein Spielzeug so sehr wie seine Schultasche und sein Federmäppchen. Auf den Herbst 1941, in dem auch ich in die Schule kommen sollte, wartete ich weit sehnlicher als auf den Tannenbaum an Neujahr oder meinen Geburtstag.

Im Herbst 41 gab es keine einzige Schule mehr in unserer Nähe. Die einen waren zerbombt, die anderen in Lazarette umgewandelt. Weder Vadik noch ich hatten Unterricht. Und jenes wunderbare Leben, wo die Kinder vor einer feierlichen schwarzen Tafel mit weißen Buchstaben darauf sitzen und an den Wänden der Klassenzimmer dekorative Karten mit den beiden Erdhalbkugeln wie riesige Teppiche hängen, auf denen der Lehrer den Zeigestock über die blauen Meere gleiten läßt –, dieses Leben war ebenso unwirklich geworden wie jenes, wo sich die Menschen um den Tisch unter der hell leuchtenden Lampe versammeln und volle Teller vor sich stehen haben, wo man um einen Nachschlag bitten kann und wo alle scherzen und sich irgend etwas Sorgloses erzählen …

»Ich werde also überhaupt nichts lernen.«

Ich fragte diesen Satz nicht einmal, sondern sprach ihn ruhig und mit Nachdruck aus, obwohl ich sehr bekümmert war.

»Doch. Ich werde dich selbst unterrichten. Dich und Dagmara und Mikola und Nira, alle, die nicht in die deutsche Schule gehen werden.«

»Wieso denn du?«

»Ich bin doch Lehrerin.«

»Und das ist dann wie in der Schule?«

»Ja, wie in einer richtigen Schule.«

Mama hielt ihr Wort. Im Herbst begann unser Unterricht. Mama war ja tatsächlich Lehrerin, freilich nur für russische Sprache und Literatur. Aber sie hatte wohl nie in einer Schule arbeiten dürfen, wo ein Lehrer Geschichte, ein anderer Rechnen und ein dritter Russisch unterrichtet. In diesen Schulen hatte es nie Arbeit für sie gegeben. (»Soziale Herkunft: Vater Priester …«) Für sie fand sich gerade mal irgendein Krähwinkel, das Dorf Schelonka im Gouvernement Nowgorod oder Xyl-Orda am anderen Ende des Landes, wo niemand hinwollte. Ihre Schule war mit allen Klassen im Zimmer eines alten Holzhauses oder in einer Art ehemaligen Kasematte untergebracht gewesen; in drangvoller Enge saßen dort fast erwachsene Wehrdienstpflichtige in wasserdichten Stiefeln und Feldblusen und betrachteten gehorsam und verlegen das junge Mädchen mit den zu Schnecken gedrehten Zöpfen, das mit der Fibel in der Hand zwischen ihnen umherging. Eine Zeitlang hatte sie sogar in Moskau Arbeit, wohl schon nach ihrer Eheschließung. Aber nicht an einer Schule für Kinder, sondern als Bekämpferin des Analphabetentums, und ihre Klasse bestand durchwegs aus Lastfuhrleuten – es waren wahrscheinlich die letzten Mohikaner dieses Berufs in der russischen Hauptstadt. Mama sprach stets mit großer Wärme von ihnen.

Sie erzählte mir, wie sie nach Xyl-Orda gekommen war. Dort arbeitete eine Freundin, von der sie in einer besonders schweren Situation einen Brief erhielt. Darin forderte sie Mama auf zu kommen und versicherte ihr, daß das Leben am Rand des Reiches, weitab vom Zentrum, von den Inspektionen und Revisoren, viel freier und ruhiger sei. Es gebe viel Arbeit, die Leute gingen nur ungern so tief ins Hinterland, niemand werde an ihrem nicht ganz makellosen Personalbogen Anstoß nehmen. Mama überlegte lange, schrieb dann, daß sie käme, packte ihre Sachen und kaufte die Fahrkarte.

Als sie in Xyl-Orda ankam, stellte sich heraus, daß ihre Freundin nicht mehr da war. Hatte sie Mamas Brief nicht erhalten oder Mama nicht ihre Antwort, sie war jedenfalls fort. Mama hatte ihr ganzes Geld für die Reise ausgegeben, niemand bot ihr Arbeit an. Sie hatte keinen Menschen, mit dem sie sich hätte beraten können: Nur wenige sprachen hier russisch. Mama ging zum Bahnhof zurück, zum einzigen Ort in der Stadt, den sie kannte, setzte sich dort auf eine Bank und dachte nach, während sie vor sich hinblickte.

Was gab es da zu sehen? Xyl-Orda nannte sich zwar Stadt, war jedoch ein von der Sonne verbranntes, gottverlassenes und von nur wenigen Menschen bewohntes Kaff mit niedrigen, kleinen Häusern. Statt Straßen gab es ungepflasterte Wege: Sand und spärliches Gras an den Randstreifen. Fern in einer Staubwolke erschien auf einem dieser Wege etwas Merkwürdiges. Es bewegte sich auf den Bahnhof zu, und endlich erkannte Mama ein wunderliches Paar: Ein niedergeschlagener Esel kam daher, und auf ihm ritt ein ebenso niedergeschlagener, ja geradezu unglücklicher alter Kasache in weitem Mantel und rundem Käppchen. Beide schienen nicht zu wissen, wohin sie ritten, und hatten in ihrem kummervollen Sinnen keinen Blick für irgend etwas.

»Ich schaute ihn an«, erzählte Mama, »und dachte mir, daß er wahrscheinlich eine böse Frau hatte, von der er wegen irgendeiner Sache tüchtig ausgescholten worden war. Er wirkte so bedrückt, aber auch so komisch und nett – er ließ den Kopf hängen, der Esel auch, seine Füße schlurften durch den Staub, auch dem Esel wollten die Beine nicht gehorchen –, ich kann gar nicht sagen, wie nett ich die beiden fand, und plötzlich wurde mir ganz leicht und heiter zumute! Ich schaute sie an, lachte und dachte: Wozu Trübsal blasen? Was macht es, wenn ich ohne Arbeit und Geld bin? Hab ich nichts, so wird sich schon was finden! Ich bin doch jung und stark, ich will arbeiten, und da ich schon mal hier bin, werde ich auch hier bleiben, und alles wird gut!«

Sie schaute diesem Paar nach, das ihr so gut gefiel, bis es – immer noch in derselben Mutlosigkeit und in derselben Staubwolke – nicht mehr zu sehen war. Dann stand sie auf und ging wieder in die Stadt.

Die Zeit in Xyl-Orda sollte zu einem der unbeschwertesten Abschnitte ihrer Jugend werden.

Mama erzählte mir diese Geschichte viele Male. Die Erinnerung daran enthielt offenbar etwas, das ihr wichtig und teuer war. Einmal fragte ich:

»Und wenn der Alte nicht vorbeigeritten wäre?«

»Tja … ich weiß nicht«, antwortete Mama.

Aber an dem Ausdruck, der über ihr Gesicht huschte, merkte ich: Wäre der Alte auf dem Esel nicht vorbeigeritten, dann wäre irgend etwas anderes geschehen. Wenn Mamas Stimmung so schnell umschlug, dann war sie innerlich schon auf Widerstand eingestellt, gegen ihr Mißgeschick und gegen die unglücklichen Umstände. Irgend jemand mußte eben vorbeireiten. Irgend etwas mußte geschehen.

Und so begannen wir allem zum Trotz mit dem Unterricht. Als ob alle diese armen Schulen in der tiefen Provinz, in denen Mama ihre frühe Jugend verbracht hatte, nun hinter ihrem Rücken einen sicheren Schutzwall und Halt bildeten. Wo ein Lehrer aus einer Vorzeigeschule die Arme hätte sinken lassen, da handelte Mama mit gewohnter Findigkeit und fand aus jeder hoffnungslosen Lage einen Ausweg. Irgendwo trieb sie die Schulbücher auf – natürlich längst nicht alle. Geschichte und Geographie erzählte sie uns aus dem Gedächtnis. Rechnen hatte jeder für sich: Der fünfjährige Nira zählte Stäbchen, Mikola und ich mußten blitzschnell Fragen nach dem Einmaleins beantworten, Dagmara aber befand sich schon in einer Höhe jenseits der Wolken. Wie viele Stufen auf der Einmaleins-Leiter hatten wir noch zu erklimmen, bis wir diese Schwimmbecken erreichten, die aus Wasserrohren mit unterschiedlicher Kapazität gespeist wurden, diese Fußgänger, die aus verschiedenen Städten mit ungleicher Geschwindigkeit aufeinander zueilten! Aber ich war auch mit dem Einmaleins zufrieden, wenn ich nur an diesem sauberen Tisch mit dem Buch in der Mitte sitzen und etwas über Subjekt und Prädikat hören durfte, über das Uralgebirge, das Europa von Asien trennt, wenn ich stolz bemerken konnte, wie Jelisaweta Nikolajewna und Tante Chwenja gedämpft miteinander redeten, um uns nicht zu stören, und die Tür lautlos anlehnten.

Nur in einem war auch Mama fast machtlos: Wir hatten nichts zum Schreiben. Tauchten auch hier und da leere Hefte im Basar auf, so kosteten sie doch Unsummen.

Nicht nur wir, auch die Einheimischen konnten sich diesen Luxus nicht leisten und kauften nur einzelne Blätter – für Briefe an die Front. Da aber mit dem Einmarsch der Deutschen jede Verbindung zur Front abgerissen und sogar innerhalb des Besatzungsgebiets jeder Briefwechsel eine unsichere Sache war, gab es einfach nirgendwo mehr Schreibpapier. Als wäre es von den Chinesen noch nicht erfunden worden. Wir beschrieben die Ränder alter Zeitungen und Wandkalender, aber auch die waren rar. Wenn es das Wetter erlaubte, schrieben wir meistens mit Stäbchen in den Sand. Tinte und Federn bekamen wir kaum zu Gesicht. Und wenn doch wie durch ein Wunder welche auftauchten, dann hob man sie für die bewußten Briefe auf: Irgendwann würden die Deutschen doch abziehen (an den Sieg glaubten wir alle einmütig und unumstößlich), und dann würden wir an die Front schreiben, und nach Leningrad, überallhin.

Diese Kinderjahre ohne Tinte und Papier hinterließen bei mir für immer eine Spur: Ich lernte nie, den Federhalter oder Stift richtig zu halten. Als wir wieder in Leningrad waren, kam ich sofort in die dritte Klasse, wo alle schon geläufig schreiben konnten; die Lehrerin konnte in einer Klasse mit über vierzig Mädchen nicht einzeln mit mir Schönschrift üben. Sie wunderte sich nur, wie seltsam ich den Federhalter hielt und wie rätselhaft sich meine Handschrift nach der falschen Seite neigte. Selbst heute erhasche ich manchmal einen erstaunten Blick, wenn ich in Gegenwart Fremder etwas schreibe.

Und dennoch war es eine Schule! Wir lungerten nicht müßig herum und litten nicht unter Untätigkeit – wir mußten immer etwas lösen, lernen und auswendig können. In unserem Leben voller Ungewißheit und Gefahr, wo jeder Augenblick, jeder Schritt den Sturz in den Abgrund auslösen konnte, war eine kleine Insel aufgetaucht, die uns fest und sicher erschien, weil alles darauf klar und bemessen war.

»Aber das ist doch sehr riskant«, sagte Jelisaweta Nikolajewna einmal zu Mama. »Daß die Kinder nicht in die deutsche Schule gehen, kann man ja noch erklären. Die Entfernung, die schlechten Wegverhältnisse, die Kälte, sie haben weder Schuhe noch einen Mantel. Aber daß Sie die Kinder unterrichten ... Schließlich hat es doch geheißen: nur mit deutscher Erlaubnis, nur nach deutschem Lehrplan ... Haben Sie keine Angst?«

»Die Kinder müssen lernen. Sie haben auch so schon keine Kindheit.«

»Natürlich nicht. Aber was soll man denn machen?!«

»Man kann immer etwas machen.«

Diesen Satz sagte Mama öfter. Er klang stets einfach und normal, und dieses »etwas« erschien ganz natürlich und selbstverständlich.

Ich erinnerte mich viele Jahre später wieder daran. Die Erinnerung kam hoch, als ich mich in einer symmetrisch entgegengesetzten Situation fühlte. Wenn meine ehemaligen Freundinnen in der Eremitage, Kagane und Kustodijewa, wieder einmal eine schmutzige Geschichte über Natalja Serebrjanajas himmelschreiendes Plagiat meiner Arbeit und das falsche Spiel der Museumsleitung zu Ohren kam, dann pflegten sie mit leisem Aufseufzen zu sagen:

»Was können wir machen!«

Dieser Seufzer wurde von einem müden Schulterzucken begleitet – und diese Schultern steckten in modischen, von der letzten Dienstreise ins Ausland mitgebrachten Kostümen. Die beiden Frauen verstanden sich auf Erfolg und Karriere. Aber ein unruhiger Schatten in ihrem Gehabe ließ an Gnadenbrotempfänger denken, die ihrer Herrschaft jeden Wunsch von den Augen ablesen, weil sie sich davon etwas versprechen: die Erlaubnis zur Veröffentlichung eines Aufsatzes, zu einem Vortrag auf einer attraktiven Konferenz oder zu einer weiteren Auslandsreise.

Als ich diesen Satz zum ungezählten Mal hörte und dieses Schulterzucken sah, fiel mir Kuschtschewka wieder ein. Anfangs dachte ich noch: Wahrscheinlich gibt es elementare, aber untrügliche Tests zur Bestimmung der menschlichen Würde oder einfach des menschlichen Werts. Zum Beispiel, ob jemand sagt: »Was können wir machen!« oder: »Man kann immer etwas machen.«

Gleich darauf erkannte ich jedoch, welches Glück es für mich war, daß ich in der armseligen Kate mitten in der Steppe, um die die schwarzen Winde von den Brandstätten, die Schneestürme oder der von Militärfahrzeugen aufgewirbelte Straßenstaub tobten, so oft gehört hatte: »Man kann immer etwas machen.«

Der Herbst und der Winter waren für uns alle schwer. Nur Tante Chwenja, die noch irgendwelche Haushaltsreste besaß, hatte es leichter. Unmittelbar vor der Ankunft der Deutschen hatten Mama und ich einen Lichtblick zu sehen geglaubt, der jedoch sofort verschwand. Es war Mama in Briefen gelungen, meinen Vater ausfindig zu machen und ihm zu schreiben, wo wir waren. Dadurch erhielten wir das, was man damals »Attestat« nannte – das Recht der Familie eines Frontkämpfers auf eine bescheidene Beihilfe. Immerhin hatten wir jetzt ein bißchen Geld. Doch das riß natürlich mit dem Beginn der Besetzung ab. Mama tauschte weiterhin Lebensmittel gegen unsere restliche Habe ein. Die Kosakenfrauen kamen zu uns. Lange betrachteten sie das letzte Kostüm, das Mama aus dem Koffer herausgenommen hatte – ein Ausgehkostüm, dunkelblau, strenger englischer Schnitt. Dann befühlten sie es auf allen Seiten, prüften die Güte der Wolle, die Festigkeit der Nähte, zogen die Falten glatt – ob auch nichts durchgewetzt war. Dann probierten sie es an und betrachteten es wieder von links. »Haben Sie noch was vom Stoff?« Es wurde sehr wortkarg gehandelt, ja irgendwie lustlos: Mit Mama machte es ihnen keinen Spaß. Für Mama war es eine qualvolle Operation – sie geriet in Verlegenheit, wurde rot und verlor den Kopf, begann sogar zu stottern, und die Bitte um eine Zugabe verbrannte ihr schlicht den Mund.

Wahrscheinlich liegt in einer dieser schweren Kosakentruhen bis zum heutigen Tag ganz unten auf dem Boden das silberne Brustkreuz meines Großvaters. Eben jenes, mit dem er auf der bewußten Fotografie aufgenommen war. Vielleicht hat es uns zweimal gerettet.

Das Leben in der »Gemüsebrigade« bot uns Schutz und Rettung. Soweit ich mich erinnere, hatten die Deutschen in ihren Flugblättern zwar versprochen, die Kolchosen unverzüglich abzuschaffen, jedoch nichts dergleichen getan. Das Land war nicht neu aufgeteilt worden, und während der ganzen Besatzungszeit wurde eine doppeldeutige Situation beibehalten: Es gab weder alte noch neue Besitzer. Man wußte nicht, wem das Land gehörte und wie es bestellt werden sollte. Ich habe keine Ahnung, wie diese Frage gelöst worden wäre, wenn sich die Deutschen bis zur nächsten Aussaat gehalten hätten. Aber entweder waren sie sich ihrer unsicheren Lage bewußt – die Besetzung dauerte alles in allem nur sieben Monate –, oder sie kalkulierten nüchtern, daß sie mit den Kolchosen leichter zurechtkämen (deren System für sie nichts Feindliches hatte und die sie in ihrer bestehenden Form brauchen konnten) als mit halsstarrigen, ausweichenden Einzelpersonen, die zu Abgaben gedrängt werden mußten. So standen im Pferdestall immer noch Muntre und Rote – zwei so abgehalfterte Mähren, daß es niemand auf sie abgesehen hatte –, in der Scheune lag das Heu der Kolchose, und im mittleren Zimmer unserer Kate lagerte wie eh und je deren Saatgut. In den Mieten befand sich noch irgendwelches Gemüse, und die Kolchosarbeiterinnen, die bei uns hereinschauten, machten aus ihrer Meinung kein Hehl, daß wir dumm wären, wenn wir es nicht nehmen würden. Es gab ja keinen, den man fragen konnte! So hatten wir Kartoffeln, Rüben, etwas Kohl und Mais. Tante Chwenja hatte ihre Kuh in den Pferdestall eingestellt, und da Mama mithalf, sie zu versorgen, zu waschen und zu melken, und ich, als ich etwas gekräftigt war, sie zu hüten – bekamen wir auch Milch. Speck, Mehl und Sonnenblumenöl wurden gegen die restlichen Kleider eingetauscht. Das Essen war kärglich, es reichte nicht, aber es war doch nicht wie zur Zeit der Blockade, und das gewohnte Gefühl des nicht Sattwerdens machte uns nichts aus.

Viel schwerer war es, sich an das dumpfe, nagende Gefühl der ständigen Gefahr zu gewöhnen. Meine Kräfte kehrten allmählich zurück, und ich löste mich aus der Erstarrung, die mich vor jeder Besorgnis geschützt hatte. Ich bemerkte auf einmal, wie sich Mamas und Jelisaweta Nikolajewnas Gesichter veränderten, wie sie ein Gespräch oder eine Arbeit unterbrachen und angespannt lauschten, wenn von der Straße her Lärm erklang oder auf dem Hof fremde Stimmen zu hören waren. Manchmal schnappte ich Fetzen ihrer Gespräche auf – halblaut, damit die Kinder es nicht hörten, sprachen sie darüber, daß im Dorf wieder jemand verhaftet worden sei ... und daß in der Steppe drei Fallschirmspringer von uns gefaßt worden seien, zwei Burschen und ein Mädchen ... sie seien natürlich erschossen worden ... die Burschen hätten geweint, als sie zur Erschießung geführt worden seien, beide noch fast Kinder, das Mädchen aber hätte gelacht,

Lieder gesungen und sie aufgemuntert … ob es wirklich stimme, daß der Soundso in den Dienst der Polizei gegangen sei… Stimmt es, daß in der Kommandantur Erschießungslisten zusammengestellt werden?… Die Leningrader … (weiter konnte ich gar nichts mehr hören – was war mit den Leningradern?)

Zum erstenmal schmeckte ich den besonderen Beigeschmack, den einsam getragenes Unglück hat. Natürlich kam diese Empfindung bei weitem nicht an das Leid über den gemeinsamen Verrat meiner alten Freunde heran – über deren panische Angst vor einem Wort der Anteilnahme, einer Geste der Unterstützung, einem Telefonanruf –, das ich im Leningrad der achtziger Jahre durchmachte. In Kuschtschewka behütete mich Mama, und mein kindliches Unverständnis schützte mich, auch half mir die Nachbarschaft von Menschen, die mit uns das gleiche Schicksal teilten. Doch unsere Isolation empfand ich mit bitterer Schärfe. Keiner von den Leuten aus der »Brigade« behandelte uns feindselig – sie hatten auch kein leichtes Leben, aber ihre Sorgen hatten nichts mit unseren Sorgen gemein. Sogar das, was uns hätte verbinden können – der Mann, Sohn oder Vater an der Front –, blieb tief unter eisernem Schweigen verborgen und leuchtete in unseren Gesprächen niemals durch. Wir waren Fremde. Würden uns die Soldaten morgen zur Kommandantur abführen, dann würden sie sicher bedauernd den Kopf im straff gebundenen, weißen Tuch schütteln und nach einer Minute nicht mehr auf die Straße schauen.

Daran konnte ich mich nur schwer gewöhnen, es verursachte den ersten Riß in meiner Vorstellung von menschlichen Beziehungen. Für mein neunjähriges Bewußtsein verstand es sich von selbst, daß die Menschen zusammenhalten und einander helfen müssen. Niemand hatte mir das eingetrichtert, ich erlebte es einfach jeden

Tag. So war es in unserer Familie – drei Kinder und zwei Frauen im blockierten Leningrad. So war es im Luftschutzkeller unseres Hauses, in den die Hausbewohner trotz des Leningrader Hochmuts der Gefahr gegenüber doch manchmal hinunterstiegen, wenn die Granaten und Bomben ganz in der Nähe explodierten. Jede Familie hatte in ihrer angestammten Ecke Decken, sogar Matratzen und einen kleinen Vorrat an den allernotwendigsten Dingen. Aber irgendwer ließ sich vom Nachbarn sofort Feuer geben, irgendwer bot einem anderen einen Becher heißes Wasser aus dem Teekessel an – es war ein obligatorisches Ritual, das sogleich den Strom der lebendigen Kommunikation einschaltete. An der niedrigen Kellerdecke blakten zwei, drei »Funzeln« (mit Petroleum gefüllte Fläschchen, auf denen ein Blechdeckel mit einem Loch in der Mitte saß, darin steckte ein Metallröhrchen, durch das der Docht gezogen war). Die Gesichter waren kaum zu sehen, wir erkannten einander an der Stimme. Es wurde langsam und leise gesprochen: Alle waren sehr schwach. Die Stimmen glichen den Funzellichtern. Aber jeder brauchte hier den anderen, und die letzten kostbaren Krafttropfen wurden für dieses Gespräch verbraucht, das sich wie ein dünner Faden in die Länge spann.

Im Herbst 41 kam Tante Talja zu uns, Mamas ältere Schwester. Sie hatte keine Familie und lebte allein am anderen Ende von Leningrad, am Umleitungskanal; wir sahen sie selten, seit die städtischen Verkehrsmittel fast gänzlich aus dem Betrieb genommen waren. Außerdem war sie als junge alleinstehende Frau mobilisiert worden, irgendwo am Stadtrand Schützengräben auszuheben. Die Erdarbeiten waren sehr schwer, dafür wurden Sonderrationen ausgegeben – in der Stadt aber hatten wir schon nichts mehr zu essen. Ich weiß nicht, wie sich Tante Talja auf unsere Wyborger Seite durchschlug. Aber sie mußte um jeden Preis zu uns kommen. Sie hatte fast das ganze Brot, das sie zusätzlich zu ihrer Ration bekommen hatte, aufgehoben und brachte es uns mit.

Es war ganz unglaublich: Auf dem Tisch lagen zwei Brotlaibe. Wann hatten wir das letzte Mal soviel Brot gesehen? Ich sprang sofort auf – Vadik war nicht zu Hause, er war ins Freie gegangen und wußte nichts! Ich sauste die Treppe hinunter wie schon lange nicht mehr. Draußen gab es nur noch wenige Lieblingsorte für uns, nur die allernächsten – unseren Kräften angemessen –, und Vadik war leicht zu finden. Ich holte ihn bei den Nobelhäusern ein, unter dem Granitbogen mit der alten Laterne.

»Vadik, weißt du was? Möchtest du ein Brot haben?«

Mein Bruder drehte sich zu mir um, und ich erinnere mich bis heute, wie sich auf seinem Gesicht, das nicht mehr nur einfach fein (er war ein sehr schöner, sehr sanfter und liebevoller Junge), sondern eingefallen und wachsbleich war, langsam nacheinander Unverständnis und Ungläubigkeit widerspiegelten, dann aber, als ich alles herausgesprudelt und erklärt hatte, Überraschung und Freude aufstrahlten. Wir faßten uns an den Händen und rannten lachend nach Hause, wie vor dem Krieg, und ich erzählte hastig alles bis zum Ende.

»Sie hat uns alles gebracht! Großmutter sagt: ›Talja!‹ Nein, das habe *ich* gesagt! Und sie meint: ›Doch, ihr habt Kinder!‹ Wieso unterbrichst du mich, nein, das habe ich nicht gesagt! Das war so-o ein Paket, zuerst in ein Tischtuch eingewickelt, dann in Zeitungen und dann in die Einkaufstasche gesteckt ...«

Ich weiß noch gut, daß Tante Taljas Geschenk Vadik und mich bei all unserer Freude überhaupt nicht erstaunte. Erstaunlich waren nur die beiden Brotlaibe auf dem Tisch, aber daß sie die uns gebracht hatte, erschien uns ganz natürlich. Als mir eine unbekannte Frau im Blockadewinter – ein phantastischer Vorfall – auf der Straße für einen lächerlichen kleinen Dienst ein Schokoladenbonbon gegeben hatte, brachte ich es nach Hause und zerschnitt es mit dem Messer in fünf Stückchen. Wir waren ja eine Familie, aber als unsere Nachbarin Maria Alexandrowna, die mit Mama befreundet war, irgendwo eine Flasche Baumwollsamenöl aufgetrieben hatte, da brachte sie die uns auch, um zu teilen.

In den allerersten Kriegsmonaten hatte sich in unserer Familie ein Ereignis zugetragen, das ein für allemal bestimmte, wie wir weiterleben würden, und im vorhinein hundert Fragen beantwortete. Zwischen Mama und Großmutter hatte es Streit gegeben, dabei stritten sie selten über etwas und niemals so lange. Das dauerte mehrere Tage, beide gaben nicht nach, sprachen nicht mehr miteinander, aber nach ein oder zwei Stunden flammte der Streit wieder auf. Wir bekamen alles mit, Großmutter und Mama waren so angespannt und von ihrem schwierigen Gespräch so gefangen, daß sie uns Kinder – das war ebenfalls unüblich – gar nicht beachteten und sich keine Mühe gaben, etwas vor uns zu verheimlichen. Vielleicht wollten sie es auch nicht.

In Leningrad hatte nämlich die Evakuierung der Familien von Frontkämpfern begonnen (jedenfalls der Offiziersfamilien – Mama und Großmutter machten dazu eine bittere Bemerkung – »wie ungerecht« –, darin waren sie einer Meinung). Sie glich keineswegs dem mörderischen »Lebensweg« und dem allmählichen Aussieben der Leichen aus dem Güterwagen, in dem die Halbleichen weiterfuhren. Noch ganz gesunde, kräftige Menschen bestiegen Flugzeuge und landeten dann nach wenigen Stunden irgendwo im sonnigen Süden oder im Altaigebirge, wohin die Deutschen nie gelangen würden. Wer es nur konnte, stürzte blindlings in diesen rettenden

Deckungsgraben: In den Leningrader Geschäften gab es bereits nichts mehr, die mit Lebensmitteln gefüllten Badajewski-Lagerhäuser waren seltsamerweise in den ersten Belagerungstagen abgebrannt, der Hunger hatte eingesetzt, die Straßen wurden von Ferngeschützen beschossen, die Bombenangriffe häuften sich, in allen Bezirken standen Häuser in Flammen.

Mama war in das Evakuierungsbüro gegangen. Man überprüfte ihre Papiere und bot ihr in wenigen Tagen Plätze im Flugzeug an. Mit einem Vorbehalt: Für Großmutter war kein Platz. »Wir fliegen nur die unmittelbaren Familienmitglieder eines Militärangehörigen aus. Die Frau und die Kinder werden evakuiert. Die Schwiegermutter gehört nicht dazu. Sie ist Ihre Mutter und nicht die des Militärangehörigen. So lautet unsere Instruktion. Bürgerin, halten Sie sich nicht auf. Nein. Wir haben kein Recht. Ich notiere Sie und Ihre drei Kinder. Reden Sie kein dummes Zeug. Was, Sie wollen nicht fliegen? Ich habe Ihnen doch gesagt: Halten Sie sich nicht auf.«

Mama sagte, so würden wir nicht fliegen. Entweder alle zusammen oder niemand. Sie verließ das Büro, ohne sich für den Flug vormerken zu lassen. Großmutter verlangte, daß Mama wieder hingehen und einwilligen solle, ohne sie zu fliegen.

Es war ein harter Zweikampf, der sich über mehrere Tage hinzog. Großmutter bearbeitete Mama unermüdlich, einzuwilligen. Sie sei Mutter und trage die Verantwortung für ihre Kinder. Vor allem die Kinder müßten gerettet werden. Was wolle sie Fedja sagen, wenn auch nur eines verhungerte oder bei einem Bombenangriff umkäme? Sie werde keine Rechtfertigung haben, daß sie nichts für sie hätte tun können. Oder die Gefahr nicht erkannt hätte. Alle wüßten, daß man nach dem Brand der Badajewski-Lagerhäuser nicht einmal auf einen Aufschub des Hungers hoffen könne. Und der Hunger werde furchtbar. Schlimmer als der, den wir im Bürgerkrieg erlebt hätten. Die Blockade könne bald durchbrochen werden, keine Frage – wir hörten doch die Frontberichte im Radio. Auch ohne Radio wüßten wir, wie die Stadt beschossen und bombardiert werde. Man müsse die Kinder retten. Sie, die Großmutter, habe ihr Leben gelebt, und nicht zu kurz – sechzig Jahre. Wenn sie hier allein bliebe, werde sie sogar ruhig und froh sterben können, denn sie wüßte, daß wir am Leben und gerettet seien. Und wieso sollte sie denn unbedingt sterben? Menschen stürben auch, wenn sie ein leichtes Leben hätten, und überlebten in aussichtsloser Lage, wie es Gott eben gerade gebe. Hauptsache, man habe ein unbeschwertes, ruhiges Herz – und das hätte sie nicht, wenn sie sich als Last für die Familie fühlen müsse, wenn sie immerzu dran denken müsse, daß ihretwegen drei Kinder in Gefah seien. Schon um ihrer selbst willen, um ihrer eigenen Seelenruhe solle Mama doch einwilligen!

Ich habe Großmutter weder vorher noch nachher so viel und hitzig reden hören. Aber sie redete fast nur allein, Mama antwortete ihr wenig, einsilbig und nur mit Anstrengung. Nein. Wir würden zusammen überleben oder zusammen sterben, uns jedoch nicht trennen. Sie nehme die ganze Verantwortung auf sich. Den Kindern und Fedja gegenüber. Wenn es den Kindern beschieden sei, zu überleben, würden sie nicht denken müssen, sie wären auf Kosten eines anderen Menschen gerettet worden, jemand hätte ihretwegen einsam und allein sterben müssen. Man rette schließlich nicht nur sein Leben. Nein. Alle zusammen oder keiner. Nein.

Natürlich ahnte ich damals nicht, daß ich zum erstenmal miterlebte, wie Menschen plötzlich am Scheideweg standen und auch ohne den Hinweis des feuerweißen

Rätselsteins aus dem russischen Märchen erkannten: Nach keiner Seite führt ein leichter Weg. Alles schürzt sich zu einem quälenden Knoten, man kann ihn nicht mit Beweisen und Berechnungen aufknüpfen, sondern muß ihn mit der Klinge jenes inneren Gebots durchhauen, das der menschlichen Seele von Natur aus innewohnt. Mama entschied nicht, was besser wäre, sondern – es ging eben nicht anders.

Uns Kinder versetzten die ersten Gespräche über eine Evakuierung in helle Begeisterung. Die Reise im Flugzeug war ein Abenteuer, erst eine ungewöhnliche Route durch die Wolken, dann neue wunderschöne Gegenden, Wälder oder Felder, ein Himmel ohne Bomber und Brot in Hülle und Fülle! Doch als Mama aus dem Büro zurückwar, ging in unserem Kopf alles durcheinander. Ohne Großmutter? Alle Kinder lieben ihre Großmutter, aber wir liebten unsere ganz besonders. Sie war nicht weniger als Mama die Quelle unserer Vorkriegswonnen: Berge goldbrauner Pastetchen, Schneeinselchen, die in goldgelber Vanillemilchsauce schwammen; Schürzen, Hemden und Kleidchen, die mit lustigen Gesichtern, Tieren, Beerentrauben oder Blumen bestickt waren; hinreißender Baumschmuck, den wir unter ihrer Anleitung aus Buntpapier und Folie bastelten: lange, leichte Ketten, Sterne, Büchlein, Knallbonbons oder Überraschungssäckchen. Wenn wir husteten und über Halsweh klagten, verarztete uns Großmutter als erste, und alle ihre Heilmittelchen dufteten und schmeckten gut: Im Silberlöffel über der brennenden Kerze schmolz ein Stück Würfelzucker und wurde dunkelbraun, in ein durchsichtiges Schnapsglas fielen Schwedentropfen und verschwammen zu winzigen Wölkchen. Mit dieser wunderbaren, behaglichen Hausalchimie verloren selbst Krankheiten ihren Schrecken.

Aber Großmutter war auch die oberste Gerechtigkeitsinstanz in unserem Haus. Selbst Mama konnte sich manchmal irren und nicht durchschauen, wer an einem Streich wirklich schuld war, dann bestrafte sie Vadik statt meiner und umgekehrt. Großmutter konnte das nicht passieren. Ob sie an irgendwelchen Anzeichen auf unseren Gesichtern, ja nicht einmal Anzeichen, sondern nur Schatten davon, merkte, wer der Unruhestifter war oder wer wen bei Tisch geschubst hatte, bis beide die Suppe verschütteten, oder ob es ihre übernatürlich sensible Beobachtungsgabe und gründliche Kenntnis von uns allen war, sie irrte sich nie. Da sie nicht streng sein konnte und wollte (oder glaubte, daß Vaters Strenge für alle Großen vollauf reichte?), war sie immer gerecht. In ihrer Gerechtigkeit, die keine Strafe, sondern nur Mißbilligung kannte, zog sie keinen vor oder gab einem von uns nach.

Einmal hörte ich zufällig im Nebenzimmer, wie Großmutter Mama tadelte. Der Hunger hatte schon begonnen, jedes Stückchen Brotrinde, jeder Löffel Essen wurde ausgerechnet und bei Tisch mit besorgten Blicken begleitet. Doch ich hatte nie bemerkt, daß Mama in der Küche Tanjetschka eine Teig- oder Breischüssel auslecken ließ. Großmutter hatte es bemerkt. Jetzt sagte sie streng zu Mama:

»Das hättest du nicht tun dürfen. Kinder müssen immer alles zu gleichen Teilen bekommen. Am allerwichtigsten ist für sie das Vertrauen, daß wir immer gerecht sind, und du besonders. Wenn sie anfangen, an dir zu zweifeln – dann ist es aus. Und du heute mit dieser Schüssel ...«

Mama rechtfertigte sich mühsam mit leiser, bedrückter Stimme:

»Sie ist doch die Kleinste und Schwächste, Mama. Du siehst doch, wie blaß sie im letzten Monat geworden ist, wie anders sie jetzt ist ... so schlapp und gleichgültig ... Und dann, da war so wenig drin, na, gerade mal zwei

Löffel… Hätte das für drei reichen sollen? Das nächste Mal gebe ich einem anderen was…«

»Galja, Galotschka, man darf die Gerechtigkeit nicht auf das nächste Mal verschieben. Sie müssen darauf vertrauen, daß du jedesmal, jeden Augenblick gerecht und zu jedem gleich bist. Ja, du hättest die zwei Löffel unter den Dreien aufteilen sollen. Es wird noch viel schlimmer werden. Da kann nur eins helfen: Daß sie dir und mir und einander grenzenlos vertrauen. Gott bewahre dich davor, ihnen dieses Vertrauen zu nehmen.«

»Mama, ich kann mich noch nicht dran gewöhnen … sie schauen jetzt so das Essen an. Tanjetschka kam halt in die Küche … schaute die leere Schüssel an … ich konnte es nicht ertragen…«

»Ich verstehe dich ja. Aber dich gewöhnen … ich sage nicht, daß du es nicht sollst, nein, daran darf man sich nicht gewöhnen. Aber du sollst immer dran denken, daß es drei sind. Und alles unbedingt gleich sein muß. Ein Löffel Essen, ein Löffel Gerechtigkeit – so wird heute gemessen. Jetzt hör doch auf, Galja, meine Liebe…«

Ich hörte, wie Mama ganz leise schluchzte.

Großmutter alleine lassen?

Wir waren Kinder. Wahrscheinlich hätten wir unser erstes Befremden – ohne Großmutter? – mühelos einschläfern und dann in das unterwürfige »da kann man nichts machen« ummünzen können. Erklären, daß Großmutter selbst nicht fortwollte (was stimmte), daß ihr mit ihrem schwachen Herzen im Flugzeug sicher schlecht würde (stimmte auch fast), daß sich viele Familien trennen mußten (stimmte das etwa nicht?) und wir dann unbedingt alles daran setzen würden, Großmutter nachzuholen, am besten per Zug (das hätte stimmen können). Aber Mama in ihrer Geradlinigkeit zog uns für immer die schonungslose Grenze zwischen Wahrheit und Halbwahrheit. Alles wurde beim Namen genannt. Und deshalb fanden Großmutters Reden, alle ihre aufrichtigen, glühenden Argumente und Beweise, in uns kein Echo. Wir erwiderten nur Mamas einsilbiges Beharren: »Nein. Alle zusammen oder niemand.« Ohne Großmutter – niemals und nirgendwohin.

Als Großmutter dann nach ein paar Tagen aufgab und schwieg (weil ohnehin sämtliche Fristen versäumt waren) und Mama gesiegt hatte, da war es auch unser Sieg. Wir waren alle beisammen geblieben.

Mama kam niemals auf die Geschichte dieser ersten Evakuierung, die nicht zustande gekommen war, zu sprechen. Ich selbst fragte sie danach, als ich schon erwachsen war und Zweifel bekam, ob mich mein Gedächtnis trog. Nein, es stimmte alles. Aber darüber sprechen wollte Mama nicht, sogar nach so vielen Jahren nicht. Vielleicht konnte sie es auch gar nicht. Erst da begriff ich, welche Last sie alle diese Jahre auf dem Herzen trug (»ich nehme die ganze Verantwortung auf mich …«). All die langen Jahre, ihr ganzes restliches Leben.

Mama war sanfter und schüchterner als die meisten Menschen, denen man so begegnet. Und nur, wenn das Schicksal jäh und erbarmungslos zuschlug, erwachte in ihr eine hartnäckige, vor nichts zurückweichende Stärke – etwas von ihrem Vater, der seinen geistlichen Beruf nicht hatte ablegen können. Irgendwoher wußte sie, was sie tun mußte, auch wenn es gegen alles gerichtet war. Sie hätte gar nicht anders gekonnt.

Als 1937 unser Bekannter Lebedew verhaftet wurde, kein enger Freund, sondern nur ein Kollege meines Vaters, und wenige Monate danach auch seine Frau Anna Iossifowna, nahm Mama ihre verwaiste Tochter in unsere Familie auf. Sie lebte bei uns, bis ein Onkel sie holen kam, dem Mama geschrieben hatte. (Später erfuhren wir, daß er seine Nichte ins Waisenhaus gegeben hatte.) Ich weiß nicht, ob Mama die Formel (oder den Paragraphen des Strafgesetzbuchs) kannte, auf der die Verhaftung vieler Menschen basierte: »wegen Unterstützung der Volksfeinde …«

Dieses kleine Mädchen, kaum älter als ich, war ein FMVF, ein Familienmitglied von Volksfeinden. Alle wußten, daß man auch wegen weniger verhaftet werden konnte, und auch völlig grundlos. Es wäre ja nicht einmal Abtrünnigkeit vom Glauben gewesen – man hätte einfach keine Notiz zu nehmen, nicht daran zu denken brauchen, daß irgendwo in einer verwüsteten Wohnung ein hungriges, verlassenes Mädchen kauert. »Sie hat Verwandte«, »wir können unsere eigenen Kinder nicht wegen fremder in Gefahr bringen«, »allen kann man nicht helfen …« und was es sonst noch an Halbwahrheiten gibt, die beflissen auf den Umgehungspfad einladen.

Kann es sein, daß wir nur deshalb wirklich überlebt haben, weil Mama diese Halbwahrheiten nicht kannte, nicht kennen wollte? Wußte sie etwas anderes?

Je weiter der Herbst fortschritt, desto enger schloß sich der Kreis der Schwermut, ja fast der Hoffnungslosigkeit, um unsere Kate. Vielleicht hat Bunin recht: »Ursprünglich untersteht der russische Mensch den Einflüssen der Natur.« Aber wahrscheinlich überläßt sich jeder Mensch leichter der Trübsal, wenn der Wind wütend an der gesprungenen Scheibe rüttelt, als an einem wonnevollen Sommertag. Zudem wußten wir, daß wir nichts hatten, um die Scheibe zu ersetzen, wenn sie ganz zerbrechen würde; und wenn wir die vor Trockenheit gerissene Tür nicht ausbessern könnten, dann käme die Kälte mit dem ersten Frost in unsere Kate, und über Nacht würde der Schnee über die Schwelle geweht; wenn der strömende

Regen morgen nicht nachließe, dann wäre das letzte Anheizmaterial zu Ende, und selbst wenn wir in die Steppe hinausgingen, könnten wir nur durchnäßtes Steppengras und Mannstreu mitbringen. In solchen Fällen hieß es bei uns zu Hause: »Man kann immer etwas machen.«

Mama hatte offenbar besser als wir alle erkannt, daß unser Hauptübel nicht die Kälte war, nicht die Armut und nicht einmal die reale Gefahr, sondern die bodenlose Verzagtheit, die in unserer Kate festes Quartier bezogen hatte und jeden von uns immer stärker in den Griff bekam. Eines unwirtlichen Tages zog sie sich warm an, nahm die große Tasche und ging ins Dorf.

Ich weiß nicht, wie und wann sie es geschafft hatte, dort die verschiedensten Leute kennenzulernen und sich mit ihnen anzufreunden. Darunter war ein älteres Ehepaar, ehemalige Lehrer, die nicht mehr arbeiteten. Sie hießen wohl mit Nachnamen Tschurakow. Ich habe diese Menschen, die soviel für uns getan haben, nie gesehen. Der Weg ins Kosakendorf war weit und der Gang dorthin, noch dazu unter deutscher Besatzung, nicht ungefährlich, außerdem hatte ich mich von der Schwäche aus der Blockadezeit noch nicht ganz erholt.

Die Tschurakows besaßen eine große Bibliothek, die sie im Laufe ihres ganzen Lebens zusammengetragen hatten. Ohne im geringsten zu zögern, stellten sie Mama ihren einzigen Schatz zur vollständigen Verfügung, ganz natürlich und selbstverständlich, wie nur wirklich freigebige Menschen. Daß sie damit ihre Bücher aufs Spiel setzten, bedachten sie nicht, diese Kategorie fehlte in ihrem Leben. Mama verstand es, überall solche Menschen zu finden. Mit der vollgestopften schweren Tasche kam sie in unsere Kate zurück: Märchen für Nira, Stevenson, Jack London und Fenimore Cooper für Dagmara und mich, russische Romane des vorigen Jahrhunderts für die Erwachsenen.

An diesem Abend machten uns weder die Kälte noch der Regen, noch der Lärm von der Straße mehr etwas aus. In Leningrad hatten wir eine wunderbare Kinderbibliothek zurückgelassen, die ich beinahe auswendig kannte. Eine Menge Gedichte von Schukowski bis Tschukowski, Märchen von Perrault, Andersen, E.T.A. Hoffmann, Hauff, den Brüdern Grimm und aus tausend und einer Nacht, mein geliebter Mark Twain, Jules Verne, Myne Reed, Boris Schitkow, Abenteuer und Reisen, Bücher über Tiere und Vögel, Pflanzen und Steine, Kinderausgaben von Lew Tolstoi und Cervantes, Kuprin und Garin-Michailowski, Swift, Gogol und Axakow. Doch die herrlichen Stunden, die ich mit ihnen zugebracht hatte, waren fest mit jenem sagenhaften Leben verschmolzen, das ich nicht mehr als etwas Lebendiges in Erinnerung hatte, sondern eher als rosiges Phantasiegebilde. Daß es sich hier, in der Steppe, wiederholen könnte, war nicht auszudenken. Und plötzlich erbebte etwas in mir, als durch Blockade, Schienen, Explosionen, Brände und Steppengewitter hindurch der Junge aus Stevensons »Der schwarze Pfeil« dem König aufs neue ins Gesicht sagte: »Ich nehme die Verluste auf mich!«

Sie stehen einander gegenüber, und Gloucester hat gerade gesagt, daß er ihm jeden Wunsch erfüllen wolle. Dick möchte den alten, ewig betrunkenen Matrosen, in dessen Schuld er steht, vor dem Galgen retten. Glaucester schaut ihn verächtlich und fast drohend an: »Bedenke, daß meine Gnade damit erschöpft ist.« Dick blickt ihm in die Augen und antwortet herausfordernd und stolz – stolz auf die Gerechtigkeit seiner Sache: »Ich nehme die Verluste auf mich.«

Wieviel hatte sich hinter diesen Worten in den knapp zwei Jahren aufgetürmt, die ich sie nicht mehr gehört hatte! Sie erklangen nicht mehr im sorglosen Übermut wie früher, sondern fielen bitter, denn Dick wußte ja nun einiges über das Leben und seine Verluste, aber sein Wissen war besser und heller als das des Königs, er hatte etwas, womit er dessen Verachtung parieren konnte: »Ich nehme die Verluste auf mich!«

Wir lebten nicht mehr auf einer Insel, und besonders für mich füllte sich die Leere ringsum mit neuen Menschen oder jenen, die ich nach langer Trennung wiedererkannte – wie Dick. Diese Begegnungen waren besonders freudig: Die alten Bekannten hatten sich verändert, genauso wie ich selbst, waren mir jedoch vertraut geblieben und verbanden mich mit der Vergangenheit. Und wenn es das gab, dann war der heutige Tag, der so düster und unsicher war, doch nicht das einzige, was wir noch im Leben hatten. Wenn es die Vergangenheit gab, dann konnte es auch die Zukunft geben – und plötzlich wurde das Leben weiter, und zum erstenmal seit langen Monaten leuchtete vor mir in der Ferne etwas auf.

Alle stürzten sich auf die Bücher. Tagsüber hatten wir genug im Haus zu tun, so blieb uns also der Abend zum Lesen. Da merkten wir verwundert, daß der Abend überhaupt eine besondere und schöne Zeit ist. Von morgens bis abends drohte uns jeden Augenblick Gefahr. Doch am Abend standen wir mit einem Mal unter dem Schutz dessen, was uns zuvor am allermeisten bekümmert hatte – unter dem Schutz der Abgeschnittenheit, der Kälte, des Regens, des Windes, der schlechten Straßenverhältnisse und der Finsternis. Tatsächlich konnte man sich nur schwer vorstellen, daß ein deutscher Soldat oder Polizist im strömenden Regen zu Pferd oder im Fuhrwerk zu uns heraus käme – sich mit dem Auto in den unwegsamen Steppenschlamm oder in die Schneeverwehungen zu begeben, würde erst recht niemand wagen. Der Anbruch des Abends bedeutete also Sicherheit und den Aufschub jeglicher Drohung um viele lange Stunden bis zum nächsten Morgen, um die Unendlichkeit!

Es war eine erstaunliche Entdeckung, die unser ganzes Leben umkrempelte. Vorbei die mutlose Niedergeschlagenheit, die sich in der frühen Dämmerung auf unser Haus herabzusenken pflegte, da wir nun im Halbdunkel würden sitzen müssen, nur eine Funzel auf dem Tisch, Regen vor dem Fenster und draußen im Hof das überreizte Knarren des alten Schutzdachs; die Erwachsenen und Dagmara würden endlos etwas nähen oder flicken und wir Kleinen untätig in den dunklen Ecken herumlungern und uns aus Langeweile streiten. Nie habe ich sonst erlebt, daß Bücher das menschliche Leben so erfüllen und erhellen können, weder vorher noch nachher. Wir empfanden keine Einsamkeit mehr, und die Gesprächsthemen waren unerschöpflich.

Dabei sprachen wir Kinder nicht über die Bücher, sondern über die Menschen, die genauso wirklich waren wie wir selbst. Melissa Smith, Bret Hartes »Mliss«, war für mich ganz und gar keine literarische Figur, sondern so etwas wie eine enge Freundin. Ich kannte diese Erzählung beinahe auswendig (manche Stellen daraus weiß ich sogar heute noch, leider nicht die besten, aber Geschmack hat eben auch sein Alter – und das »kleine Staubkorn menschlichen Kummers im Glanz der fernen, gleichgültigen Sterne« erschien mir unglaublich poetisch) und griff immer wieder zu dem Buch, nur um mit Mliss zusammenzusein. Keinen Augenblick verglich ich mich mit ihr, wir hatten nicht einmal eine ähnlich leidvolle Lebenserfahrung, aber ich fand es so gut, daß Mliss auf ihre Schicksalsschläge nicht mit Demut und Zugeständnissen reagierte, sondern mit Widerstand und herausfordernder Entschlossenheit!

Bei den Jungs stellte natürlich Huckleberry Finn schnell

alle anderen in den Schatten. Nicht Tom Sawyer wie noch in Leningrad. Tom wußte Tante Pollys sicheres, festes Haus hinter sich, das zwar bescheiden war, aber weder Not noch Bedrohung kannte; er hatte Tante Polly selbst, Mary, Sid, die Schulfreunde und so viele Nachbarn! Eine heile, behagliche Welt um sich herum: Du liebe Zeit, als man glaubte, die drei Jungen wären ertrunken, da weinte die ganze Stadt um sie, und in der Kirche wurde eine Predigt über sie gehalten! Und unsere Quartiergeberin hatte so auf Mama eingeredet, daß sie schon mal im voraus einen Sarg für mich machen lassen solle: »Die lebt keine zwei Tage mehr ...« Und wer hatte sich in Leningrad noch nach den Schlitten umgedreht, auf denen die in Laken eingewickelten Leichen transportiert wurden?

Huck wußte nichts hinter sich: keine Deckung, keine Hilfe. Er spielte keine Abenteuer, sondern erlebte sie. Jim und er waren ganz allein auf dem Floß. Sie trieben den wunderschönen, unsterblichen Strom hinunter. An seinen Ufern lebten fremde Menschen – wenn ich über sie las, tauchte ich in ein Wechselbad der Gefühle, fiel aus Erheiterung in schonungslose Verurteilung, aus Begeisterung in Verzweiflung. Die einen betrogen und erschlugen einander, und ein anderer war bereit, einem Unbekannten sein letztes Stück Brot zu geben. Das hatte große Ähnlichkeit mit unserem Leben. Welcher Unterschied bestand zwischen dem Mississippi, der Newa oder der Jeja, die nicht weit von unserer Kate floß? Alles war genauso grausam und genauso überraschend: Niemand wußte, was hinter der nächsten Flußschleife käme. In nächster Nähe wurde getötet, jeder von uns hätte jeden Tag umgebracht werden können. Und jeder Morgen begann mit derselben Sorge: Was werden wir heute essen? Womit werden wir den Ofen heizen? Wie werden wir den Tag bis zum Abend überstehen?

Am Morgen hörten wir von der Straße her das Geräusch eines Autos. Wir verriegelten die Tür. Jelisaweta Nikolajewna befahl Nira flüsternd, in die Ecke zu gehen und zu schweigen. Dagmara und mir brauchte man nichts mehr zu sagen. Das Fenster wurde mit einer bereitliegenden Strohmatte verdeckt. Gerade noch rechtzeitig. Zwischen zwei Polizisten schritt ein deutscher Offizier über den Hof. Glatt geschniegelt, den Blick stur geradeaus gerichtet. Sie gingen – wir sahen sie, reglos am Fenster stehend, durch einen Spalt – schräg über den Hof nach links zu den Mieten, die bereits verschneit waren. Verschwanden hinter dem Schuppen. Wir rührten uns nicht vom Fleck. Nichts war mehr zu sehen und zu hören. Lange. Furchtbar lange. Dann sahen wir sie wieder: Sie gingen genauso, nur von links nach rechts, zurück zur Straße. Er blickte nicht einmal zu uns herüber. Sie bogen um die Ecke und verschwanden. Wir rührten uns immer noch nicht. Vielleicht… Man hörte den Motor. Sofort drehten alle den Kopf in die Richtung des Geräuschs, aber keiner sagte ein Wort und regte sich. Der Motor wurde abgestellt. Wir hielten den Atem an. Die Stille gellte in den Ohren und schnürte uns die Kehle zu. Ein scharfer Ruf auf deutsch aus dieser Richtung. Wieder Stille. Der Motor! Der Motor! Schon hört man, daß sich das Geräusch bewegt! Immer weiter fort… Jetzt hört man es nicht mehr!

Ein Aufschub. Alles war vorbei. Jelisaweta Nikolajewna setzte sich auf die Bank, plötzlich begann sie zu schluchzen und durch das zerknüllte Taschentuch zu stammeln – »diese Folter … noch ein Tag … ich halte es nicht mehr aus…« Aber wir wußten alle, daß wir es aushalten würden. Da alles um einen weiteren Tag hinausgeschoben war, vielleicht auch um zwei, wie sollten wir es dann nicht aushalten können?

Und unser Floß trieb inmitten der wunderschönen, weißen Steppe in ein strahlendes Fest hinein – in einen weiteren Lebenstag, der uns geschenkt war. Dort vorne sah ich beim Schein der abendlichen Funzel die Sterne über dem Mississippi.

Bald darauf fand bei uns eine weitere Veränderung statt. Mama und Jelisaweta Nikolajewna hatten öfters beklagt, daß alle Kinder die hiesige Mundart, die dem Ukrainischen ähnlich war, zu stark übernommen hätten und sie sogar im Familienkreis sprächen. Mama mit ihrem reinen Russisch, das sie aus Puschkins Herkunftsorten gewohnt war, reagierte entsetzt, wenn sie von mir eine falsche Betonung hörte: »Was hast du gesagt? Teilwéise? Wo hast du das gehört?«

Als ich wieder einmal ein Vergehen gegen die Betonungsregeln begangen hatte, erklärte Mama, daß damit Schluß sein müsse. Sie schlug vor, jeden Abend gemeinsam laut zu lesen. Gedichte und Prosa, was jeder wolle, und alle der Reihe nach. Wer Lust dazu hätte, könne dann über das Gelesene sprechen und Fragen stellen, soviel er wolle. Die Hauptsache sei, daß wir täglich richtiges Russisch hörten und sprächen.

Man hätte denken können, es gäbe sonst überhaupt nichts Gefährliches und Schweres in unserem Leben, und das größte Problem sei, daß Dagmara und ich nicht mehr korrekt »hör zu« betonten. Doch – groß war die Kraft der Akzentumstellung – da wir so mit etwas ganz anderem beschäftigt waren, wurden wir wirklich vom Gefährlichen und Schweren abgelenkt.

Diese Winterabende habe ich als endlos und bezaubernd in Erinnerung. Tagsüber ertrugen wir unverwandt die Schutzlosigkeit und Unbehaustheit unseres Lebens. In unserer armseligen Kate, die niemals als Dauerwohnung gedient hatte, war es eng und kalt. Es mangelte an

Nahrung, es mangelte an Kleidung, nur an Arbeit im Haus herrschte kein Mangel. Natürlich machten die Erwachsenen fast alles, aber wir mußten helfen – Wasser holen, Anheizmaterial in der Steppe sammeln, aufräumen und Wäsche waschen. Ich hatte schon Stopfen gelernt und widmete mich stundenlang dieser langweiligen, aber für uns so notwendigen Tätigkeit. Ab und zu kam jemand vorbei, und die Nachrichten waren eine alarmierender als die andere. Wir lebten in einer Spannung, über die nicht gesprochen wurde. Aber sie nahm ständig zu.

Erst mit dem Abend brach ein anderes Leben an. Die bereits verschneite Steppe existierte in der Dunkelheit nicht mehr. Kein Laut drang mehr von dort zu uns herein. Man konnte sich nur schwer vorstellen, daß in nicht allzu großer Entfernung Häuser waren, Riegel an den Gartenpforten klirrten, Kühe muhten und Hunde bellten. Wir waren ganz allein. Die große Stille bezog ihren Wachposten.

In der Kate wurde der Ofen geheizt. Ein ganzer Kugelstrauch Mannstreu wurde hineingesteckt, er knisterte, alle Ofenritzen blitzten auf, und über die Wände huschten rote Streifen, rasche Feuerreflexe. Auf die heiße Platte legten wir trockene Maiskörner, unser Hauptnaschwerk. (Nur Ölkuchen, der nach dem Auspressen der Sonnenblumenkerne zurückblieb, war noch besser. Noch heute scheint mir, als hätte ich nie köstlicher schmeckendes und duftendes Halwa gegessen als diesen Ölkuchen aus der Steppe.) Die Körner explodierten und sprangen knallend von der Platte – jetzt waren es herrliche heiße Nüsse. Mama mischte den Teig für das Brot am nächsten Tag.

Die Funzel auf dem Tisch wurde angezündet – genauso eine, wie sie uns im Leningrader Blockadewinter geleuchtet hatte, mit einem Docht aus alten Bindfadenstückchen. Der große Holztisch war zu dieser Zeit abgewaschen und trocken gerieben, und bis auf die Bücher war alles abgeräumt worden.

Irgendwie hatte es sich so ergeben, daß wir zwar die »Hauptmannstochter«, »Pique Dame«, »Abende auf dem Weiler bei Dikanka« und lange Passagen aus den »Toten Seelen« lasen, doch am liebsten waren uns Gedichte. Wahrscheinlich hatten sogar Puschkin und Gogol diese Vorliebe, da ihre Prosa gar nicht wie Prosa klang, bei Gogol hatte sie etwas offen Singendes, bei Puschkin war der lyrische Ton verdeckter, aber nichtsdestoweniger bezaubernd:

»Des Abends, um zehn Uhr, stand er schon vor dem Haus der Gräfin. Das Wetter war abscheulich: Der Wind heulte, feuchter Schnee fiel in großen Flocken hernieder, trübe brannten die Laternen, und die Straßen waren leer. Dann und wann trabte, von einer dürren Mähre gezogen, eine Droschke vorbei, und der Kutscher schaute nach einem späten Fahrgast aus. Hermann hatte nur seinen Rock an und spürte weder Wind noch Schnee.«

Man denke nur – jedesmal, wenn wir das lasen, begannen Schnee und Wind, wie durch einen Zauberspruch herbeigerufen, gegen das Fenster über dem Tisch zu schlagen! Aber sie versetzten niemanden mehr in so tiefe Schwermut wie früher: Von Puschkin bezaubert, gehorchten sie seiner Erzählung, begleiteten sie, und dieses Heulen vor dem Fenster hatte jetzt eine unheilvolle Schönheit, die von ihrer niederdrückenden Kraft völlig befreit war. Was für rasende Schneestürme und Gespenster tobten damals über unserer Kate! Und wenn ich an der Reihe war, dann las ich natürlich meistens »Die Teufel«:

»Wolken treiben, jagen schnelle;
Durch der Flocken Wirbel sacht
Scheint des Monds verborgne Helle;
Trüb der Himmel, trüb die Nacht.
Teufelsschwärme, immer, immer
Andre jagen wild vorbei;
Ihr Gewinsel, ihr Gewimmer
Reißen mir das Herz entzwei ...«

Es war nichts Verwunderliches daran, daß wir mit »Pique Dame« Schnee- und Wirbelstürme herbeiriefen – der Mann, der sich diesen wilden, heulenden, stöhnenden Hexensabbat hatte ausdenken und schreiben können, als in Boldino gerade der stille, goldene Herbst begann, besaß ja wirklich Zauberkraft. Und daß »die Sonne durch das Wort angehalten und Städte durch das Wort besiegt werden«, war für mich eine unumstößliche Wahrheit. Hatte ich denn nicht selbst erlebt, wie das Wort die Elemente von der Kette ließ und ausschickte, über der nächtlichen Steppe zu toben?

Einzig Gogol konnte es mit Puschkin aufnehmen. Wir liebten ihn vor allem deshalb, weil wir bei ihm unaufhörlich Vertrautes wiedererkannten. Beinahe identifizierten wir die Orte unseres Lebens mit denen, über die er schrieb. Solocha, Lewko und sogar Pani Katerina sprachen dieselbe Sprache, mit demselben geschmeidigen Tonfall wie die Kosakenfrauen aus Kuschtschewka. Wir erkannten die geweißten Katen hinter dem Flechtzaun, die Pappeln im Mondschein, und der Schornstein, aus dem der Teufel in der Weihnachtsnacht fuhr, sah genauso aus wie unserer. Sogar die Mehlklößchen, die Pazjuk in den Mund sprangen, kannten wir: An den besten Tagen kochten wir auch welche. Die alte Petersburger Villa dagegen, wo Herrmann das Schlafzimmer der Gräfin betrat, war für uns eine unbekannte und fast unwirkliche Welt. Gogols Wunder geschahen in Katen, ganz wie unsere, und in einer Welt, die uns bis ins kleinste vertraut war. Dadurch erhielten sie unwiderlegbare Glaubwürdigkeit: Besonders wir Kinder konnten sie nicht als Dichtung lesen.

Die eisigen Szenen aus »Die schreckliche Rache« oder »Der Abend vor dem Johannistag« trieben mich fast zu Halluzinationen – dem kleinen Iwas, von Kopf bis Fuß mit einem Laken bedeckt, soll der Kopf abgeschlagen werden, um sich des Schatzes zu bemächtigen. Ich war von Natur aus gar nicht ängstlich. Vor dem Krieg erzählte man sich in der Familie lachend, daß ein Bekannter über mich gesagt hatte: »Galina Alexandrowna hat sich geirrt, als sie Jelena als Mädchen auf die Welt gebracht hat.« Daraufhin lag ich Mama lange mit der Frage in den Ohren: »Mama, vielleicht hast du dich ja wirklich geirrt? Meiner Ansicht nach bin ich ein Junge! Wieso habt ihr überhaupt beschlossen, ich sei ein Mädchen?« Ich fürchtete mich nicht, im Dunkeln allein durch die Steppe zu gehen. Aber nach Gogol brauchte man mir nur abends die Tür zum mittleren, kalten, unbewohnten Zimmer zu öffnen, und schon verwandelte sich der kleinste Lichtstrahl an der Wand in ein grauenvolles Bild – eine Kindergestalt, bedeckt mit einem blendend weißen, leuchtenden Laken, daneben streckt die bucklige Hexe mit den stechenden Augen nach ihr und mir zugleich die knochige Hand aus, die wächst und wächst, immer länger wird und die Finger bewegt … Ich wankte zurück, bekam vor Grauen kaum noch Luft und klammerte mich an die Tür, hinter der lebendige Stimmen zu hören waren und lebendige Wärme herausströmte.

Erst von Gogol erfuhren wir, daß das Normale, hundertmal Gesehene tiefe Geheimnisse enthalten und etwas

Unsichtbares verdecken kann, das Kraft und Macht hat, sich in das menschliche Leben einzumischen, es grausam zu zerschlagen oder es einfach abzubrechen. Eine junge Frau oder eine schwarze Katze konnte sich in eine Zauberin verwandeln; über dieselbe Schwelle, über die gerade erst eine Bande ausgelassener Burschen laut lachend gestoben war, konnte die alte Hexe sausen, die rittlings auf Choma Brut saß und sich in seine erstarrten Schultern krallte – nein, es war keine Greisin mehr, sondern eine schöne, junge Frau –, und schon verwandelte sich die friedliche nächtliche Straße in einen toten Weg, der unter kalten Sternen in hoffnungslose Leere hinausführte. Und wer weiß, vielleicht gab die Jeja mit den Entenfamilien im Uferschilf nur vor, ein träges, seichtes Flüßchen zu sein? Vielleicht entstiegen auch ihr des Nachts bleiche junge Mädchen mit blinden Augen, um ihren Reigen auf derselben Wiese zu tanzen, auf der ich die Pferde hütete?

Gestern Mittag, als der Schneesturm abflaute und die Sonne herauskam, hörte man irgendwelches Geheul von dort, wo vor dem Schneesturm der Pfad zum vierten Abschnitt gewesen war. Mama sagte: »Das sind die Wölfe. Sie haben jetzt Hunger und pirschen sich näher an die Häuser heran.« Und wirklich, etwas, das aussah wie ein großer, schwarzer Hund, blieb nicht weit von unserer Kate stehen, stand dort reglos und geduldig, gar nicht wie ein Hund, und schaute uns so beharrlich und scharf an, wie Hunde niemals schauen. War es wirklich ein Wolf? Stimmten Wölfe tatsächlich einen so getragenen Gesang an und schluchzten so, wenn man nachts nicht schlafen konnte?

Das Heulen stockte plötzlich und begann dann mit einem neuen Schluchzer, aber schon weit weg und auf einer ganz anderen Seite. Ich richtete mich auf meiner Ofenbank auf, von Angst und Wonne ob der Nähe dieses bedrohlichen Zaubers gepackt, der irgendwo dort draußen umherstreifte, nur durch die gestrichene Wand der alten Kate von mir getrennt. Schließlich waren Wölfe in erster Linie Werwölfe, in Wirklichkeit waren sie gar keine Wölfe, und man wußte nie, wer sie waren! Bei Alexej Tolstoi steht, wie sie sich nachts lautlos in das schlafende Dorf schleichen:

Sieben Wölfe gehen forsch.
Und an ihrer Spitze geht
Der achte Wolf im weißen Fell.
Den geheimnisvollen Zug
Beschließt der neunte.
Mit blutendem Lauf
Hinkt er hinter ihnen her.

Wie die Herren gehen sie alle Höfe und die Kirche ab (»Augen wie Kerzen, Zähne schärfer als ein Pfriem«), niemand tritt aus dem Haus und stellt sich ihnen entgegen. Nur eins kann helfen: eine uralte Beschwörungsformel, ein seltsames Ritual mit dreizehn Patronen und einem Ziegenfell, und ein treffsicherer Schuß! Und dann, dann …

Im Dorf, wenn alle Schläfer
Mit seinem Krähen weckt der Hahn,
Wirst du neun alte Weiber
Tot daliegen sehn.
An der Spitze die Graue
Am Schluß die Hinkende
Alle im Blut … Gott helfe uns!

Das Heulen war kein Heulen mehr, sondern ein tiefes, leidendes Stöhnen. Ich schmiegte mich fester an den Ofen, der noch Wärme hielt – er war ebenfalls ein Schutz und Zauber –, und mir war, als befänden wir uns unter einem unsichtbaren Schutzschild allein auf einer Insel, inmitten der unendlichen, verschneiten Steppe, der frostklaren Nacht und inmitten von noch etwas, das keinen Namen hatte, aber am allerbedrohlichsten war und sich nur in diesem Stöhnen Luft machte. Diese schlimmste Schreckenskraft quälte sich ebenfalls mit irgend etwas, klagte, bald rasend, bald schier ohne Kraft, ermattet von ihrem Kummer und verstummend …

Am Morgen ging ich in den Hof hinaus. Von Mitternacht bis zum Morgengrauen war wieder dicker Schnee gefallen. Mama, die gewöhnlich vor allen anderen aufstand, hatte schon Pfade durch die Schneewehen geschaufelt – zum Brunnen, zum Pferdestall und zum Schuppen mit Stroh, Heu und Kleinholz. Nur auf diesen Pfaden konnte man gehen. Ich blieb am äußersten Rand des Hofes stehen. Das war gar nicht mehr die Steppe, die nachts so hartnäckig, drohend und verzweifelt gegen das Fenster unserer Kate geklopft hatte. Alle nächtlichen Stimmen, Schatten und Ängste lagen unter tiefem Schnee.

Die Sonne strahlte hell, unter ihr strahlte der Schnee, aber in dieser blendenden Wüste gab es kein einziges Lebewesen, weder eine Spur noch einen Laut, nicht einmal einen trockenen Grashalm. Doch, irgend etwas erschien in der Ferne und kam rasch auf mich zu. Etwas Lebendiges, aber Unwirkliches: Es brauchte auf übernatürliche Weise keine Pfade und sauste glatt über den Schnee, hüpfte gelegentlich in die Höhe, wälzte sich immer wieder über den Kamm einer Schneewehe, wurde bald größer, bald kleiner und gab sich einfach nicht zu erkennen – die ganze Zeit befand es sich in einer Wolke aus funkelnden Schneekristallen.

Aber jetzt war es fast neben mir – und ich erkannte einen Busch Mannstreu. Im Herbst waren wir im Steppengras umhergewandert, das vom Regen flach lag, und hatten überall die kugelförmigen Sträucher gesucht: Getrocknet eigneten sie sich hervorragend zum Anheizen des Ofens. Sie hielten sich nur durch eine Pfahlwurzel in der Erde, die einfach durch einen Windstoß abgeknickt werden konnte. Dann begab sich der Busch auf eine endlose Reise durch die Steppe. Dieser hier hatte sich lange und hartnäckig gehalten und auf den nächtlichen Schneesturm und die weiß verschneite Steppe gewartet. Dafür war er jetzt kein Busch mehr, sondern ein kleiner Komet, der sorglos und übermütig über die Schneewehen sauste und mit seinem Schweif glitzernden Schneestaub aufwirbelte. Er dachte gar nicht daran, zu uns in den Hof hereinzuschauen, er flog vorbei, schlug zum Abschied auf den von Mama aufgeworfenen Schneewall, ganz in meiner Nähe – und ein ganzer Schwall leichten, trockenen Schnees überrieselte mich vom Tuch auf dem Kopf bis zu den Filzstiefeln an den Füßen.

Dieser Stüber traf mich so zielsicher, daß ich mich nicht beherrschen konnte und laut auflachte. Mein eigenes Lachen war mir ganz überraschend und ungewohnt – an meiner Verwunderung merkte ich, daß wir alle fast nie lachten.

Das Mannstreu huschte schon irgendwo in der Ferne umher, und ich schaute ihm immer noch nach. Als ob es nur auf einen Augenblick zu uns hereingeschaut hätte, um mich freundschaftlich zu necken und zum Lachen zu bringen. Um mich daran zu erinnern, daß es auf der Welt auch das gab – das unbekümmerte Spiel, die nach allen Seiten offene Bahn, die vollständige Freiheit. Und daß dies vielleicht eines Tages auch uns zuteil werden könnte.

»Die toten Seelen« und »Der Revisor« wurden bei uns aus einem besonderen Grund gerne gelesen. Mama war in Moskau eine leidenschaftliche Theaterbesucherin gewesen – sie hatte keine Aufführung versäumt, weder am Wachtangow-Theater noch am Kleinen Theater, und das Moskauer Künstlertheater hatte sie besonders geliebt. Sie besaß ein selten gutes Gedächtnis und erzählte, bevor sie eine Szene las, wie das Bühnenbild war, wer wen spielte, in welchem Tonfall er sprach, welchen Gang er hatte, als er zur Tür hereinkam, wie Nosdrew mit dem Stuhl zum Schlag auf Tschitschikow ausholte, als er im Rausch brüllte: »Schlagt ihn!« Das fanden alle sehr schön.

Ich war dann allerdings zerstreuter als die anderen. Mich störte es, zu wissen, wo sich Moskwin hingesetzt und wie er gesprochen hatte. Die Unbestimmtheit war besser. Ich war noch ganz klein, als ich zum erstenmal vom Theater hörte: Mama sagte jemandem, sie sei gestern im »Kirschgarten« gewesen und der Saal sei natürlich voll gewesen … Ich stellte mir das so vor: Mama war in irgendeinem riesengroßen Saal gewesen, wo Kirschbäume wuchsen. Zwischen ihnen gingen Menschen still umher, ihre Gesichter konnte man in der Dämmerung kaum erkennen, aber ich wußte, daß sie alle schön waren, besonders die Frauen in ihren langen Kleidern (man hatte wohl über Olga Knipper-Tschechowa im weißen Kleid gesprochen). Wenn sie einander begegneten, sagten sie lautlos irgendwelche Worte, welche, das konnte man nicht verstehen, aber an den Bewegungen und dem gesenkten Kopf sah man, daß es etwas sehr Ernsthaftes und Gutes war. Dann trennten sie sich und versteckten sich wieder hinter den blühenden Bäumen. Ich erinnerte mich auch, wie schön es war, aufzuwachen, wenn Mama spät nach dem Theater heimkam, wie sie sich über mein Bettchen beugte, festlich angezogen, mit glänzenden Augen und dem Duft des Kirschgartens natürlich; dann erzählte sie mir lächelnd vom kleinen Tiltil und von der kleinen Mitil, die im Mondlicht einschlafen.

Am allerliebsten aber lasen wir Gedichte. Nichts ließ sich damit vergleichen. Puschkin war natürlich das Zentrum des Sonnensystems. Aber Lermontow und Nekrassow standen dicht in seiner Nähe – in dieser Beziehung blieben wir ganz in der Tradition der einfachen russischen Intelligenzija des vorigen Jahrhunderts.

»Frost Rotnase« von Nikolai Nekrassow liebte ich sehr, aber sein Gedicht »Wer lebt glücklich in Rußland« ging bis auf die Geschichte Matrjonas an mir vorbei, ohne mich sonderlich zu berühren. Dafür zuckte ich zusammen, verliebte mich gleich in die ersten Worte und gab mich ihrem unaufhaltsamen Strom hin, als ich »Die Wanderkaufleute« hörte. Die allerersten Zeilen verzauberten und entzückten mich, aber wieso? Es hatte noch nichts begonnen, war nichts geschehen, jemand stimmte lediglich ein ausgelassenes Lied an, es war nicht einmal ein freier Saporoger Kosake, auch kein Kutscher auf einer Troika, sondern ein junger Kaufmann, der mit seinem Korb voll Kattunstoffen, Bändern und Gürteln die Straße entlangwandert. Aber was ging es mich an, was er war und wovon er lebte, wenn ich von den ersten Worten an wußte, daß mich noch nie jemand angesteckt hatte, so froh ins Weite auszuschreiten, in vollen Zügen zu atmen und lauthals zu singen! Nur das war wichtig – ich war ja gerade erst ins Leben zurückgekehrt, war noch furchtsam und vertraute ihm nicht –, mir schwindelte bei dieser schwungvollen Unbekümmertheit, diesem Rausch des Übermuts!

Hinaus in den hohen Roggen
geh' ich und wart' dort bis zur Nacht,
seh' ich eine mit schwarzen Locken,
zeig' ich meiner Waren Pracht.

Das flimmerte alles wie Lichtflecken auf schnell strömendem Wasser, weil der Rhythmus keine Sekunde innehielt, sondern immer weiter vorwärts drängte, der Schritt wurde immer rascher, der Atem ging immer leichter, und als plötzlich die unglaubliche Katastrophe eingetreten war, da ging es in diesem Geschwindschritt weiter, weiter, ohne auch nur einen Blick zurück. Das war furchtbar, das erschütterte mich durch seine Unglaubwürdigkeit: Alles war aus, alles war zu Ende, die Verse aber schienen Wankas Tod nicht bemerkt zu haben und sangen das angestimmte Lied weiter, das nun enthauptet, entseelt war:

Der Flintenläufe waren zwei,
die krachten beide los.
Der Alte fällt mit einem Schrei,
Wanka stürzt wortlos in das Moos.
In der Schenke prahlt und zecht
am selben Abend noch der Knecht.

An dieser Stelle, wo ein Beil den lebendigen Strang abhackte und Wankas Leben von Wankas Lied trennte, schnürte es mir die Kehle zu. Dieser Hieb war so grausam, daß ich die weiteren Zeilen wie aus der Ferne hörte, sie interessierten mich auch nicht mehr. Ich sprang von der Bank auf, verschwand in der Dunkelheit hinter dem Ofen, aber dort weinte ich nicht, sondern starrte nur eine Weile blind, taub und stumm vor mich hin – was sollte denn nun aus Katja werden?

In der Nacht konnte ich lange nicht einschlafen. Doch am nächsten Abend bat ich Mama wieder, die »Wanderkaufleute« vorzulesen. Ich selbst las sie allerdings nie laut vor, keine einzige Zeile.

Der Winter dauerte an, und wie sehr ihn auch unsere Abende um die Funzel herum verschönerten, so war doch etwas Schlimmes immer deutlicher im Anzug.

Manchmal kamen Bekannte aus Leningrad vorbei, die in anderen, weit entfernten Abschnitten der Kolchose lebten. Dann fand sich stets etwas, wobei Dagmara und ich Tante Chwenja helfen mußten, im Hof oder im Schuppen. Aber sie und wir begriffen nur zu gut, daß niemand bei der Kälte durch die Steppe ging und riskierte, einem Deutschen zu begegnen, um einen Besuch zu machen, einfach so, ohne jedes Anliegen. Betraten wir das Zimmer, so hörten wir nur einzelne Fetzen des sogleich versiegenden Gesprächs: »man kann sowieso nirgendwo hin …«, »Listen von allen, auch von den Kindern …«, »es heißt, unser Angriff …«, »das wird uns nicht mehr helfen …«

Die Dorfbewohner kamen vorbei. Sie waren merklich anders geworden – uns gegenüber und überhaupt. Zuvor hatten sie ständig und ganz ohne Absicht eine Trennlinie zwischen sich und uns gezogen: Euer Schicksal ist eins, unseres etwas ganz anderes. Jetzt spürten wir diese Trennlinie kaum noch. Sie waren aufgeschlossener, fragten öfter und teilnahmsvoller nach unserem Leben, obwohl sie wie früher nur sehr wortkarg über ihr eigenes Leben sprachen. Über die Deutschen ließen sie sich immer feindseliger aus. Ihr ständiges Thema waren die unaufhörlichen Abgaben, manchmal auch offenen Plünderungen. Jeden Augenblick konnte ein Soldat mit Maschinenpistole in den Hof hereinkommen, oder mehrere Soldaten auf einmal – immer öfter kamen sie jetzt in Gruppen, da sie gemerkt hatten, daß dies einen stärkeren Eindruck machte. Der Wortschatz war begrenzt, aber sehr klar und zielbewußt: »Frau, Schwein, Huhn, Eier, Speck, Milch.« Manchmal nahmen sie sich ohne Worte und Verhandlungen einfach, was sie brauchten. Nicht nur Eßbares nahmen sie mit, sondern gelegentlich auch einen Gegenstand, der ihnen irgendwie ins Auge stach: zum

Beispiel ein besticktes Handtuch, das in der Ecke unter der Ikone drapiert war. Das empörte die Kosakenfrauen besonders – das war keine Aneignung von etwas, das man brauchte, sondern der beleidigende Hinweis auf die eigene unbegrenzte Macht.

Unsere ehemalige Wirtin erzählte sehr lebhaft und farbig, wie sie im Hof Wäsche gewaschen, die leere, saubere Waschschüssel gegen den Flechtzaun gelehnt und die gewaschene Wäsche an den Leinen aufgehängt hatte. Zwei vorübergehende Soldaten schauten in den Hof herein, musterten alles nach Herrenart, nahmen, ohne ein Wort zu sagen, die Schüssel und gingen wieder.

»Ich bin ihnen nachgerannt: Was fällt Ihnen ein, wieso klauen Sie mir meine Schüssel? Was wollen Sie damit, soll die etwa die Kugeln abhalten? Wo kriege ich jetzt eine andere her? Die sagen kein Wort, gehen einfach weiter, die Hunde, und lachen!«

Die Menschen dort hatten viel Humor und konnten ihn auch einsetzen. Erst, als ich mir viel später diese komischen Bilder in Erinnerung rief, begriff ich, daß unsere Erzählerinnen sie offenbar zwischen sich und das wirkliche Grauen stellten, um sich und anderen einzureden, daß ihnen nichts Schlimmeres drohe als der unsinnige Diebstahl einer Schüssel. Wir in unserer Gemüsebrigade, die wir von allem abgeschnitten waren, wußten wirklich vieles nicht. Sie mußten es wissen, schwiegen aber. Nicht nur uns gegenüber – sondern auch sich selbst.

Als Mama kurz nach dem Abzug der Deutschen von den Tschurakows nach Hause ging, bog sie von der Straße aus auf einen Pfad durchs Feld ab, um den Weg abzukürzen. Der Pfad führte hinter einen Steppenkurgan, und als Mama diesen Grabhügel aus alter Zeit umrundet hatte, erblickte sie plötzlich ein paar Leute und ein geöffnetes Grab. Sie blieb wie angewurzelt stehen. Dicht neben dem Pfad lag der Leichnam eines Jungen von dreizehn oder vierzehn Jahren. Man hatte ihn ohne Sarg verscharrt, doch sein Gesicht war schon von der Erde befreit, die gerade zu tauen begann; Mama sagte später, sie hätte dieses Gesicht immerzu anschauen müssen, das ganz lebendig und ruhig war, so als ob er schlafe, wie ein Kind schlafe. Dieser Kinderschlaf war um so grauenvoller, als Mama sofort seine verstümmelten Hände sah – man hatte ihm die Fingernägel ausgerissen. Die Leute sagten Mama, er sei von den Deutschen nach langen Foltern erschossen worden – sie hätten ihn im Verdacht gehabt, irgendwelchen Untergrundkämpfern zu helfen, von denen niemand etwas Genaueres wußte. Hatte er wirklich jemandem geholfen? Alle um sie herum zuckten schweigend die Achseln. Aber er habe unter der Folter nichts gesagt – vielleicht gab es auch nichts zu sagen –, da wären die Fritzen so rasend geworden und … Hier hätten sie die Leute erschossen. Auf der anderen Seite des Kurgans würden auch welche ausgegraben – drei hätte man schon herausgeholt. Weswegen wurden sie erschossen? Die Fritzen haben den Leuten doch nicht gesagt, wer weswegen erschossen wurde. Sie wissen ja, wie die in der letzten Zeit waren. Hatte man ein falsches Wort gesagt, schon hatte man eine Kugel im Kopf. Hier haben sie die Leute erschossen, in der Steppe, weit weg von den anderen.

Mama ging nicht auf die andere Seite des Kurgans. Sie half mit, den kleinen Körper sorglich zu bergen. Es war genau ein Jahr vergangen, seit sie auf der Tragbahre der Sanitäter einen anderen kleinen Leichnam sorglich zugedeckt hatte – den ihres Ältesten.

Die Leute aus dem Dorf redeten viel offener und härter als unsere Besucherinnen aus Leningrad, und in Abwesenheit der Erwachsenen beantworteten sie Dagmaras und meine Fragen, ohne auszuweichen. So erfuhren wir, daß in der Kommandantur Listen für Massenerschießungen zusammengestellt würden, die Leningrader Familien seien vollständig darin erfaßt, ohne jede Ausnahme. Das wurde ganz trocken gesagt. Dorfbewohner gäbe es in den Listen ebenfalls. Es werde schlimm werden. Die einzige Hoffnung sei, daß der Deutsche vertrieben würde.

Als ob man mir einen schwarzen Schleier von den Augen weggezogen hätte, überstrahlte plötzlich ein heller Streifen das ganze Leben vor mir. Zum einen, weil man den Deutschen würde vertreiben können. Und zum anderen, weil zuvor halbfremde Menschen davon sprachen und es wollten – das vergessene Gefühl der Übereinstimmung, der gemeinsamen Hoffnung und gemeinsamen Wünsche war wieder da. Und, werden sie schon vertrieben? Vielleicht. Man munkelt davon. Was munkelt man? Na, dies und das.

Fast den ganzen Winter über lag reglose Stille über der Steppe. Als ich einmal auf den Hof hinausging, vernahm ich von ferne einen ungewohnten Lärm, ich blieb verwundert stehen und schob das Kopftuch vom Ohr. Ja, jetzt hörte ich es gut: ein undeutliches, undefinierbares Getöse, und oben drüber in unregelmäßigen Abständen dumpfe, schwere Schläge. Es war die Zeit, da alle Kinder, auch jüngere als ich, eine »Messerschmidt« und eine »Focke-Wulf« am Dröhnen unfehlbar von unseren Flugzeugen unterscheiden konnten, ganz zu schweigen vom Unterschied zwischen Artilleriebeschuß und Bombardierung – ich war schließlich Leningraderin.

Ich rannte in die Kate. Mama nähte am Tisch.

»Mama«, sagte ich, mühsam die Worte stammelnd. »Mama. Geschütze.«

Mama hob den Kopf und schaute mich verständnislos an. In der Kate hörte man nichts, so fern war das Getöse.

»Geschütze«, wiederholte ich, monoton und fahl, die

Zunge wollte mir immer noch nicht gehorchen, »weitreichende«.

Mama griff sich das Schultertuch und stürzte in den Hof hinaus. Eine Minute lang war nichts zu hören, normale Steppenstille. Dann knatterte ohne jedes Getöse eine ferne, aber deutliche Salve in die Stille hinein. Dann wieder eine – und dann hob schlagartig ein ungleichmäßiges, bedrohliches Brummen an, das die Steppe mit allen Kurganen und Schneewehen wie eine Welle zu überspülen schien.

Mama stand mit bloßem Kopf da, ohne das Tuch umzulegen. Sie sagte nichts und schluchzte nicht, aber ihr Gesicht war von Tränen überströmt.

Am dreiundzwanzigsten Februar nahmen unsere Truppen Kuschtschewka ein.

Das Glück der Befreiung, das ich im voraus kostete, wenn ich unsere Gäste reden hörte (»vielleicht werden sie schon vertrieben ...«), war nichts im Vergleich zu dem, was wir tatsächlich erlebten. Das ließ sich unmöglich im voraus kosten: Erst wenn man die Bürde los ist, merkt man, wie schwer sie einem auf der Seele lag und was es heißt, ohne sie zu leben. Unser Leben, das wir so sorgsam vermessen und mit Inhalt gefüllt hatten, um der Leere, der Angst und der Verzweiflung auch nicht den kleinsten Winkel zu lassen, war im Nu überholt – mit welcher Freude zerstörten wir seine Ordnung und warfen alle unsere Gewohnheiten über Bord! Dann wurde es natürlich wieder hergestellt und auf ein neues Gleis gesetzt, aber das kam erst später, als wir uns wieder ein wenig beruhigt hatten. Zunächst einmal verloren alle den Kopf, auch die Erwachsenen, nicht nur wir. Unterricht und Leseabende fielen aus. Wir Kinder rannten aufgeregt in der Kate, im Hof und sogar in der Steppe herum, trotz der Februarkälte. Wir schrien, heckten laute Spiele aus, waren außer Rand und Band: Wir hatten so lange geschwiegen, waren der Stille, des Lauschens und der Anspannung so müde! Ich rannte ziellos auf einem Pfad davon, manchmal auch geradewegs in die Steppe hinaus, über den Schnee – das Gefühl von Freiheit und Sicherheit, das ich zum erstenmal erlebte, man denke nur, zum erstenmal in meinem Leben (meine Kindheit vor dem Krieg schien mir nicht meine eigene, sondern die einer Fremden zu sein), verwandelte sich in ungestüme Begeisterung: Ich konnte gehen, wohin ich wollte und wann ich wollte!

Unsere Haustür stand nicht still. Die auf die verschiedenen, weit voneinander entfernten Abschnitte der Kolchose zerstreuten Leningrader, die zuvor jeden Gang vermieden hatten, um den Deutschen nicht unter die Augen zu kommen, machten jetzt die Runde und konnten nicht schnell genug miteinander reden. Wie laut jetzt alle sprachen, und wie sie lachten! Die Besucher holten den in ein Handtuch eingewickelten Imbiß aus der Tasche: Brot, ein Stück gesalzenen Speck und manchmal – wir erstarrten vor Begeisterung – eine erbeutete Dose Büchsenfleisch, die man von unseren Soldaten geschenkt bekommen hatte. Mama und Jelisaweta Nikolajewna wollten sich nicht lumpen lassen und trugen alles auf dem Tisch auf, was nur im Haus war. Keiner dachte mehr an den morgigen Tag – und wie sorgsam war doch das Mehl im Säckchen abgemessen worden: »Reicht es noch für drei Tage?«

Übrigens doch, an den morgigen Tag – in einem anderen Sinn – dachten alle und sprachen endlos davon. Die Heimkehr nach Leningrad erschien allen nicht nur unzweifelhaft, sondern auch erstaunlich nah und leicht. Unsere Besucherinnen zählten eine nach der anderen auf, was sie zu Hause vorfinden würden, erinnerten sich an jedes Wandbord und die Aussicht aus den Fenstern: »Wir schauen direkt auf die Fontanka!« Nicht der kleinste Schatten durfte auf diese rosigen Erinnerungen fallen. An die Blockade wurde kaum gedacht – sie schien durch die neuen Erfahrungen in der Okkupation verdrängt zu sein, und da die hinter uns lagen, war klar, daß wir nichts Schlimmes mehr vor uns hatten. Niemand wollte daran denken, daß vielleicht das Haus an der Fontanka gar nicht mehr stand und an seiner Stelle nur Ziegelhaufen und massenhaft Glassplitter lagen. Der Gedanke an das Große Haus (»Sie waren es gar nicht wert, befreit zu werden«) kam niemandem in den Sinn.

Aber ich weiß wohl, daß manche von unseren damaligen Gästen nicht nach Leningrad zurückdurften – obwohl ihr Haus an der Fontanka oder am Umleitungskanal vielleicht noch stand und sogar alle Wandborde heil geblieben waren …

Die Kolchosarbeiterinnen besuchten uns jetzt viel häufiger. Sie brachten etwa eine Woche alte Zeitungen mit, erzählten, was sie im Radio gehört hatten, fragten Mama über die Geographie aus, um den letzten Frontbericht zu verstehen. Jetzt wußten wir alles, wer den Mann, einen Neffen oder zwei Söhne im Feld hatte, wer verwundet war, innere Verletzungen erlitten oder einen Orden bekommen hatte. Dann kamen zum Dreieck gefaltete Briefe – die Feldpost. Man bat Mama, sie zu lesen. Ich glaube nicht, daß die Kosakenfrauen, die sie darum baten, sämtlich nicht richtig lesen und schreiben konnten – sie zelebrierten es vielmehr als feierliches Ritual, das ihnen tiefe Befriedigung schenkte. Die Besucherin reichte Mama das Dreieck: »Lies, Lexandrowna.« Dann setzte sie sich geruhsam an den Tisch, legte die Hände auf die Knie oder stützte sie unter dem Tuchknoten auf und legte das Kinn hinein. Diese Pose veränderte sie nicht mehr, schaute nur konzentriert vor sich hin, während Mama langsam und deutlich den Brief bis zum Ende vorlas. Dann wurde die Wiederholung verlangt: Was steht da über das Lazarett? Und wo ist was durchgestrichen? Zensur, sagst du? Nach welchem Wort? Und das Durchgestrichene, kann man das gar nicht lesen? So wurde jeder Brief ganz und mindestens zwei- oder dreimal in Auszügen gelesen, sogar die obligatorischen Grüße an »Onkel Semjon und Tante Hanna«, die manchmal mehrere Zeilen lang waren.

Dann kam eine noch kompliziertere und wichtigere Zeremonie: das Abfassen der Antwort. Man händigte Mama ein unbeschriebenes Blatt Papier aus und erörterte lange, was sie schreiben sollte. Die Aufgabe war nicht leicht: Mama hörte sich die lange Geschichte über die

Gesundheit der ganzen Familie und der Verwandtschaft an, was jeder so trieb, wann man säen wolle, daß die Kuh Manka vorige Woche gekalbt habe, es sei ein Stierkalb, und die Hitze sei so groß wie schon seit fünf Jahren nicht mehr, die Quelle in der Talmulde sei ausgetrocknet ... all das mußte auf den beiden Seiten des Blattes untergebracht werden, wobei man noch Platz für die Feldpostadresse brauchte.

Ich fand es schön, dieses verlangsamte, halb rezitativ vorgetragene Berichten aus der Familie und dem Dorf anzuhören und zu beobachten, wie sich die Erzählung allmählich in uralte Formeln kleidete und Ähnlichkeit mit einer Volksballade gewann. Zwar sagte man anfangs zu Mama: »Ich sag dir alles, und du schreibst es dann, wie sich's gehört«, aber dann stellte sich heraus, daß nur die Auftraggeberin wußte, »wie sich's gehört«. Sie wußte es ganz genau von ihrer Mutter, manchmal auch von der Großmutter. Was es Neues in der Familie und bei den Verwandten gab, wie es um die Quelle und die Kuh Manka stand, das verschwand beinahe unter dieser dichten Ornamentik aus alter Zeit. Vielleicht aber war es für den Adressaten des Dreiecks das Wichtigste, diesen unveränderlichen Tonfall seines Kosakendorfs, die üblichen Einleitungen und langen Grußfolgen von Verwandten und Nachbarn zu hören – wie alle Kosaken im Krieg sie seit Jahrhunderten gehört hatten, da sie in dieser Unveränderlichkeit die Bestätigung fanden, daß zu Hause alles in Ordnung war.

Kurz nach dem Abzug der Deutschen wurden Dagmara und ich einmal mit einem Auftrag in den entfernten Abschnitt jenseits des Flüßchens geschickt: Entweder sollten wir etwas hinbringen oder etwas Ausgeliehenes abholen. Man sagte uns, die Familie sei ebenfalls aus unserem Leningrader Transport. Doch Dagmara und ich konnten uns nicht an sie erinnern, vielleicht hatten wir sie auch nie gesehen. Wir standen wie üblich auf, frühstückten, zogen uns an und wanderten in die Steppe hinaus.

Der Weg war ziemlich lang, und das war uns nur recht. Wir verspürten immer noch lebhafte Freude über die Wiederkehr von Freiheit und Sicherheit. Jetzt, aus dieser lichten Gegenwart, warfen wir beinahe schaudernd einen Blick zurück auf die erst jüngst vergangenen Tage: Wie hatten wir das nur geschafft? Hinter Schloß und Riegel zu leben, angespannt auf jedes Geräusch von der Straße her zu lauschen, den deutschen Offizier durch den Spalt auf dem Hof zu beobachten, uns mit niemandem zu treffen?

Es war ein herrlicher Morgen. Der Frühling hatte gerade erst begonnen, die Luft war frisch, kalt und klingend, vielmehr, nicht sie war klingend, sondern die Eiskrusten der zugefrorenen Pfützen knackten ständig unter unseren Füßen, und es machte so Spaß, zu diesem Klirren zu wandern! Wir lachten laut bei der Vorstellung, wie dieser Weg in drei bis vier Stunden aussehen würde, wenn wir heimgingen. Am Himmel war nämlich kein Wölkchen, und die Sonne wärmte immer stärker.

Dagmara war ein ernstes, vernünftiges Mädchen. Ich mochte sie sehr gern und hätte sie noch lieber haben können, wenn nicht irgendwo tief in mir der Stachel der Eifersucht gesessen hätte: Mama lobte sie andauernd und hielt sie mir als Beispiel vor. Im Grunde meines Herzens begriff ich, daß dies berechtigt war – Dagmara machte jede Hausarbeit und beschäftigte sich wohl mehr mit Nira als Jelisaweta Nikolajewna. Ihr Charakter war fertig: Sie war ruhig, geduldig, gerecht. Natürlich übte sie auf mich einen guten Einfluß aus. Ich ahnte das wahrscheinlich sogar, hätte es aber nie im Leben zugegeben. Im Gegenteil: »Nicht alle können so tüchtig sein!« antwortete ich meist auf Mamas Vorwürfe. Manchmal, wenn ich nachgiebig gestimmt war, fand ich auch, daß Dagmara tatsächlich besser war als ich, aber nur, weil sie älter war. Die Tüchtigkeit wächst natürlich mit dem Lebensalter. Vor einem Jahr hatte ich meine Strümpfe noch nicht stopfen können, aber jetzt konnte ich es. Früher hatte ich eben nicht die Geduld dafür, aber jetzt hatte ich sie. Wenn ich mal so groß wäre wie Dagmara, wäre ich im Haushalt vielleicht noch besser als sie. Dann konnte sich Mama nicht mehr beherrschen und lachte los, und ich lachte mit ihr.

Wie schön war es, so zu gehen, wie lange waren wir nicht mehr so weit in die Steppe hinaus gewandert! Sie umschlang uns mit ihrer Weite und Frühlingsklarheit, alles um uns herum war neu und glücklich. Wir plauderten, stimmten dann ein Lied an, standen danach eine Weile über dem Flüßchen, das schon aufgetaut war und so hohes Wasser führte, wie wir es noch nie erlebt hatten, dann überquerten wir es vorsichtig auf der unfertigen Brücke. Weiter ging es an Katen, Flechtzäunen und Kirschgärten vorbei, die noch kein Laub trugen, aber schon nach Frühling dufteten. Auch die bereits umgegrabene Erde in den Gemüsegärten verströmte warmen Frühlingsduft. Das Schönste aber waren hier die vielen Geräusche und Stimmen! Wir lebten ja in Stille und Einsamkeit, und hier erschallte von allen Seiten fröhlicher Lärm. Die Vögel schrien einander etwas zu und hüpften auf den Kirschzweigen herum, eine Gänseschar begegnete uns plötzlich in der Nähe eines Flechtzauns und begann empört zu schnattern und zu zischen, die Hunde hinter jeder Gartentür verkündeten dem ganzen Kolchosabschnitt, daß irgendwelche Fremde gekommen waren, so daß zwei Frauen neugierig aus ihren Katen herausschauten, fragten, zu wem wir wollten, und uns den Weg zeigten. Irgendwer rief in tiefem Baß nach einer Frau, die Gorpyna hieß, und die Gorpyna antwortete lachend mit klingender Stimme, er solle warten. Ganz in der Nähe lärmten Kinder, es waren viele – vielleicht könnten wir ein bißchen mit ihnen spielen! –, und weiter weg erklang ein gemächliches Knarren und Klopfen: Da wurde ein Leiterwagen oder eine Tür repariert. Und in jedem Verschlag, dessen Tür sperrangelweit offen stand, muhte es, grunzte es und herrschte geschäftiges Leben.

Man zeigte uns eine etwas abseits gelegene Kate. Zu Hause hatten wir gehört, daß diese Kate aus irgendeinem Grund leer stand, und zwei Leningraderinnen, die mit in unserem Transport gewesen waren, hier einquartiert worden seien. Deshalb betrachteten Dagmara und ich diesen Ort schon von der Gartenpforte aus mit besonderer Neugier – hatten die Leute Glück gehabt! Eine richtige Kate!

»Das nennt man Fortunas Lieblinge«, sagte Dagmara. Sie ging als erste zur Tür und klopfte. Niemand antwortete. Sie wartete eine ganze Weile und blickte sich dann befremdet zu mir um.

»Du hast sehr leise geklopft«, sagte ich.

»Aus Respekt vor den Lieblingen«, erklärte sie. »Ich kann auch lauter.«

Lauter half auch nichts: Niemand öffnete, aus dem Haus erklang kein Laut. Wir schauten uns verblüfft an. Dachten nach.

»Sie sind wahrscheinlich im Gemüsegarten!« riet ich.

Ich bog rasch um die Hausecke und ging in den Gemüsegarten. Niemand da. Die Erde war hier noch nicht umgegraben.

»Komisches Rätsel«, sagte ich, als ich wieder da war. »Gibt es Häuser wie den Fliegenden Holländer? Wie das Sternenschiff?«

»Ach, geh«, ärgerte sich die Realistin Dagmara und rüttelte an der Türklinke. Niemand. »Na, alles klar: Sie sind weg.«

»Letzter Versuch«, schlug ich vor, trat ans Fenster und klopfte laut an die Scheibe. Da hörten wir drinnen eine Stimme, die erschrocken klang. Dann eine Pause und eilige Schritte.

»Wer seid ihr?« fragte eine Frauenstimme hinter der Tür.

»Wir kommen von Jelisaweta Nikolajewna und Galina Alexandrowna«, sagte Dagmara laut. »Aus der Gemüsebrigade, wissen Sie?«

Die Stimme hinter der Tür freute sich, beeilte sich, irgend etwas klapperte und raschelte, endlich ging die Tür auf. Auf der Schwelle stand eine Frau – offenbar mittleren Alters, sie mochte fünfundzwanzig, aber auch vierzig sein. (Dagmara sagte später, ungefähr zweiunddreißig.) Sie sah seltsam aus: völlig ungekämmt, das Haar fiel ihr in das vom Schlaf verquollene Gesicht, das eine tiefe Delle quer über die Wange hatte, wahrscheinlich von einer Falte im Kissen oder in der Decke; ihre Augen blinzelten irgendwie unstet, sie hatte einen Mantel um die Schultern gelegt, unter dem sie nur ein Nachthemd trug. Aber ihre Stimme war sehr freundlich.

»Ach, ihr Lieben, so weit seid ihr gelaufen! Und wieso seid ihr so früh dran? Kommt doch rein, was steht ihr in der Kälte!«

Ich sagte, es sei gar nicht weit gewesen und gar nicht kalt, und Dagmara fügte hinzu, es sei jetzt schon elf Uhr. Dann merkten wir plötzlich gleichzeitig verlegen, daß wir vergessen hatten zu grüßen, und trompeteten wie aus einem Mund: »Guten Tag!«

»Guten Tag, meine Lieben, ja kommt doch rein! Ihr seid wahrscheinlich müde, setzt euch doch!«

Wir gingen hinter ihr in die Kate und blieben wieder gleichzeitig stehen, als wären wir gestolpert. Warme, aber schwere und abgestandene, säuerliche Luft schlug uns ins Gesicht. Im Zimmer standen zwei ungemachte Betten – auf dem einen saß noch ein junges Mädchen, das sich anzog und uns dabei musterte. Sie nickte uns schlaftrunken zu, wir begrüßten sie. Der Tisch am Fenster war mit Geschirr und Essensresten vollgestellt – wahrscheinlich von gestern. Auf dem Ofen waren ebenfalls viele Teller und Töpfe irgendwie übereinander gestapelt. Die Hausfrau wollte uns einen Hocker anbieten, aber auf beiden lagen Strümpfe, Röcke, Hemden. Genau unter dem Fenster, durch das die Sonne schon hell hereinschien, befand sich eine Bank, auch voller Kleidungsstücke. Dagmara setzte sich an den Rand, stand dann auf, während sie mit der Hausfrau schon über unseren Auftrag sprach, und gab mir ein unverständliches Zeichen. Ich blieb eine Weile stehen, irgendwie niedergeschlagen, trat dann ans Fenster – es war trüb und hatte angetrocknete Spritzer und Wasserflecke –, stand dort eine Weile, setzte mich auf die Bank und schaute aus dem Fenster.

Dagmara kam zu mir, während sie die Verhandlungen fortsetzte, und zog mich am Ärmel. Ich blickte zu ihr auf: Sie schaute mich nicht einmal an, stand sogar mit dem Rücken zu mir, zog mich aber noch einmal hartnäckig am Ärmel. Aus irgendeinem Grund wollte sie, daß ich von der Bank aufstand. Aber warum, und wieso kommandierte sie mich überhaupt so herum? Ich drehte mich zum Fenster um und starrte verärgert hinaus. Könnten wir hier bald wieder weg?

Dagmara trat auf der anderen Seite an mich heran. Die konnte einfach keine Ruhe geben! Immer weiter plaudernd, blickte sie sich nach mir um und zeigte mit einer raschen Handbewegung auf die Kleidungsstücke, die auf der Bank lagen. Ich schaute hin. Zuerst begriff ich nichts. Dann schien mir … Dann erkannte ich schon, daß ich mich nicht täuschte, und sprang auf, fast hätte ich geschrien –

nur ein neues Zeichen von Dagmara hielt mich zurück. Über die zerknüllte Strickjacke, die neben mir lag, krochen deutlich sichtbare, große, graue Läuse.

Plötzlich war unsere Vergangenheit im Evakuierungstransport wieder da und setzte mir das Messer an die Gurgel: Wir lagen wie Löffel in einer Reihe auf Holzpritschen oder Stroh, manchmal schliefen wir neben einem Lebenden ein und wachten neben einem Toten auf, und dort krabbelten genau solche Läuse herum, ganz genau solche. Aber seither ... Sie hatten doch auch einen Brunnen und einen Ofen! Wie konnte das sein? Als Reaktion auf dieses widerliche, graue Gewimmel regte sich in mir plötzlich ein ganz und gar nicht vergessenes Gefühl, wie sich jetzt zeigte – trübsinnige Gleichgültigkeit, Schwäche, langsames Sterben im sacht rüttelnden Waggon. Alles war egal, gleichgültig, die Kraft reichte nur noch, um zu atmen und langsam, fast schon widerstrebend, auf einem weichen Brotbrocken herumzukauen. Und derselbe schwere, würgende Geruch nach schmutziger Kleidung und ungewaschenen Körpern, der Gestank der eiternden, nicht verheilenden Geschwüre, mit denen wir fast alle bedeckt waren. Ich hatte damals Krätze auf Kopf und Händen, an Mamas Daumen brach ein Eitergeschwür auf. Jeden Tag entfernte sie die abgestorbenen Gewebestükkchen, immer größer lag der weiße Knochen innen bloß, das Geschwür kroch immer weiter hinunter. Eines Morgens hatte Mama wie immer den Daumen gewaschen und das Eitergeschwür kritisch betrachtet. Ohne jemandem ein Wort zu sagen, nahm sie unbemerkt ein scharfes Messer, legte den Daumen auf ein Brett und schnitt ihn am obersten Gelenk ab. Dann verband sie schweigend die Wunde. Großmutter sagte sie es erst nach zwei oder drei Tagen. Seltsam – die Wunde schloß sich.

Alles, was zuvor durch das Leben in der Okkupation

verdrängt war, brach jetzt plötzlich wieder hervor und stand mir vor Augen: derselbe Güterwagen, dieselben Geschwüre, dieselben Läuse, dasselbe Elend. Es stimmt nicht, ich will nicht! Das ist vorbei, es gibt keinen Güterwagen mehr! Aber das hier ist keine Kate, das ist derselbe Güterwagen!

Dagmara zog mich am Arm.

»Ach, wir haben die Gartentür offen gelassen, da draußen ist irgendein Hund! Len, lauf schnell raus und mach sie zu!«

Ich stürzte hinaus und verließ den Hof schleunigst durch die Gartentür – nur weg von hier. Schon bald tauchte auch Dagmara auf.

»Na, endlich sind wir draußen! Was ist denn los mit dir?«

Ich gab keine Antwort, eine Zeitlang gingen wir schweigend weiter. Ziemlich lange.

»Dagmara, warum leben die so?«

»Dumme Frage. Jeder lebt auf seine Weise.«

»Und woher kriegen sie das Essen?«

»Sie haben viele Kleider mitgenommen. Man sagt, die würden fast bis zum Herbst reichen. Und dann wird man sehen. Wie es heißt, werden wir wahrscheinlich nach Leningrad zurückkehren, was denn sonst.«

»Haben sie Bücher?«

»Mir sind keine aufgefallen. Hast du welche gesehen?«

»Wie halten sie es denn aus … Was machen sie denn am Abend?«

»Spielen Karten.«

»Karten?«

»Naja, Schafskopf. Oder Canasta.«

Wieder gingen wir schweigend.

»Dagmara!«

»Was ist?«

»Hör zu, die leben also so… Könnten wir das auch? So leben?«

»Nein, das könnten wir nicht.«

Das sagte sie, ohne nachzudenken, mit voller Überzeugung.

»Wieso nicht?«

Diesmal überlegte sie lange. Aber dafür fand sie eine hervorragende und sehr überzeugende Antwort.

»Wenn wir so leben könnten, würden wir auch so leben. Aber da bei uns alles anders ist, können wir es folglich nicht.«

Das gefiel mir sehr, und ich beneidete Dagmara ordentlich um ihre Logik. Das also nannte man Schwimmbeckenaufgaben-Lösen: Der Mensch findet auf alles eine Antwort. Aber ich ließ nicht locker.

»Wieso können wir es nicht?«

»Du mit deinem wieso. Die Menschen sind eben alle verschieden. Mama und Galina Alexandrowna sind eben anders als sie. Sie lieben die Ordnung.«

Nein, diesmal hatte sie nicht richtig nachgedacht. Vielmehr, es stimmte doch – sie liebten die Ordnung. Aber wiederum, wieso sind die einen ordnungsliebend und die anderen nicht? Außerdem erinnerte ich mich sehr gut an unser Leben in Leningrad und daran, daß Mama von Haus aus überhaupt keine Pedantin war, bei der alles seinen Platz hatte und alles nach Regeln ging. Tante Talja, ja, die war eine. Wenn die uns besuchte, stellte sie sich in die Zimmermitte und fragte betont milde, mit gefährlicher Sanftheit in der Stimme:

»Kann mir mal einer sagen, wo man sich in diesem Hause hinsetzen darf?«

Es war wirklich nirgendwo Platz. Auf dem Sofa saß Tanjetschka mit angewinkelten Beinen und schaute die Bilder in Marschaks »Zirkus« an:

Ich bin die schöne Miss Jenny,
mache Reiterkunststücke in der Arena,
hopp-allez, hopp-allez
im himbeerroten Sattel!

In der anderen Sofaecke lag Mamas unfertige Näharbeit, und in der Mitte thronte feierlich der dicke, gestreifte Kater – nicht von uns, sondern von den Nachbarn, der sich aber die meiste Zeit bei uns aufhielt. Zwei Stühle waren zusammengestellt, und darauf bauten Vadik und ich irgend etwas aus dem Stabilbaukasten. Auf dem dritten Stuhl waren gleich mehrere Bücher von mir gestapelt, und auf dem vierten lag Vadiks Windjacke (wir waren gerade vom Spaziergang heimgekommen), und auch die Schürze, die Mama eilends abgeworfen hatte, als sie losgerannt war, um etwas Vergessenes im Laden zu holen. Nur ein Stuhl erfüllte seinen Zweck – Großmutter saß darauf am Tisch und schälte Äpfel für den Auflauf.

Tante Talja bahnte sich einen Pfad zum Sofa.

»Mir ist natürlich klar, daß ich den Stil dieses Hauses verletze, aber ich sehe keinen anderen Ausweg. Darf man diesen Stuhl nicht zur Seite schieben? Ach, der Baukasten ist hier? Und diesen? Und die Bücher hier? Sind das deine, Lenotschka? Liest du alle drei gleichzeitig? Von mir aus. Aber jetzt gerade liest du nicht, sondern baust etwas – vielleicht sollten wir die Bücher dann lieber in den Schrank stellen? Vadik, ist das deine Jacke? Wieso ist sie hier und nicht in der Garderobe? Und wieder ist dieser zweifelhafte Kater bei euch? Seid ihr sicher, daß er keine Krankheit hat?«

Aber hier, in der »Gemüsebrigade«, war Mama fast penibler als Tante Talja. Weshalb ermahnte sie mich zum Beispiel immer wieder, den Boden noch einmal aufzufegen? Die Wände waren aus Lehm, hatten überall Risse und bröckelten ständig, der alte Ofen auch, und der Lehm rieselte auf den Boden, der war ja selbst nur gestampft und hatte ebenfalls Risse.

»Das ist ja ein Danaidenfaß!« erklärte ich einmal störrisch, ausgerüstet mit mythologischen Kenntnissen. »Wie oft soll ich denn noch fegen? Er bleibt sowieso nur eine halbe Stunde sauber, und dann – als hätte ich nicht gefegt.«

»Erstens, nicht nur eine halbe Stunde, sondern etwa drei. Zweitens, ist das wirklich so schwer für dich? Schau, wie oft hat Dagmara schon Kartoffeln geschält. Fegen ist meiner Meinung nach viel leichter.«

»Kartoffeln haben Sinn. Die essen wir dann. Aber was hat das für einen Sinn? Ich fege, und trotzdem rieselt der Lehm von den Wänden.«

»Das ist unser Haus. Ob schlecht oder gut, es hat uns in diesem Winter gerettet. Und wenn es sich um uns gekümmert hat, dann können wir uns auch um das Haus kümmern. Wir wohnen hier, also haben wir die Verantwortung dafür.«

»Wem gegenüber?«

»Weiß ich nicht. Ist das denn so wichtig? Na, ihm gegenüber. Oder uns gegenüber. Das ist vielleicht das Allerwichtigste – die Verantwortung sich selbst gegenüber.«

Ich seufzte und griff zum Besen. Wieso Verantwortung? Na, schön, es fällt mir nicht schwer, ich werde fegen.

Dagmara und ich kamen heim, als das Mittagessen schon fertig war und man nur noch auf uns wartete. Wir öffneten die Tür, und zum erstenmal sah ich, wie heiter, schön und gemütlich es bei uns war. Wie wichtig unsere Bücher auf der Kiste standen, die mit einem bestickten Handtuch bedeckt war. Wie die gescheuerten Töpfe auf dem Herd blitzten, wie weiß der Vorhang am Fenster war und wie hell die Sonne durch die durchsichtige Scheibe hereinschaute. Wie sauber und glatt der Fußboden war.

Nira saß am Tisch – die Teller und Löffel waren schon gedeckt, das Brot aufgeschnitten –, trommelte mit dem Löffel und frohlockte lauthals: »Essen, essen! Taram-tam-tam, taram-tam-tam! Essen!«

Dagmara und ich waren sehr hungrig, konnten aber trotzdem nicht aufhören, unsere Eindrücke mitzuteilen, während wir den heißen Borschtsch löffelten. Jelisaweta Nikolajewna war entrüstet:

»Das ist ja furchtbar, wie können sich Menschen nur so gehenlassen! Und das sind Leningraderinnen, man denke nur! Wahrscheinlich aus ganz unkultiviertem Milieu. Aber für euch ist es eine gute Lehre, daß ihr das mal gesehen habt. Zumindest werdet ihr jetzt besser zu schätzen wissen, was in unserem Haus für euch getan wird. Sonst wärt ihr durch unsere Ordnung verwöhnt und wüßtet gar nicht, was Galina Alexandrowna und mich das kostet. Jetzt habt ihr den Unterschied gemerkt und gesehen, wie sich Menschen gehenlassen können! Das ist ja ganz wie in Gorkis »Nachtasyl«, für euch übrigens noch zu früh, aber trotzdem, ich sage, das war sehr lehrreich für euch!«

Wir fühlten uns durch diesen Erfolg unseres Berichts geschmeichelt und erzählten alles von vorne, diesmal mit neuen Einzelheiten, an unserer Entlarvungsrolle fanden wir immer mehr Vergnügen.

»Das Geschirr spülen sie wahrscheinlich tagelang nicht ab! Das gibt's doch nicht, daß sich an einem Tag so viel ansammelt! Und auf dem Tisch haben sie offenbar etwas verschüttet und nicht aufgewischt, da ist es dann angetrocknet! Und vor dem Ofen lag ein ganzer Berg Müll!«

Ich hatte nicht gleich bemerkt, daß Mama kaum an dem Gespräch teilnahm. Sie ging ab und zu zum Ofen und hantierte dort länger herum, war irgendwie zerstreut und bekümmert oder gar traurig. Zweimal schaute sie Dagmara und mich durchdringend an, sagte aber nichts. Unmerklich verflog mein Pathos, und ich spürte eine vage Unruhe aufsteigen.

Nach dem Essen zog sich Mama sofort an, weil sie, wie sie sagte, die Kuh melken müsse, da Tante Chwenja den ganzen Tag schon mit einem Hexenschuß flach liege. Zum Melken schien es mir noch ein bißchen zu früh zu sein. Ich wurde gerufen, ihr zu helfen und Heu für die Kuh zu holen.

Aber wie immer brachte ich zuerst meinen Pferdefreunden Heu. Dann ging ich noch einmal, um welches für die Kuh zu holen. Als ich mit einem Armvoll in den Pferdestall zurückkam, hatte Mama Braunchens (so nannten wir sie unter uns, ihren richtigen Namen weiß ich nicht mehr) großes Euter schon mit warmem Wasser gewaschen und mit einem sauberen, weichen Lappen abgetrocknet, jetzt unterhielt sie sich wie immer vor dem Melken liebevoll mit ihr und streichelte ihr den Kopf und den Hals. Braunchen hörte ihr mit zufriedener, wichtiger Miene zu. Im Stall war es warm, am Fenster leuchtete die Taschenlampe »Fledermaus«. Mama stellte einen Emaileimer unter das Euter und setzte sich auf eine alte Kiste davor. Ich konnte es aber nicht abwarten und ließ sie nicht anfangen.

»Mami!«

»Ja?«

»Mami, wieso – na, ich weiß nicht, wie ich's sagen soll – wieso denkst du irgendwie anders –, haben wir etwa was Falsches gesagt?«

Mama dachte nach.

»Wie soll ich's dir sagen. Vielleicht stimmt es schon. Aber …«

»Was aber?«

»Ich hätte so nicht reden können.«

»Warum nicht?«

»Weil mir diese Frauen sehr leid tun. Ja, das war alles schlecht, was ihr gesehen habt. Aber man darf nicht so ... überheblich sein. Es fällt mir sehr schwer, sie zu verurteilen.«

»Warum?«

»Weil ich weiß, was sie durchgemacht haben. Wir haben alle die gleiche Vergangenheit. Du verstehst noch nicht richtig, was wir alles durchgestanden haben. Das wirst du erst später verstehen. Aber erinnern kannst du dich schon. Du erinnerst dich doch an unseren Güterwagen? (Ich nickte schweigend.) Weißt du noch, was für Krüppel wir alle waren – mit Erfrierungen, mit Durchfall, mit Geschwüren, mit Krätze?«

Mamas Hände lagen auf den Knien, auf der Schürze. Ich betrachtete ihren verstümmelten Daumen. Mama bemerkte es, wurde rot und versteckte die Hand schnell in der Schürzentasche.

»Den einen ist etwas im Körper abgestorben. Den anderen – und das ist viel schlimmer – in der Seele. Woher wollen wir wissen, wieviel Särge sie hatten? Diese Frauen haben wohl das Gefühl, daß ihnen überhaupt nichts mehr im Leben geblieben ist. Vielleicht ist das ja nur vorübergehend, gar nicht für immer. Wenn sie in Leningrad zurück sind, kann ihr Leben wie früher ... fast wie früher beginnen. Aber das wird ihnen sehr viel schwerer fallen.«

Mama schwieg eine Weile.

»Verstehst du – die Menschen werden von einer Strömung fortgetragen, und wenn man Zeit versäumt, dann ist es viel schwerer, an den früheren Platz zurückzukehren. Von uns hängt so wenig ab!«

Die »Fledermaus« warf überall scharfe, zitternde Schatten. Vielleicht kam es mir deshalb so vor, als huschte über Mamas Gesicht ein seltsamer, bei ihr ungewohnter Ausdruck – fast Verzweiflung.

»Aber wenn doch etwas von uns abhängt, und sei es nur eine ganze Kleinigkeit, dann darf man nichts versäumen. Man muß jeden Augenblick etwas gegen diese Strömung tun. Alles muß man machen: das Geschirr spülen, Bücher lesen, das Einmaleins lernen, den Boden fegen. Und dann wird sich eines schönen Tages herausstellen: Wir haben überlebt, als Menschen überlebt. Verstehst du? Wir haben als Menschen überlebt. Aber jetzt genug geredet. Du siehst, Braunchen wird schon unruhig. Sie hat Angst, daß sie nicht gemolken wird.«

Braunchen hatte uns tatsächlich den Kopf zugedreht und wedelte zartfühlend, aber leicht verdrossen mit dem Schwanz.

Ich ging zur Schwelle des Pferdestalls. Es war schon ganz dunkel, die Sterne standen am Himmel, und die Luft war deutlich kälter geworden. Ringsumher war Stille, nur hinter mir hörte ich, wie die Milchstrahlen gleichmäßig gegen die Eimerwand strullten. Ich dachte daran, daß jetzt die beiden Frauen am anderen Ufer der Jeja Karten spielten. Doch nun wirkten ihre Gesichter nicht schlaff und verschlafen – ich erkannte ihren bitteren, müden Ausdruck. Ich selbst hatte ein bitteres Gefühl: Etwas, das sich wie Reue anfühlte oder Scham, stach mir ins Herz. Aber es fühlte sich auch wie Erleichterung an. Warum, wußte ich nicht.

Sobald die Deutschen weg waren, meldete mich Mama in der nächsten Schule an. Sie befand sich etwa zwei Kilometer weit weg. Im Grunde war sie zum Greifen nah – sie lag uns gegenüber am anderen Ufer der Jeja, das Schulhaus war sogar zu sehen, wenn die Kirschbäume es nicht vom späten Frühling bis zum Herbst mit ihrem Laub völlig verdeckten. Aber die nächste, zudem unfertige Brücke war so weit weg, daß man einen langen Umweg auf der Steppenstraße machen, die Talmulde durchqueren, über das Flüßchen gehen und an der Ortschaft vorbei am Ufer entlang wandern mußte, um zur Schule zu gelangen.

Die Vorbereitungen auf die Schule waren ein wahres Fest für mich. Mama nähte mir aus einem alten Handtuch oder einer alten Decke eine Büchertasche – an eine Schultasche war nicht zu denken – und schmückte sie mit einer wunderhübschen Stickerei. Ich weiß noch, daß es ein Blumenkorb war. Meine Kleider, ein oder zwei, waren geflickt, gebügelt und irgendwie neu hergerichtet. Um das Schuhwerk stand es schlechter, aber es waren keine Zeiten, da man das beachtete. Bei Kälte mußte man sich natürlich Gedanken darüber machen, aber den ganzen Sommer über, vom letzten bis zum ersten Frost, lief ich barfuß – ich war wieder ganz bei Kräften –, sogar die dünne Eisschicht morgens auf dem Straßenschlamm machte mir nichts aus. Die Kälte hielt ziemlich lange an, doch als sie vorbei war, verließ ich barfuß die Kate und ging den ganzen Weg barfuß zur Schule.

Erst wenn ich das Flüßchen überquerte, stieg ich zum Wasser hinunter und wusch mir sorgfältig die Füße, sie trockneten sofort in der Sonne, dann zog ich die alten Schuhe an, die ich bis dahin in der Hand gehalten hatte. Den Uferweg an der Ortschaft entlang ging ich, festlich beschuht, gemessen weiter und betrat auch so die Schule – ein adrettes Mädchen, schmuck gekleidet mit einer eleganten Tasche. So kam ich mir jedenfalls vor.

Mit welcher Hoffnung und Begeisterung ich auf die Schule gewartet hatte, läßt sich schwer wiedergeben. Die drei Schwestern bei Tschechow träumten nicht so sehnsüchtig von Moskau, wie ich von der Schule träumte. Ich glaubte ebenfalls, daß alles, was ich brauchte, in etwas Einzigem verkörpert sei, daß *ein* Schlüssel alle Türen aufschließe. Ich weiß nicht, wie es den Schwestern weiter erging: Der Vorhang senkt sich noch vor Moskau über ihnen herab. Vera Figner, deren Aufzeichnungen ich als junges Mädchen las, meinte, der Mensch trage verzehrende Schwermut oder forschen Schaffensgeist in sich selbst und die drei Schwestern würden sich in Moskau ebenso in Sehnsucht verzehren wie in der Provinz.

Doch was mich betraf, so erkannte ich gleich klar und unwiderruflich, daß ich enttäuscht war. Es war ungerecht und naiv von mir, das ahnte ich sogar damals in der Tiefe meines Herzens. Vielleicht hatte ich zuviel erwartet. Aber worauf sonst hätte ich hier, in der Steppe, meine Hoffnung setzen können, und wieso schmerzte mich die Enttäuschung darüber so sehr, wenn ich mich doch mit allem anderen, was »nicht so« war, ganz leicht abfand?

Dies hier hatte gar keine Ähnlichkeit mit dem, was ich – nicht erwartet, sondern gewollt hatte. Die Schule, in die Vadik gegangen war, die 107. Schule in unserer Wyborgerstraße – ich hatte sie nicht vergessen können. Das war ein stattliches Haus mit mehreren Stockwerken, großen Fenstern und einem Haupteingang gewesen. Drinnen gab es ein helles, feierliches Treppenhaus und breite Gänge, und die oben verglasten Türen öffneten sich in geräumige Klassenzimmer, die von geraden Bankreihen gequert wurden. An den Wänden standen Bücherschränke, hingen Landkarten, Tabellen, Zeichnungen, Blumen und ausgestopfte Tiere und Vögel.

Natürlich wußte ich, daß es in der kleinen Dorfschule nichts dergleichen geben konnte. Aber trotzdem wurde ich tieftraurig, als ich die Schwelle überschritten, freudig gegrüßt, die Kinder nach der Klasse gefragt und die Antwort bekommen hatte: »Wir sind alle beinander.« Die ganze Schule war in einem Zimmer untergebracht: Links am Fenster saß die erste Klasse, und rechts waren die Kinder dem Alter nach bis zur sechsten oder siebten Klasse gestaffelt. Insgesamt waren es fünfzehn Schüler. Manche Klassen fehlten ganz, wenn es in den Kolchosabschnitten in der Nähe keine Kinder im entsprechenden Alter gab. Ein und dieselbe Lehrerin, eine noch junge, lebhafte, freundliche Frau, beschäftigte sich mit allen gleichzeitig. Sie stellte der einen Klasse eine Aufgabe, und während diese sie löste, wies sie die andere an, das Buch auf Seite soundso aufzuschlagen und die Übung soundso zu machen. Während die beiden Klassen die Federn in die Tintenfässer eintauchten und laut auf deren Boden herumkratzten – es gab nicht genug Tinte –, erklärte sie der dritten den Lehrstoff oder begann ein Diktat.

Das war beinahe wie Mamas Schule in der Gemüsebrigade. Hier war auch alles familiär. Bei uns ging es vielleicht noch leiser und strenger zu, weil wir weniger waren. In der Ecke wurde der Ofen geheizt (bei meinem Schuleintritt dauerten die starken Fröste noch an), der diensthabende Schüler mußte von Zeit zu Zeit aufstehen und Holz nachlegen. Unterwegs zupfte er natürlich jemanden am Ärmel, und jemand stellte ihm aus Rache ein Bein. Wenn glühende Kohlen aus der Ofentür herausfielen, stürzten drei oder vier Kinder, froh über den Zwischenfall, zum Ofen und zettelten dort ein Gerangel an. Wenn jemand seine Hausaufgabe nicht gelernt hatte, wurde ihm aus allen Klassen zugleich eingesagt. Daß es hier nicht langweilig war, wußte ich sofort zu schätzen.

Was mit mir anzufangen und wo ich einzustufen war, erwies sich als schwieriges Problem. In Russisch, Geschichte und Erdkunde hätte ich in der vierten Klasse sitzen können, aber in Rechnen kam ich über die dritte nicht hinaus, und das schlimmste war, daß ich kaum schreiben konnte. Nach dem Abzug der Deutschen leisteten wir uns zwar manchmal Papier, aber das war erst wenige Wochen her, und die waren so vergangen, daß ich überhaupt keine Lust auf Schönschreiben gehabt hatte. Nach langem Seufzen und Zögern beschloß die Lehrerin, mich in die erste Klasse einzustufen, weil es die beiden folgenden in der Schule nicht gab. Das war auch der Hauptgrund meiner Enttäuschung: Außer Strichlein zu malen, hatte ich dort gar nichts zu tun, ich wurde nicht einmal aufgerufen, laut zu lesen oder zwei von sieben abzuziehen. Mir blieb nur eine Perspektive: mich der Rauferei beim Ofen anzuschließen und den Kindern auf dem Weg dorthin zu zeigen, wie der Mönch Pereswet den Kampf gegen den Tataren Temir-Mursa aufnahm und damit die Schlacht auf dem Schnepfenfeld eröffnete, oder die Gelegenheit zu nutzen, um Wolodka Prozenko eine lange Nase zu machen.

Die zweite Enttäuschung war, daß meine Hoffnung, Freunde zu finden, sehr rasch zerschellte. Die Kinder gingen freundlich und frei mit mir um, ich mit ihnen auch, aber es klappte trotzdem nicht. Es gab dort kaum Gleichaltrige, die meisten waren älter als ich. In diesem Alter macht das viel aus, aber daran lag es nicht. Mit den Mädchen fand sich kein Gesprächsstoff. Mit neun oder zehn Jahren waren sie schon richtige kleine Hausfrauen und halfen sehr viel in ihren Familien mit. Ich ja auch. Aber unser Leben in der kärglichen Gemeinschaftsherberge in der Gemüsebrigade hatte mit den Alltagsaufgaben dieser häuslichen, strammen Mädchen nichts gemein, die Speck einsalzen, Rahm von der Milch schöpfen, mit der Milchzentrifuge umgehen, Butter schlagen und die Gänse, die Hühner, die Kuh und das Schwein füttern konnten. Wenn wir auf unser Zuhause zu sprechen kamen, dann machte sich in ihrem Verhalten mir gegenüber – nur ganz wenig und nur dann – ein Schatten von Herablassung bemerkbar. Ich beendete dieses Thema unverzüglich. Aber andere gab es überhaupt nicht. Sie mochten keine Bücher, und die Frontberichte interessierten sie nicht. Im Grunde befaßten sie sich neben ihren häuslichen Dingen nur noch mit Verwandten und Nachbarn. Aber alles, was mit den Danilenkos, Ochrimenkos und Staschuks los war, die ich nicht kannte, ließ mich völlig kalt; in die endlose Erörterung von deren Problemen mischte ich mich nie ein.

Blieben noch die Jungen. Am Anfang schaute ich sie hoffnungsvoll an. Mit ihnen konnte man über die Lage an der Front reden. Sie waren überhaupt vielseitig und informiert. Sie wußten, an welchen Stellen das Eis auf der Jeja jetzt noch etwas dicker war, und versprachen, es mir zu zeigen (die Mädchen warfen uns dabei irgendwie schräge Blicke zu). Sie wußten auch im voraus, wo die Jeja im Sommer austrocknen würde, wo es dann noch Fische gäbe und wo man Krebse fangen könne. Als sie hörten, daß ich im Sommer die Brigadepferde hüten würde, wunderten sie sich ein wenig (die Mädchen verstummten wieder und schielten zu uns herüber), gaben mir aber gleich sehr nützliche Ratschläge – wo das beste Gras und wo die Tränke sei, wo man Angst vor Giftschlangen haben müsse und wo sie sogar im Wasser schwämmen. Sie kauten etwas beim Reden – ich fragte, was es sei. Sie zeigten mir gelbe durchsichtige Klümpchen oder Zapfen, die schön aussahen und sich im Mund wie klebrige, würzige Karamelbonbons anfühlten. Es waren angetrocknete Harztropfen auf der Sonnenseite der Kirschbäume. Zeigt ihr sie mir? Ja, warum nicht.

Ich bemerkte sehr rasch, daß diese Gespräche gegen einen wichtigen hiesigen Sittenkodex verstießen, den ich nicht kannte. Als ich genauer beobachtete, verstand ich:

Mädchen und Jungen blieben jeweils unter sich. Sie vertrugen sich gut, alberten manchmal fröhlich und scharfzüngig miteinander, aber lange gemeinsame Unterhaltungen waren nicht üblich – und erst recht nicht, daß ein einzelner Junge oder ein einzelnes Mädchen mit dem anderen Lager redete. Ich konnte das nicht verstehen und fragte die Mädchen. Sie waren über dieses Unverständnis ganz verblüfft: Ist doch klar, daß die Jungs ihr Leben haben und die Mädels ihres. Und wieso sollte ein Mädchen nicht über irgendwas mit ihnen reden? Na, kann sie schon, aber dann ist sie scharf auf Jungs. Und was heißt »scharf auf Jungs« sein? Das heißt, hinter den Jungs herlaufen.

Jetzt wußte ich es und benahm mich den Jungs gegenüber wie alle anderen Mädels. Obwohl ich doch noch soviel über die Jeja erfahren wollte, über die Schlangen und Schädel und die Löcher im sandigen Steilufer an der alten Brücke – wer hatte sie hineingegraben? Aber ich spürte schon, daß man mit dem Kodex des Kosakendorfs nicht spaßen durfte.

Merkwürdig, daß mir dieser Kodex viele Jahre später wieder einfiel, in einem abgelegenen Dorf des Bezirks Wolossowo bei Leningrad. Wir Universitätsstudenten waren dort schon fast einen Monat zur Kartoffellese eingesetzt und halfen bei häßlichem, feuchtkaltem Herbstwetter, die nicht sehr reiche Ernte der Kolchose einzubringen. Meine Freundinnen und ich, Archäologinnen und Kunsthistorikerinnen, wohnten bei einer alten Frau in deren Holzhaus: Alle ihre Kinder und Enkel waren wegen der aussichtslosen Lage auf dem Land in die Stadt gezogen, und sie war allein geblieben. Gutmütig und mitteilsam, wie sie von Natur aus war, langweilte sie sich ohne ihre Familie und freute sich sogar über unseren lärmenden Einfall. Übrigens waren fast alle Häuser im Dorf so verlassen. Unser Kommilitone aus der DDR, der Historiker Hans, der offenbar nur durch ein Versehen der Verwaltung in die Kolchose geraten war, kam mit einem Ausdruck der Verstörung auf seinem ehrlichen, gutmütigen Gesicht zu uns:

»Ich begreife nicht, warum es in einem russischen Dorf nur ganz alte Leute und ganz kleine Kinder gibt.«

Aber wir hatten schon öfter ein russisches Dorf gesehen und nahmen es mit derselben Leichtigkeit hin wie die Menschenschlangen in den Städten, die Gemeinschaftswohnungen und die hölzernen Reden auf den Versammlungen: Das alles sollte natürlich in zwei oder drei Jahren verschwinden; es hatte sich überlebt und verdiente nicht einmal Empörung, höchstens eine beiläufige spöttische Bemerkung. Ob unser infantiler Optimismus ein Echo auf Chruschtschows Tauwetter oder eine Kinderkrankheit wie Windpocken war, ist schwer zu sagen. Aber wir waren voll übermütiger Lebensfreude, machten fröhliche Witze, wenn wir in Gummistiefeln über den aufgeweichten Kartoffelacker gingen, und abends hatten wir immer noch die Kraft, einander zu besuchen und über die Reformen Peters des Großen, über Schamil, den Führer der kaukasischen Freiheitskämpfer, oder eine Ausstellung aus dem Louvre in der Eremitage zu diskutieren. An diesem Abend hatte jemand die Idee gehabt, im leeren Klubhaus des Dorfsowjets zu tanzen. Ein paar von unseren Bekannten kamen, um uns einzuladen. Alle sagten zu und machten sich unverzüglich fertig, außer mir. Ich hatte keine Lust. Ich hatte den ganzen Tag so auf den Abend gewartet, um mir den Gedichtband vorzunehmen – das Silberne Zeitalter, das ich gerade erst für mich entdeckt hatte. Zudem war ein ungewöhnlicher Sonnenuntergang. Grauschwarze Wolken türmten sich übereinander, und nur wenige, grelle, letzte Strahlen drangen durch sie hindurch. Unten aber, über dem leeren Acker und dem Kamm des Fichtenwaldes, zog sich ein leuchtender Streifen hin, der zwei dunkle Abgründe wie eine schmale Klinge zerteilte. Ein besorgter Prolog zu etwas Unbekanntem jenseits des Horizonts.

Ich blieb allein im Windfang sitzen, das Buch in der Hand. Unsere alte Wirtin ging aus dem Haus an mir vorbei, blieb stehen und erklärte mir plötzlich:

»Liebes, dich hab ich gern.«

Ich war so erstaunt, daß ich das Buch sinken ließ.

»Wieso, Großmutter?«

Das war eine Überraschung. Vielleicht fiel mir, die ich noch unser Leben in der Gemüsebrigade in Erinnerung hatte, öfter als den anderen ein, daß man ihr mit einer Kleinigkeit helfen sollte – Wasser oder Brennholz holen oder ihr einfach von den Süßigkeiten, die Mama aus der Stadt geschickt hatte, etwas zum Tee zustecken? Nichts dergleichen, sie meinte es ganz selbstlos.

»Weil du nicht so hinter den Jungs her bist.«

Ich bekam einen Lachanfall. Doch unter ihrem mißbilligenden Blick – dieses Lachen war ebenfalls ein Verstoß gegen den Kodex – beherrschte ich mich einigermaßen und hörte mir ihre Belehrung bis zum Schluß an. Daß ein Mädel seinen Stolz haben müsse. Sowas, man ruft sie, und sofort rennt sie los. Am nächsten Tag wird *er* dann losrennen, bloß in die andere Richtung. Nein, komm schön her und wirb um mich. Ich wollte ehrlich bekennen, daß es nicht Stolz war, weshalb ich nicht losgerannt sei, sondern daß ich einfach das Buch interessant fände. Aber ich ließ es bleiben, der Ruf eines Mädels mit Stolz schmeichelte mir. Nicht lange davor hatte ich bei Montesquieu über den Einfluß des Klimas auf die Sitten gelesen und dachte nun: Das ist die Widerlegung! Von der Schwarzerde der Steppen bis zu den Sümpfen des Nordens ein und dieselben Normen. Und diese Unwandelbarkeit – trotz der Jahre und des Raumes dazwischen.

Doch die Erinnerung an Kuschtschewka, einmal wach geworden, kam wieder. Jetzt dachte ich nicht mehr über die Ähnlichkeit nach – im Gegenteil. Dort war der Kodex, über den ich gerade gelächelt hatte, vielleicht eine der letzten geschützten Linien. Es gab noch etwas zu schützen. Alles war schon ins Wanken geraten, alles verlor langsam an Kraft, aber der Kodex war noch da. Man sah kaum Männer, doch die jungen Kosakinnen gingen noch mit ruhiger Würde einher, und ihre schwarzen Augen unter den geraden Brauen und den weißen Kopftüchern blickten offen wie früher und wurden nicht gesenkt, in den Höfen lärmten die Buben und Mädchen, die so alt wie ich und etwas älter waren, die gestrichenen Katen waren frisch geweißelt, in ihren Vorgärten wiegten sich Malven, die Kirschgärten blühten, und in den Schuppen muhten die Kühe.

Ich betrachtete die Gegend vom Windfang aus. Vor mir lag die menschenleere Straße, überall schwarze Pfützen, keine einzige Stimme erschallte von dort herüber. Die vom Dauerregen schwarz gewordenen, altersschwachen Holzhäuser blickten blind mit lichtlosen Fenstern. Über die Hälfte war zugenagelt. Die schiefen Zäune richtete niemand auf. Nur ganz alte Leute und ganz junge Kinder, wie der Historiker Hans richtig bemerkt hatte. Doch im Unterschied zu Hans wußten wir, daß die Kleinen von den Söhnen und Töchtern, die in die Stadt abgewandert waren, zu den Großmüttern geschickt wurden. Wenn sie das Schulalter erreicht hatten, wurden sie wieder abgeholt. Und der Kodex hatte nichts zu schützen. Seine Zeit war um, wie die jenes Zauns, den schon lange niemand mehr brauchte und der einfach noch stand, nachdem er traurig und sinnlos die Zeiten durchlebt hatte, da man ihn vor dem Verfall bewahrte und er selbst Schutz geben konnte. Auch unsere Großmutter hatte niemanden mehr, den sie in ihrer Hütte mit diesen lieben, alten Worten über den Stolz eines Mädchens belehren konnte – so sagte sie mir, der zufällig hergekommenen Studentin.

Der hell leuchtende Streifen zwischen den beiden Abgründen war längst verblaßt, nach und nach erlosch der Himmel. Das alte, stumm und schwer sterbende Dorf war schon fast mit der Schwärze des Ackerlandes und des Waldes verschmolzen, verschwand gleichsam darin, verschwand aus dem Leben. Zum erstenmal verließ mich der jugendliche Optimismus, und ich wußte nicht, was ich der aufsteigenden Schwermut erwidern sollte, der fremden Schwermut des todgeweihten Dorfes, der vernagelten Holzhäuser und leeren Äcker, die nun schon meine eigene war.

Damals, vor vielen Jahren, hatte ich mir keine besonderen Gedanken über die Regeln des Kosakendorfs gemacht: Ich akzeptierte sie einfach als etwas, das nicht zur Erörterung stand und womit man leben mußte, ob man wollte oder nicht. Natürlich war ich traurig. Sowohl im Unterricht wie auch in den Pausen zwischen den Stunden – es war nicht die Schule, die ich mir erhofft hatte. Diese Schule blieb ein unerfüllter Traum.

Ich besaß natürlich noch nicht genug Verstand, um auch nur zu ahnen, geschweige denn zu verstehen, daß mir das Schicksal, allen meinen Wünschen zum Trotz, ein großes, ja unerhörtes Geschenk gemacht hatte: Jahre einer freien, bei all ihrer Schwere durch nichts eingeengten und verfälschten Kindheit. Wie viele Kinder liebte ich an meiner Traumschule, ohne es selbst zu wissen, die institutionelle, schöne Seite: gerade Bankreihen, Kinder, die beim Anblick des Lehrers einträchtig aufstehen, weiße Krägelchen auf dunklen Kleidern, wartend gehobene Hände.

Und noch weniger konnte ich verstehen, daß dieses kindliche Ordnung-der-Erwachsenen-Spiel schon ausgenutzt wurde, schon der Beginn der Zähmung und Dressur war. All das ist in der frühen, besonders prägsamen und empfänglichen Kindheit an mir vorübergegangen. Ich erkannte damals nicht das Glück, das mir beschieden war, weil ich bis zum Alter von gut elf Jahren keine richtige Schule, sondern nur selbst organisierten Unterricht besuchen konnte und nie Wörter hörte wie: »Kollektiv«, »Veranstaltung«, »in einer Reihe antreten! Achtung, stillgestanden!«

Ich bin wohl auch nie ganz so geworden, wie man in einer richtigen Schule zu sein hat. Einmal, es war schon in der Oberstufe, diskutierte ich mit unserer Physiklehrerin Olga Iwanowna über irgend etwas. Plötzlich regte sie sich auf: »Wie reden Sie denn mit mir? Sie haben überhaupt keine Achtung vor mir!« Ich war völlig baff, schließlich achtete ich Olga Iwanowna ganz aufrichtig. Sie gab mir abwechselnd Fünfer und Einser, war schroff und nörglerisch, aber absolut gerecht. Sie war eine Autorität für mich, aber meine Achtung hatte offenbar nicht die äußere Form angenommen, die sie gewohnt war: Ich stand anders und schaute ihr anders in die Augen. Das war in unserer Schule, die ich sehr liebte, aber als eine Hybride aus Kaserne und Himmelsschwalbenpensionat bezeichnete, bereits eine Abweichung von den Regeln.

Ich war tatsächlich unfähig, den Lehrern (und in Leningrad hatten wir wunderbare Lehrer) jenen widerspruchslosen, unbedingten Respekt entgegenzubringen, den die Schulgesetze vorschrieben. Ich verschwendete dieses Gefühl an keinen von ihnen und empfand es zum erstenmal in seiner ganzen Fülle nach dem Universitätsstudium, als ich Schülerin von Wladimir Franzewitsch Lewinson-Lessing wurde, dem letzten großen Mann der Eremitage.

Dennoch erfühlte ich etwas richtig, vielleicht tief im Unterbewußten nach dem Kompaß der kindlichen Intuition, weil ich trotz allem sehr an meiner ersten Schule hing. Wenn ich die Spielzeugaufgabe für Erstklässler rasch gelöst hatte, ließ ich mir kein Wort von dem entgehen, worüber in den höheren Klassen gesprochen wurde. So bekam ich Brocken ihres Wissens über Geschichte und Botanik mit und hörte die wunderbaren, klangvollen Aufzählungen von Berggipfeln und Meeresinseln. Mir gefiel der Umgang miteinander in der Schule, der nicht den geringsten Drill hatte. Die Vierzehn- und Fünfzehnjährigen aus den höheren Klassen galten nach hiesigen Begriffen (besonders aber in der Kriegszeit, als in den Familien der Vater und die älteren Brüder fehlten) als Erwachsene und begegneten der Lehrerin gleichberechtigt, doch ohne plumpe Vertraulichkeit. Sie besaßen alle ein angeborenes, deutlich spürbares Gefühl ihrer eigenen Würde. Und wenn ich auch keine richtigen Freunde fand, so hatte ich doch mit dem Schulalltag insgesamt Freundschaft geschlossen.

Deshalb war es nicht verwunderlich, daß ich großen Wert auf den Schulunterricht legte und ihn um keinen Preis versäumen wollte, nicht einmal bei scheußlichstem Wetter. Bei Kälte wie auch bei Frühlingsmatschwetter stand ich im Morgengrauen auf (bei schlechtem Wetter ging ich länger als eine Stunde, wenn nicht gar zwei), packte die Hefte und mein Frühstück in die Tasche und machte mich auf den Weg. Einmal wäre mich diese Hartnäckigkeit beinahe teuer zu stehen gekommen. Ohne auf irgend jemanden zu hören, ging ich in Schnee und Wind zur Schule. Mama gewährte mir in solchen Dingen freilich stets große Selbständigkeit und glaubte, ich könne schon für mich selbst entscheiden und die Verantwortung tragen.

Während der Schulstunden schien das Wetter freundlicher zu werden, doch als sie zu Ende gingen, war es noch schlechter als am Morgen. Man bot mir an, in der Schule zu übernachten oder zu jemandem mit nach Hause zu gehen – ich verzichtete. Als ich ins Freie trat, merkte ich, daß es deutlich kälter geworden war, der Wind hatte kräftig aufgefrischt und tobte über der Steppe. Auf dem Uferpfad war es noch erträglich, dort boten das hohe Ufer, die Gärten, Häuser und Flechtzäune Schutz. Doch als ich an der Brücke war und in die offene, menschenleere Steppe hinausging, da toste und wirbelte es nur so, ein Schneesturm kam auf. Mühsam überquerte ich das Flüßchen. Ich vergaß zu sagen, daß das, was wir Brücke nannten, keineswegs diesen soliden Namen verdiente. Man hatte vor dem Krieg begonnen, eine Brücke zu bauen, sie aber nicht fertiggestellt. Nur die Pfeiler existierten und die Längsbalken von einem Ufer zum anderen, mit einem großen Abstand voneinander und ohne jede Auflage; durch die breiten Lücken sah man das Wasser. Gut, daß jemand ein ziemlich breites Brett auf einen Balken genagelt hatte. Darüber gingen die Leute. Die Leiterwagen querten den Fluß im Sommer weiter unten durch eine Furt, im Winter standen sie im Schuppen, da es ohnehin keinen Weg gab. Zum Glück war das Flüßchen schmal und die Brücke niedrig. Hier trainierte ich den Gleichgewichtssinn – später leistete er mir immer wieder gute Dienste, wenn ich mit Ethnographen und Bergbewohnern den Oberlauf des Aragwi über Steine oder einen Balken querte. Auch jetzt ging ich ohne besondere Mühe hinüber, obwohl ich durch den Schnee kaum sehen konnte, was ich unter den Füßen hatte.

Dann wurde es schlimmer. Die Kälte, der Wind und der Schnee wurden immer grimmiger und schienen einander zu jagen. Die Straße wurde völlig zugeweht, sie ließ sich von der Steppe nicht mehr unterscheiden. Das machte mir auch nichts aus, ich kannte die Richtung genau und kam nicht von ihr ab. Aber ob ich auf der Straße ging oder durch den Schnee, das spielte keine Rolle. Alles war gleich hoch verschneit, die Füße brachen überall in den Schnee ein, dadurch kam ich nur sehr langsam voran. Die Zeit arbeitete gegen mich: Der Schneesturm wurde immer heftiger, und der Abend rückte näher. Am schlimmsten war der eisige Wind: Er hätte auch durch einen Schafspelz durchgeblasen, ich aber trug nur einen alten, dünnen Mantel. Ich fror, besonders schlimm an den Händen. Aber nicht weit von hier mußte der Abstieg in die Talsenke beginnen – dort würde ich mich wohl von dem Wind erholen können. So war es auch: Links von mir erblickte ich einen ganzen Wald aus vertrockneten Distelstengeln vom letzten Sommer, so hoch wie ein stattlicher Busch. Dieses Gestrüpp befand sich unmittelbar neben dem Abstieg. Während ich weitere zwanzig Schritte hinunterging – zwanzigmal im Schnee einsinken, zwanzigmal den Fuß herausziehen, dann wieder in den Schnee, wieder heraus –, merkte ich, daß ich keuchte und die Beine mir nicht mehr gehorchten. Ich scharrte den Schnee unter den Disteln weg, nachdem ich zum Glück auf ein Erdhäufchen gestoßen war, setzte mich darauf und legte den Kopf auf die Knie, um mein Gesicht vor dem Wind zu verbergen. Sogleich fühlte ich mich besser. Wind und Schnee tobten über mir, ich ruhte mich aus, ganz klein zusammengekauert, und spürte die Kälte nicht mehr. War das schön!

Ich erwachte, weil mich jemand laut und verärgert anschrie und an den Schultern rüttelte. Vor mir stand ein buckliges, altes Männchen. Ich hatte ihn nie zuvor gesehen – und traf ihn auch später niemals wieder. Woher tauchte er in diesem Schneesturm auf, was machte er in der leeren Steppe? Unter dem Arm trug er so etwas wie

Brennmaterial, aber wer ging bei diesem Wetter welches sammeln? Ich konnte sein Gesicht nicht sehen: Die Mütze, der Schnurrbart, der Kragen bis zu den Ohren, alles an ihm war verschneit. Er schüttelte mich nach Kräften weiter und schrie, ich solle aufstehen, ich dürfe nicht sitzen, ich würde erfrieren, ich müsse sofort weitergehen, es werde bald dunkel! Seltsam, er schien mich zu kennen: Während er schrie, ich müsse gehen, fuchtelte er mehrmals mit dem Arm in Richtung Gemüsebrigade.

»Ich geh ja schon«, sagte ich. »Keine Angst, ich komm schon heim. Danke.«

Er schwenkte zum letztenmal den Arm. Und war sofort verschwunden. In diesem Schneegestöber brauchte man nur zwei Schritte zu gehen, schon war man weg. Ich sah nicht einmal, in welche Richtung er sie machte.

Ich ging. Tatsächlich kam schon die Dämmerung – zwei oder drei Stunden früher als gewöhnlich. Wie lange hatte ich gedöst? Ziemlich lange vielleicht – auf meinem Tuch und meinen Schultern hatten sich beinahe Schneewehen gebildet. Aber das konnte in diesem wilden Schneesturm auch in wenigen Minuten geschehen. Seltsam, daß ich mich vollkommen erholt und erwärmt fühlte und so ging, als hätte ich gerade erst die Schultür hinter mir geschlossen.

Dennoch war es schon ganz dunkel, als ich endlich den Hof der Gemüsebrigade erreichte. Unsere beiden Fenster leuchteten, aus dem Schornstein qualmte dicker Rauch. Ich lehnte mich etwa zwei Minuten gegen die Tür, um zu verschnaufen. So müde war ich.

Als ich die Tür öffnete, schrien alle auf. Mama stürzte auf mich zu und packte mich an den Händen. Der Ofen bullerte mit aller Kraft, hell brannte die Funzel auf dem Tisch, alles war voller Wärme. Alle zerrten an mir, während sie den Schnee von mir abstreiften und mir beim

Aufbinden des Kopftuchs halfen. Draußen wütete der Schneesturm, und man hörte, wie die Außentür krampfhaft ruckte. Was ich sonst empfand, wenn ich »Hermann stand unter dem Fenster der Gräfin« las, erlebte ich jetzt mit zehnfacher, durchbohrender Kraft: Jetzt war es nicht Hermann, dem dies widerfuhr, sondern ich selbst. Aber da war noch ein ganz neues, doppeltes Glücksgefühl: Ich war glücklich, daß alles vorbei war, aber noch glücklicher, daß ich es erlebt hatte. Immerhin hatte ich es geschafft. Ich war heimgegangen und angekommen. Mehr nicht, ganz einfach. Aber es war nicht leicht gewesen. Und wie gut, daß ich gegangen war.

Später, im Frühling und im Sommer, ging ich noch oft zu diesem Distelgestrüpp oder ritt dorthin, wenn ich die Pferde heimtrieb. Ich hoffte immer, daß ich das alte Männchen treffen würde. Niemals wieder sah ich einen Menschen auf diesem von jeglicher Behausung weit entfernten Stück Straße. Jedesmal, wenn ich diese Stelle abgeritten und ringsumher ausgekundschaftet hatte – da war nichts, nur Steppengras und die staubige Steppenstraße und das trocken raschelnde Schilf unten am Flüßchen – und wieder umkehrte, hatte ich das traurige Gefühl, irgend etwas verloren zu haben, das ganz in der Nähe liegen mußte, sich aber nicht finden ließ.

Im übrigen hatte ich doch eine Begegnung an dieser Stelle. Einmal ging ich im Frühling von der Schule nach Hause. Ich war müde vom Schlamm auf der Straße und ging langsam. In der Ferne tauchte ein Mann auf, ich merkte sofort, daß etwas nicht mit ihm stimmte. Er ging nicht auf der Straße, sondern durch die Steppe – warum? Hier, weit entfernt vom Kosakendorf und den Kolchosabschnitten, traf man nur Einheimische, die zu Fuß (oder meistens zu Pferd) irgendwohin unterwegs waren und den Weg gut kannten. Der Mann dagegen ging unsicher, als wüßte er nicht genau, wohin, doch er kam genau auf mich zu. Ich blickte mich sogar um, um mich zu vergewissern, daß er wirklich zu mir kam – natürlich war niemand auf der Straße, wie immer.

Er ging auf mich zu. Es war ein nicht mehr ganz junger Mann, vielleicht erschien er mir auch nur so wegen des dunklen Stoppelbarts, der sein Gesicht zugewuchert hatte, und seines ganzen verwahrlosten Aussehens. Er ging auf mich zu und begrüßte mich – beinahe liebevoll, aber irgendwie nicht so, wie Erwachsene Kinder begrüßen. Irgendwie seltsam. Dann schaute er sich nach allen Seiten um, das war noch seltsamer.

»Hast du'n Stück Brot, Kind?« fragte er. Und lächelte plötzlich – fürchterlich unklar, halb bittend, halb schuldbewußt.

Ich wußte sehr wohl, daß ich mein ganzes Pausenbrot in der Schule aufgegessen hatte. Aber damit er nicht denken sollte, ich wolle ihm einfach nichts geben, öffnete ich meine Tasche, schaute hinein und zeigte sie ihm: Es waren nur zwei Hefte und ein Schulbuch darin.

»Schon gut«, sagte er (er sprach die hiesige Mundart nicht rein). »Wenn's so ist, dann mach's mal gut.«

»Wollen Sie vielleicht bei uns reinschauen?« fragte ich. »Wir haben Brot und Kartoffeln daheim. Und Milch.«

Er zuckte fast zusammen.

»Nein, nein, ich kann nicht.«

»Es ist ganz nah.« Ich zeigte mit der Hand hinüber. »Dort drüben, in der Gemüsebrigade.«

Er schüttelte heftig den Kopf, wie um das Gespräch eilends abzubrechen, winkte mir zu und ging in die Steppe hinaus – weit schneller, als er auf mich zugekommen war, aber genauso unsicher, als wüßte er selbst nicht, wohin und wozu. Zweimal blickte er sich um, blieb aber nicht stehen.

Ich stand lange auf der Straße. Ich war ja nicht mehr klein – neun Jahre! – und begriff alles. Das war ein Deserteur. Aber etwas begriff ich nicht – in mir selbst. Deserteure waren Feiglinge und Verräter. Sie wollten ihre militärische Pflicht der Heimat gegenüber nicht erfüllen und sie nicht bis zum letzten Blutstropfen gegen die Nazis verteidigen, sie hatten Angst vor dem Tod. Sie gehörten verurteilt und erschossen. Und jeder ehrenhafte Mensch mußte sie hassen und entlarven.

Ich war mit mir selbst unzufrieden, weil ich keinerlei Haß und keinen Wunsch verspürte, ihn zu entlarven. Ich verstand nicht einmal, wie ich beides diesem hungrigen Mann gegenüber hätte fühlen können. Ich wußte doch nur zu gut, was Hunger ist. War er ein Feigling? Bestimmt – er hatte sich so ängstlich nach allen Seiten umgeblickt, hatte sogar Angst vor mir gehabt. Ich mochte keine Feiglinge. Aber ich hatte schon Furmanows »Tschapajew« gelesen und war verblüfft gewesen, wie furchtsam Kommissar Klytschkow – Furmanow selbst – in seinem ersten Gefecht war. Noch mehr aber hatte es mich erstaunt, wie das die Rotarmisten aufnahmen: Sie taten einfach so, als ob sie es nicht merkten (hatten sie das also auch schon früher erlebt?), keiner drückte ihm ein Schandmal auf. Später stellte sich heraus, daß er ein tapferer Mann war. Aber wenn ihn nach seinem ersten Gefecht alle zu hassen begonnen hätten? Wenn man ihn erschossen hätte? Mama sagte mir auf meine Fragen, daß dies eine sehr schöne, wahrheitsgetreue Stelle sei. Ein tapferer Mensch sei nicht unbedingt einer, der keine Angst empfinde – solche Menschen gebe es kaum –, sondern einer, der genug Charakterstärke besitze, um dieser Angst nicht zu erliegen. Die Rotarmisten hätten sich wunderbar verhalten. Überhaupt besäßen die einfachen Leute, wie sie gemerkt habe, als sie auf dem Land arbeitete, sehr viel Taktgefühl und einen besonderen Feinsinn – wie schade, daß der anderen, weniger einfachen Leuten so oft fehle … Diese Bemerkung machte sie sehr häufig.

Trotzdem, dieser Deserteur war ein Verräter – und ich hatte ihn, ohne auch nur zu überlegen, nach Hause eingeladen. Was hätte Mama gesagt? Darüber war ich mir keinen Augenblick im Zweifel: Sie hätte ihn an den Tisch gebeten und ihm alles vorgesetzt, was wir hatten. Dann hätte sie ihm noch Wegzehrung mitgegeben. »Entlarven« – dieses Wort hörte ich nie von ihr. Dafür hörte ich: »Versuchen zu verstehen«. Als jener schweigsame Feldhüter mit dem Fahrrad einmal bei uns war, bemerkte Jelisaweta Nikolajewna nach seinem Abschied: Komisch, daß dieser noch junge und kräftige Mann nicht an der Front ist. Wieso ist er nicht eingezogen worden? Oder hat er sich gedrückt? Hier, in der Steppe, geht das leichter … Da hatte Mama in einem seltsam strengen, festen Ton, in dem sie fast nie sprach, entgegnet, in unserer Zeit gestalteten sich viele menschliche Schicksale so, daß sie von außen betrachtet unverständlich wirkten, und zwar nicht durch das Verschulden der Menschen selbst. Bevor man sich wundere oder verurteile, solle man doch lieber zu verstehen versuchen, was dahinter stünde. Fast immer stelle sich heraus, daß diese Menschen ihr Schicksal nicht selbst gewählt hätten. Daraufhin schwieg Jelisaweta Nikolajewna.

Wegen Mamas ungewöhnlich strengem Tonfall hatten sich mir Fetzen dieses Gesprächs eingeprägt: »in unserer Zeit«, »unverständliche menschliche Schicksale«, »nicht durch das Verschulden der Menschen selbst«, »die Menschen haben nicht selbst gewählt …«

Als ich damals so mitten in der Steppe stand, war ich weit davon entfernt, zu begreifen, daß ich mit meinen neun Jahren bereits zwischen zwei Wahrheiten wählen mußte. Ein hungriger, gehetzter, unglücklicher Mensch war an mir vorübergegangen. Unserer Familienwahrheit nach hätte man ihm, wer immer er auch war, zu essen geben und helfen müssen. Der anderen Wahrheit nach, die viel lauter und mächtiger war, weil sie aus Zeitungen, dem Radio und Büchern kam, hätte man Haß gegen ihn aufbringen und ihn entlarven müssen. Daß er Hunger hatte, daß er vielleicht schon lange nicht mehr unter einem Dach geschlafen hatte, diese Wahrheit interessierte nicht. Wahrscheinlich hätte sie mich auch nicht interessiert, wenn mir Hunger und Obdachlosigkeit nicht so vertraut gewesen wären; und wenn ich nicht schon so von den Zeitungen und dem Radio entwöhnt gewesen wäre – so kam es wohl, daß unsere häusliche Wahrheit bereits allzu sicher mein Herz regierte und die andere verdrängte. Ich schaute seinem Rücken nach, der sich entfernte (mir war aufgefallen, daß auf den Schultern seines Uniformmantels alte Strohhalme hafteten – also hatte er auf den Resten vorjähriger Strohfeimen geschlafen) und schämte mich bitterlich bei dem Gedanken, daß ich jetzt ohne ihn unsere warme Kate betreten würde und auf dem Tisch eine Schüssel heißen, goldgelben Maisbreis vorgesetzt bekäme.

Ein halbes Jahr war vergangen, seit Mama und ich durch ebendiese Steppe gewandert waren, vielleicht auf ebendieser Straße. Dann hatten wir neben ihr im Gras unter den Pappeln geschlafen. Fast wie er. Aber damals war es warm. Und trocken.

Langsam ging ich grübelnd weiter, mißmutig über mein nutzloses, schwächendes Mitleid, dem man nicht nachgeben durfte. Ich mußte dem Mann irgendeine Schuld anhängen, um ihn nicht weiter zu bedauern. In der Tat, wieso blickte er sich dauernd um, warum hatte er denn ständig Angst, sogar vor mir?

Da traf mich die klare Erkenntnis wie ein Peitschenschlag. Ich sah zum erstenmal einen Menschen, der zum Tod verurteilt war!

Entsetzt blieb ich stehen und schaute rasch zurück. Der Verurteilte war nirgendwo mehr zu sehen. Ich war allein auf der leeren Straße, inmitten der leeren Steppe. Nur dunkle Wolken wälzten sich schwer lastend darüber hin. Dort, wo sie mit der grauen, kalten Erde eins wurden, war er spurlos verschwunden. Der zum Tod Verurteilte.

Nichts war damals einfacher und natürlicher als der Tod. Er war so normal wie in Friedenszeiten eine Erkältung. Jeder von uns hätte jeden Augenblick sterben können – an Hunger oder Kälte, im Feuer, von einer Bombe oder einer Kugel getroffen. Der Tod wandelte unter uns, ohne jemandem Grauen einzuflößen, ringsumher fielen ihm die Menschen in Massen anheim – alle, die er kaum streifte oder auf die er blindlings, ohne hinzusehen, mit dem Finger zeigte. Aber keiner von uns war verurteilt. Er dagegen war es. Jedem von uns konnte das Wunder widerfahren, am Leben zu bleiben. Ihm jedoch nicht. Wieso und warum? Die Kugel, der Bombensplitter oder die einstürzende Hausmauer töteten jeden, den es gerade traf. Über ihn dagegen hatten Menschen den Tod verhängt, Menschen wie er, wie ich – hatten seinen Namen auf Papier geschrieben, und jetzt gab es für ihn kein Entkommen. Aber warum? War er schlechter als die anderen? Ein Feigling? Das war freilich schlecht. Aber Mama hatte doch von den Führungskräften erzählt, die zusammen mit der Front aus Kuschtschewka geflohen waren – die mit den Federbetten. Die hatten nicht zum Gewehr gegriffen und waren in den Kampf gezogen wie die alten Männer im Leningrader Volkssturm (das hatte Mama auch erzählt). Waren die keine Feiglinge? Wieso hatten die fliehen können, noch dazu mit Hab und Gut im Auto? Weshalb war er dann verurteilt?

Die grauen Wolkenmassen wälzten sich immer niedriger über der Erde dahin, immer schwerer, der kalte Wind blies immer stärker. Noch nie war mir die Steppe so düster und unwirtlich erschienen. Als wäre sie bis zum Rand angefüllt mit der Ausweglosigkeit und Ungeschütztheit des Mannes, der dorthin gegangen war, wo sich die Wolken zu einer undurchdringlichen, schwarzen Wand verdichteten. Des zum Tode Verurteilten.

Der Schulunterricht ging zu Ende, und ich war sehr traurig. Die faden Strichübungen oder der lange, beschwerliche Weg machten mir überhaupt nichts aus, dafür traf ich ja jeden Tag andere Kinder und redete mit ihnen; sämtliche Wunder der frühlingshaften und sommerlichen Steppe konnten mir das nicht ersetzen.

Unser Leben schien allerdings stabiler und zuverlässiger geworden zu sein. Mein Vater und wir hatten einander aufs neue gefunden, wir hatten wieder einen »Berechtigungsschein« und waren folglich gegen Hunger gefeit. Aber noch davor hatte die Kolchosleitung Mama angeboten, als Kontrolleurin auf dem Feld zu arbeiten. Ohne zu zögern, hatte sie eingewilligt. Es war eine sehr schwere Arbeit. Von morgens bis abends mußte sie die Felder der Gemüsebrigade abwandern und mit einer hölzernen Kluppe vermessen, wie groß die Fläche war, die man an einem Tag eingesät, gejätet oder abgeerntet hatte; sie mußte notieren, was gesät worden war und wie viele Menschen an einer Stelle wie viele Stunden gearbeitet hatten. Das mußte täglich geschehen, bei jedem Wetter – wenn die Sonne so brannte, daß sich die lehmige Erde mit einer schrundigen Kruste bedeckte, und auch bei Regen, wenn das Gehen auf dem matschigen Feld zur Folter wurde: Nach drei oder vier Schritten klebten schwere Erdklumpen unter den Sohlen, so daß man die Füße kaum vom Boden lösen konnte. Man mußte stehenbleiben, das Zentnergewicht abstreifen, weitergehen und dieselbe Prozedur wiederholen. Mama kam müde, durchnäßt oder von der Sonne schwarz verbrannt nach Hause; abends mußte sie noch Stunden über dem Kontrollbuch zubringen und eintragen, wie groß die eingesäte Fläche, die Mannschaft der Brigade und die Menge der Arbeitstage waren. Sie hatte nicht einmal richtige freie Tage: Die Landarbeit kennt das nicht. Dennoch war sie von Herzen froh über diese Arbeit und die Möglichkeit, unter Menschen zu sein, sich »im Einsatz« zu fühlen, wie sie gerne sagte.

Als der Frühling beständige Wärme brachte, veränderte sich unser Leben sehr stark. In der Kate wurde es gleich enger als im Winter: Die Nächte wurden immer schwüler, zudem kam es nun, da die Arbeit auf dem Feld oft von einer Dunkelheit bis zur nächsten andauerte, öfter vor, daß jemand aus der Brigade bei uns in der Kate übernachtete. Mama fand einen überraschenden Ausweg aus dieser Situation.

Wir hatten im Hof einen kleinen Pferdestall, wo den ganzen Winter über Tante Chwenjas Kuh und die beiden Kolchospferde untergebracht waren, die schwarze, launische Muntre und die andere Stute, meine Freundin und mein Liebling, an deren Namen vor meiner Zeit ich mich nicht mehr erinnern kann, weil ich sie vom ersten Tag an Rote oder Liebe genannt hatte. Sie war erstaunlich gutmütig und liebevoll: Muntre riß mir immer, den Kopf schüttelnd und schnaubend, das Brot aus den Händen – »bilde dir bloß nicht ein, daß du mir einen Gefallen tust«. Rote senkte geduldig den Kopf (ich war sehr klein und in den Hungerjahren gar nicht mehr gewachsen) und verspeiste gemächlich die Brotscheibe in meinen Fingern, die sie mit ihrem weichen Maul vorsichtig berührte, dahinter waren überhaupt keine Zähne zu spüren, während Muntre sie gierig entblößte. Als ich auf ihr reiten lernte, gelangte ihre freundliche Behutsamkeit an keine Grenze. Aufzusteigen und sie und die Muntre zum Flüßchen zu treiben, war nicht schwer, aber der Rückweg! Am schwierigsten war es, mitten in der Steppe, auf die Rote aufzusteigen, ohne Sattel und Steigbügel, nur mit einem alten Zaum. Weit und breit gab es weder einen Baumstumpf noch einen Findling, ich mußte mir jedesmal eine neue List ausdenken. Rote verstand alles, betrachtete mich mitfühlend und erriet an einem halben Wort, was ich wollte: Ich erzählte ihr natürlich alles, sie schaute mich verständnisvoll an und schwenkte den großen Kopf halb zum Zeichen der Zustimmung, halb zur Ermutigung. Sie stand regungslos unten am Ufer, während ich die Böschung hinauflief und vorsichtig, um sie nicht zu stoßen, von oben auf ihren Rücken herabglitt. Dann brauchte ich sie nur ganz leicht mit der nackten Ferse zu berühren oder ihr einen Klaps auf den Hals zu geben, und schon wußte sie, welchen Weg sie nach Hause nehmen und wann sie in Trab fallen mußte. Nie trübte ein einziges Wölkchen unsere Freundschaft.

Zum Sommer hin wurden die Kuh und die beiden Pferde aus dem Stall geholt und unter das Schutzdach im Hof gestellt: Dort hatten sie eine Futterkrippe und einen Wassertrog. Bis zum Spätherbst blieb der Pferdestall leer. Zu der Zeit nahm Mama auch ihre Arbeit auf, die bei Jelisaweta Nikolajewna und Tante Chwenja auf einhellige Verurteilung stieß, sie stimmten überhaupt selten zu. Mama erklärte, sie könne durchaus im Pferdestall übernachten. Sie machte ihn gründlich sauber, scheuerte den Fußboden mit Sand, wischte ihn naß auf und lüftete jedesmal lange. Dann kam das Überraschendste. Mama holte armvollweise duftende Kräuter aus der Steppe. Zuerst breitete sie diese in einer dicken Schicht auf dem ganzen Boden aus, so daß man die Bretter unter dem lockeren, duftenden Teppich nicht nur nicht mehr sah, sondern auch nicht einmal mehr spürte. Dann holte sie keine Kräutergarben mehr, sondern Blumen. Unterdessen machte unsere gesamte Kinderkolonie das Spiel mit, wir erbeuteten um die Wette das Seltenste oder Schönste, was nur in der Steppe wuchs. Mama flocht Kränze, Girlanden und netzartige Gebilde – sie verstand sich meisterhaft darauf –, und alle Wände des Pferdestalls wurden wie der Fußboden mit wunderbaren Teppichen bedeckt. Sogar von der Decke hingen Büschel aus Wermutkraut und Steppengras herab, ich brachte auch noch lange Nachtschattenranken mit blauschwarzen Beeren: Diese Ranken konnte man an den Wänden drapieren, wie man wollte, sie hier an einem Nagel befestigen und dort an einem Haken für das Pferdegeschirr. In die Ecke stellten wir eine Holzliege mit einem frischen Heusack darauf – das war das Bett –, und auf dem mit einem bestickten Handtuch ausgelegten Fensterbrett standen Bücher und Blumen in einem Tonkrug. Natürlich wurde alles unaufhörlich erneuert, weil die Kräuter und Blumen rasch welkten und vertrockneten.

Die Erwachsenen fanden das schlecht, aber wir Kinder waren entzückt. Das war etwas Ungewöhnliches und Einmaliges: eine halbdunkle Höhle mit einem kleinen Fenster, bis in alle Ecken mit Kräutern ausgestreut und mit Blumen behängt. Wir brauchten nur die Tür einen Spaltweit zu öffnen, schon umfing uns eine frische Kühle, angesetzt auf den stärksten Düften der Steppe; etwas Zauberisches steckte in diesen Kränzen und Büscheln, in diesem Steppengeist, der in dem grünen Dämmerlicht eingesperrt und verborgen war, als ob er zahm geworden und für lange Zeit hier eingezogen wäre.

Darüber hinaus war es eine erstaunliche Entdeckung, wieviel Schönes und Überraschendes man aus ganz normalen Dingen machen konnte, denen wir auf Schritt und Tritt begegneten und die wir gar nicht beachteten, weil sie so gewöhnlich und unscheinbar waren. Hier dagegen waren sie das, was sie immer waren, und verwandelten sich zugleich in etwas anderes. Wie ging das?

Sogar die Kolchosarbeiterinnen, die bei uns in der Brigade hereinschauten, riefen einander zu, sie sollten »staunen, was die Lexandrowna da gemacht hat«. Sie öffneten die Tür, blieben an der Schwelle stehen und schüttelten den Kopf mit einem merkwürdigen Gesichtsausdruck. Leichtes Befremden über die Verschrobenheit der Städterin vermischte sich mit der Verwunderung über die geleistete Arbeit – Anerkennung (was gute Arbeit war, konnten sie beurteilen), aber auch Zweifel – lohnte sich das? – und unwillkürliche Billigung: »sehr hübsch« (halb geflüstert). Aber da war auch noch ein trauriges Mitgefühl unter Frauen, das ich erst später, erst in der Erinnerung verstand – wahrscheinlich ahnten sie, welche Sehnsucht der jungen Frau nach den eigenen vier Wänden sich hinter all dem verbarg.

Doch wie schön ich es dort auch fand, ich wollte trotzdem weiter in der Kate übernachten. Das hatte einen geheimen Grund: So allein in unserer ehemals gemeinsamen Hälfte konnte ich bis spät in die Nacht bei der Funzel lesen. Bei Jelisaweta Nikolajewna schliefen alle früh und fest ein, meine Funzel störte niemanden. Mama dagegen litt unter Schlaflosigkeit und qualvollen Migräneanfällen – ich konnte noch nicht ermessen, was ihre Schlaflosigkeit nach allem, was wir durchgemacht hatten, bedeutete.

Jetzt verbrachte ich ganze Tage auf dem Feld oder in der Steppe. Das war mir schon seit der Frühjahrsaussaat zur lieben Gewohnheit geworden. Ich setzte mich auf dem Feldrain ins Gras und wurde nicht müde, diese geruhsame Verwandlung der Erde zu beobachten. Das nichtssagende, öde Feld bedeckte sich plötzlich mit gleichmäßigen Furchen. Die alte Sämaschine, vor die unsere Muntre gespannt war, ging wie ein Pendel von einem Feldende zum anderen. Darauf saß Mikola Danilenko, unser bester Freund. Er war sechzehn Jahre alt und wurde erst in zwei Jahren zur Armee eingezogen. Bis dahin ersetzte er wie die anderen gleichaltrigen oder fast gleichaltrigen Jungen die Männer, die an der Front waren.

Er war als Pferdeknecht in unsere Brigade eingeteilt worden; von morgens bis abends machte er sich mit den Pferden zu schaffen oder reparierte das Geschirr und verschiedene andere Geräte. Oft blieb er über Nacht und war dann Gast bei unseren Leseabenden. Wir betrachteten ihn als einen von uns, besonders befreundet war er mit Mama, und natürlich war er es, der mich zum erstenmal aufs Pferd setzte. Wenn beim Reiten etwas nicht klappte, lachte er mich gnadenlos aus, ich blieb ihm aber auch nichts schuldig. Als er jetzt herankam, schrie er, ob ich nicht vom Sitzen müde sei, und ich rief zurück, er sitze ja selbst, bloß sitze ich im Gras und er auf der Muntren, vielleicht sei er ja noch müder als ich.

Die gleichmäßig gezogene Furche schien befriedigt zu seufzen, sie hatte einen ganz anderen Ausdruck als die unbestellte Erde zwei Schritt weit von ihr entfernt, jenseits des Feldrains. Als wüßte sie, daß sie in einer Woche von Schößlingen gleichmäßig bedeckt wäre, daß es nur noch kurze Zeit dauerte, und die Erde wäre unter dem entfalteten, grünen Blattwerk nicht mehr zu sehen, das

Feld würde angehoben werden und vor meinen Augen wachsen. Dann käme die Zeit, wo es schwierig und spannend würde, sich durch die Stauden hindurchzuarbeiten. Wenn es Mais wäre, würde er stramm stehen, die langen, schmalen Blätter zum schmucken Federbusch aufgestellt, und aus der straffen Hülle des Kolbens würde der hell glänzende Körnerstrang hervorbrechen. Wenn es Sonnenblumen wären, würde sich das Feld in eine dichte Masse lustiger, hochaufgeschossener Wesen mit grellgelben Kränzen auf den Köpfen verwandeln. Es waren liebenswerte Geschöpfe, die geduldige Hingabe, mit der sie immerzu in die Sonne schauten, hatte etwas Rührendes. Ich wußte im voraus, zu welcher Stunde des Tages sie mit dem Gesicht zur Straße stünden und wann mit dem Rücken. Damals schlug ich mich mit Vergnügen durch ihr Dickicht, berührte ihre dicht behaarten Blätter, schaute ihnen ins Gesicht – keines glich dem anderen – und atmete ihren Honigduft ein, der alles einhüllte. Niemals wieder begegnete ich so einem Duft, höchstens noch auf den Bergwiesen von Ober-Rača. Dort erinnerte ich mich sofort an meine heimatliche Steppe, und der Ring der Zeit schloß sich.

Doch je mehr Zeit verstrich, um so stärker setzte mir etwas Unerwartetes und Unbegreifliches zu, das alle meine Steppenfreuden weit ins Abseits drängte.

Alles, was uns während der Blockade in Leningrad widerfahren war, der »Lebensweg«, dann unsere endlose Fahrt im Güterzug nach Süden, die Todesfälle in unserer Familie, die ersten Monate in Kuschtschewka – all das hatte ich bislang wie durch einen Schleier der Entfremdung gesehen, als ob es nicht mir zugestoßen wäre. Ich weinte nicht, litt nicht, hatte keine Angst, klagte nicht. Ich war gleichsam in eine Starre gefallen. Vielleicht fehlte mir einfach die Kraft, auf das zu reagieren, was um mich herum und sogar mit mir selbst geschah. Eine Vorrichtung im Bewußtsein und im Gedächtnis zeichnete genau und ohne jedes Gefühl Worte, Bewegungen und ganze Szenen auf und legte sie in einem unsichtbaren, fernen Winkel ab, während ich völlig teilnahmslos einfach nur dabei war – mehr nicht.

Aber als ich langsam gesünder wurde und meine Kräfte allmählich wiederkamen, da zuckte und regte sich etwas in diesem dunklen, erstarrten Winkel. Das erste Mal geschah es, als Dagmara und ich bei diesen Leningrader Frauen waren: Stechend scharf stellte sich die Erinnerung an unseren Güterwagen ein. Dann kam es wieder: Es waren leise, verstohlene Stöße. Plötzlich stand mir das eine oder andere Bild vor Augen. Unser Leningrader Zimmer mit der Verdunkelung – große Fenster, von oben bis unten mit schwarzem Stoff bespannt, damit kein einziger Lichtstreif nach außen drang. (Wenn doch etwas Licht nach außen drang, kam die Patrouille von Milizhelfern, die jeden Abend sämtliche Straßen und Höfe auf die Verdunkelung hin überprüfte.) Die Funzel auf dem Tisch, wir alle sitzen eng aneinandergeschmiegt um den kleinen, runden Eisenofen herum, dessen Rohr in unseren früheren Ofen mündet, einen holländischen Kachelofen, der bis zur Decke reicht. Auf dem Ofenrohr trocknen wir unsere Tagesration – hauchdünne Brotscheiben, »Achtel«, wir schauen sie an und können den Blick nicht von ihnen abwenden, an nichts anderes denken.

Oder plötzlich sah ich den Treppenaufgang unseres Hauses am Waldprospekt mit dem Haupteingang. Mama schickte Vadik und mich jeden Tag wenigstens kurze Zeit ins Freie, sie sagte, wir bräuchten frische Luft, das sei so gut wie ein zusätzliches Stückchen Brot. Mehrere Tage lag dort der erfrorene Leichnam eines Mannes. Vielleicht war es einer der Nachbarn, doch er lag mit dem Gesicht nach unten, wir konnten nicht sehen, wer es war. Wir stiegen mühsam über die Leiche hinweg, sie lag quer und versperrte den Durchgang. Auf der Straße stießen wir ständig auf Leichen – sie wurden auf Schlitten gezogen, ohne Särge natürlich, nur in Laken eingewickelt. Manchmal lagen die Körper einfach so in einem Tunnel, den man in eine Schneewehe auf der Straße gegraben hatte. Manchmal lehnte eine Gestalt erstarrt an einer Mauer. Ihr Gesicht konnte man wegen des Kopftuchs und hochgeschlagenen Mantelkragens kaum sehen. War es ein Mensch, der aus Schwäche stehengeblieben war? Oder schon ein Leichnam? Niemand wußte es.

Mama kam einmal erschüttert vom Einkaufen nach Hause: Sie war einem Lastwagen begegnet, auf dem Leichen völlig unbedeckt wie Brennholz aufgestapelt waren. Wir hatten schon davon gehört, daß solche Lastwagen ständig die Straßen Leningrads abfuhren und die erfrorenen Leichen aufsammelten, aber niemand von uns hatte sie bislang gesehen. Am meisten erschüttert hatte Mama, daß einem Mädchen der blonde, aufgelöste Zopf heruntergefallen war; das lose Haar schlug im eisigen Wind gegen den Kasten des Lastwagens. Jetzt schien es mir, als ginge ich selbst diesem Auto entgegen und sähe, wie inmitten der erstarrten Leiber nur dieser blonde, aufgelöste Zopf lebte und flatterte.

Dann sah ich, wie Vadik und ich uns beim Schlangestehen nach Brot abwechselten. Im ehemaligen Feinkostladen im Erdgeschoß unseres Hauses Ecke Waldprospekt und Wyborger Straße. Vadik hatte man mit Kreide eine Nummer auf den Ärmel oder den Rücken geschrieben. Er ging nach Hause, um sich aufzuwärmen, nach einer halben Stunde kam er wieder, und ich ging mich aufwärmen. Oder ich sah, wie Mama Wasser aus der Newa holte. Jeden Tag nahm sie den Schlitten, auf dem Vadik und ich einst im Nobelgarten gerodelt waren (waren wir? auf dem Schlitten? den Hügel runter gerodelt?). Sie stellte einen Eimer mit Deckel, einen großen Kochtopf und Blechkannen darauf, zog ihren Skianzug an, band das Tuch um den Kopf und ging fort. Sie blieb lange weg. Es war so weit: durch die Wyborger Straße, dann den Karl-Marx-Prospekt entlang bis zur Kriegsmedizinischen Akademie und weiter an deren Gebäuden vorbei bis zur Newa – dort, gegenüber der Akademie, war ein Eisloch. Mama zog den vereisten Schlitten an einer Schnur hinter sich her. Dann mußte alles – der Eimer, die Kannen, der Kochtopf, der Schlitten – zu uns in den zweiten Stock heraufgetragen werden. Raufsteigen. Runtergehen. Wieder rauf. Und wieder runter.

Oder ich erinnerte mich, wie ich einmal ein dickes Buch aus dem Schrank nahm und dahinter plötzlich eine kleine rote Schachtel von Vorkriegspralinen fand (das Bild auf dem Deckel zeigte einen goldenen Hirsch in gestrecktem Lauf). Ich öffnete sie und hätte sie beinahe auf den Boden fallen lassen. Sie war fast voll mit winzigen Brotstückchen: nicht aufgegessenen trockenen Brotkrusten, Zwiebackresten, sogar ein Splitter Würfelzucker war darunter. Wie kam sie hierher? Es war Vadiks und mein Schrank, niemand sonst schaute hier herein, er stand in einem eiskalten, leeren Zimmer. Verblüfft brachte ich Mama die Schachtel. Aus irgendeinem Grund erschrak sie sehr und schaute sie lange an, ohne nach diesen Stückchen zu greifen. Ich erschrak plötzlich ebenfalls: Wie konnte Vadik, der am meisten unter dem Hunger litt und vor unseren Augen dahinschwand, etwas von seinem kärglichen Achtel übriglassen? Da kam die Nachbarin. Mama sprach mit ihr über die Schachtel, die verstand irgendwie augenblicklich und nickte, als sei ihr das alles schon bekannt. »Also wird er bald sterben«, sagte sie ruhig. Jetzt, eineinhalb Jahre danach, hörte ich neben mir diese monotone, müde Stimme: »Also wird er bald sterben.«

Anfangs tauchte das alles nur kurz vor meinen Augen auf und verschwand. Dann kam es wieder. Dann wieder und wieder, Dutzende, Hunderte solcher Bilder und Stimmen. Jedesmal sah ich sie deutlicher, jede kleine Einzelheit blieb stehen, wiederholte sich, bis sie sich in mein Gedächtnis gekrallt hatte und ich sie nicht mehr von mir wegzerren konnte, mich nicht von ihr befreien konnte. Allmählich wurde ein quälender Alptraum daraus: als ob mich ein Schwarm Fledermäuse von allen Seiten bedrängte, böse, zäh und unbarmherzig. Zeitweilig blickte ich kaum noch um mich und hörte nicht mehr, was man mir sagte: Ich sah unser dunkles Zimmer mit den schwarzen Fenstern, hörte den Riegel an der Tür des Güterwagens klirren, sah Tanjetschka auf Mamas Armen oder Vadik, mit der dünnen Decke zugedeckt, auf der Tragbahre des Sanitäters.

Das allerschlimmste aber war, daß mich plötzlich das Bewußtsein schneidend durchfuhr, welche Schrecken wir durchlebt hatten. Als ob alle nicht schon vor einem Jahr gestorben wären, sondern erst heute und die Särge neben mir stünden; erst jetzt begriff ich, daß ich weder Vadik noch Tanjetschka, noch Großmutter jemals wiedersehen würde, daß mein ganzes Leben jetzt ohne sie verlief, kein Leben, sondern der Stumpf eines Lebens: für immer ohne sie, man konnte sie nicht rufen, nicht mit ihnen sprechen. Das Bewußtsein des Todes und die Verzweiflung angesichts des Todes bemächtigten sich allmählich meiner Seele, beutelten mich, peinigten mich, wann immer es ihnen beliebte – ich aber war hilflos. Ich saß mit einem Buch im Schatten vor der Kate. Und plötzlich sah ich durch die Seiten hindurch, wie meine lebendige Großmutter lächelnd sauber gewaschene Kartoffelschalen durch den Fleischwolf dreht, Tanjetschka sitzt daneben und läßt die Schüssel nicht aus den Augen. »Heute backen wir Pfannküchlein …« Ich sprang auf und rannte wie von Sinnen in die Steppe hinaus. Dort fiel ich mit dem Gesicht auf die Erde und erstickte fast an krampfhaftem Schluchzen. Ich preßte die Augen und den Mund mit aller Kraft gegen die trockene, heiße Erde, gegen die stacheligen Halme, um diese Erinnerung in mir zu erdrosseln, diese Stimmen, aber es ging nicht, und ich schluchzte bis zur völligen Erschöpfung.

Ich hatte nichts, wo ich mich verstecken konnte. Die Bücher waren keine Zuflucht. Im Gegenteil, es zeigte sich, daß darin auf Schritt und Tritt Fallen aufgestellt waren. Das waren zufällige Erwähnungen des Todes, eine Abbildung mit dem Leichnam eines toten Helden – ich brauchte nur darauf zu stoßen, und schon stürzten sich die Fledermäuse erneut auf mich. Ich entsinne mich bis heute an manche dieser Fallen – und versuche, sie nicht an mich heranzulassen. Unerträglich wurde mir das Gedicht »Orina, Soldatenmutter«, doch gegen meinen Willen kannte ich es auswendig, und zur schlimmsten Pein wurde für mich die stöhnende Wehklage:

Neun Tage siechte Iwan hin,
am zehnten Tag verschied er.

Wenn ich meinen geliebten Cervantes wieder las, schlug ich unvermittelt die Seite auf, wo Don Quichote in die Höhle Montesinos hinabsteigt und dort mit dem toten König spricht – auf der Seite gegenüber war ein Stich von Doré, auch jetzt noch sehe ich das darüber geworfene dichte Netz aus weißlichen Linien, unter dem alles leblos und unecht erscheint. Don Quichote steht mit gesenktem Kopf da, und der ins Leben zurückkehrende König richtet sich auf seinem Sarkophag auf. Weder Doré noch Cervantes waren mehr da, alles um mich her bedeckte sich mit demselben weißlichen Gespinst, und ich fühlte mich nicht mehr auf der lebendigen Welt.

Überall war der Tod. Und wie sollte ich leben mit dem Bewußtsein, daß irgendwo neben mir ein unsichtbarer schwarzer Abgrund klaffte, der lautlos so viele Menschen nacheinander von der Erde schnappte, wie er wollte und wann er wollte? So hatte er Vadik, Großmutter und Tanjetschka verschlungen – sie waren neben mir, dann stürzten sie plötzlich in ihn hinab. Warum hatte er mich ausgelassen, wieso war ich übriggeblieben? Ich war am schwächsten gewesen, hatte die ganze Kindheit über gekränkelt, keine einzige Kinderkrankheit hatte mich verschont – wie konnte das sein? Gar nicht, er mußte zurückkommen und mich holen. Wann würde das geschehen und wie? Was wäre, wenn ich auch abstürzen würde? Wohin? Sie alle wurden in der Erde begraben. Doch die Erde konnte ich einfach nicht mit diesem tiefen Abgrund in Verbindung bringen. Im Gegenteil, die Erde war gut, fest und lebendig. Aber wo war er dann? Ich wußte, wußte, daß er irgendwo neben mir war, ganz nah, gleich stünde er hinter mir und schaute mir auf den Rücken. Ich sah ihn nicht, aber er sah mich. Was hatte er mit mir im Sinn? Wann? Sollte ich mich umdrehen? Da drehte ich mich um und sah trotzdem nichts. Aber er war neben mir. Er würde sich erst zeigen, wenn er beschlossen hätte, daß es für mich ebenfalls an der Zeit wäre. Wann also?

Die schlimmste Zeit war die Nacht, wenn ich in vier Wänden eingesperrt war, wenn vollkommene Stille um mich herum herrschte und ich nichts hatte, um meine Augen und Ohren zu beschäftigen. Ich setzte mich im Bett auf. Ich brauchte nicht in die Dunkelheit hineinzuschauen, sie schaute mich selbst mit den Augen der Toten an, sprach, regte sich. Ich hoffte, ich könnte es aushalten, bis es vorüber wäre – doch mit jedem Augenblick wurde es schlimmer. Schließlich hielt ich es nicht mehr aus, sprang fast von Sinnen aus dem Bett, wußte nicht mehr, was war und was mir nur so vorkam, lief hinaus und rannte über den Hof zu Mama in den Pferdestall.

Meine arme Mutter wußte nicht, was sie mit mir machen sollte. Sie arbeitete von früh bis spät, schlief schlecht, quälte sich mit ihrer Schlaflosigkeit, und ich ließ ihr nicht einmal nachts Ruhe – aber was hätte ich tun sollen, wo hätte ich mit meiner Schwermut bleiben sollen? Sie streichelte und tröstete mich, beruhigte mich mit Worten, die nur Mütter wissen. Wenn ich auf ihrem Bett saß, gewann ich etwas Abstand von den Folterqualen, die mich zerrissen, in Mamas Nähe war Sicherheit. Sie redete mir liebevoll und geduldig zu, versprach, daß wir an ihrem freien Tag zusammen ins Dorf gehen würden, auf den Basar, und dort ein Geschenk für mich kaufen wollten – diese harmlosen Versprechen, die Gedanken an den quirligen Basar brachten mich irgendwie in die frühere Welt zurück. »Das geht vorbei, Lenotschka, das geht vorbei, mir ist es genauso gegangen, wir müssen es durchstehen, wir müssen es aushalten … Was sollen wir machen, wir haben eine furchtbare Zeit hinter uns, das geht nicht so leicht vorbei, aber wir müssen leben, müssen das Leben meistern …«

Mama wollte in die Kate zurückkommen, aber ich war dagegen: Es war leichter für mich, wenn ich irgendwohin flüchten konnte. Wenn ich sie danach halb beruhigt verließ, hielt ich mich noch im Hof auf. Die Nacht war ebenfalls liebevoll zu mir, die frische Luft ließ mich freier atmen. Der Himmel leuchtete mir weit und hoch mit allen seinen Sternbildern, Nebelflecken und der Milchstraße. In meiner Nähe lagen Muntre und Rote unter dem Schutzdach und atmeten geräuschvoll im Schlaf. Von dort roch es so gut nach frischem Heu und warmem Pferdeduft. Dieses stille, volle Leben strömte langsam in mich ein und schwemmte das Geröll von meinem zerquälten

Bewußtsein weg, das es fest abgedichtet hatte. Die Stimmen und Halluzinationen wichen. Hier in der Dunkelheit hatte ich keinerlei Ängste. Ich wanderte den Hof ab, mein Schatten ging im Mondschein gemessen und ruhig vor mir her, als hätte er die stickige Kate einfach nur verlassen, um sich ein wenig die Beine zu vertreten. Nirgendwo gibt es einen so klaren, kräftigen, tiefen Schlaf wie in der nächtlichen, windstillen Steppe. Der Wald schläft nie wirklich ganz ein, wie ich später merkte, er lebt nachts ein ebenso hellhöriges Leben wie tagsüber, einfach seine andere Hälfte – die Steppe dagegen schläft, die Steppe ruht wirklich aus. Die ganze Erde schließt die Augen, das Gras steht reglos und still, die müde Straße streckt sich lang aus, und man selber kann auch nicht mehr widerstehen und in diesem grenzenlosen Schlaf ein eigenes unruhiges Leben bewahren. Ich kehrte leise in die Kate zurück, legte mich hin und schlief ein.

Das dauerte lange und hätte sich wahrscheinlich zu einer schweren chronischen Krankheit ausgewachsen, wenn Mama nicht gewesen wäre. Sie beobachtete mich besorgt und versuchte, meine Anfälle im voraus zu erahnen. Manchmal kamen sie zwei, drei Tage nicht. Ich war wie immer, sprang herum, sang mit den anderen Lieder, ging an die Jeja zum Baden, hütete die Pferde, las. Dann fuhr es plötzlich wieder in mich: Ich aß nicht mehr, ging den Menschen aus dem Weg, versuchte, unbemerkt in die Steppe wegzulaufen, niemand wußte dann, wo man mich suchen sollte und wann ich zurückkäme. Ich kehrte zerzaust, entkräftet, menschenscheu zurück und verkrümelte mich in irgendeine Ecke. Ich antwortete auf keine Frage, erklärte nichts und wurde ausfallend, wenn man mir allzuviel zusetzte. Das ging so, bis Mama von der Arbeit heimkam – in ihrer Gegenwart taute ich auf und gab mir Mühe, mich zu beherrschen.

Schließlich mischte sich Mama unmerklich in mein krampfhaftes Leben ein und begann es vorsichtig in eine andere Bahn zu lenken. Sie versuchte, mich eine Zeitlang von den Büchern abzulenken – zunächst wählte sie meine Lektüre einfach nur sehr sorgfältig aus, überzeugte sich aber sehr schnell davon, daß mich die Auswahl vor nichts bewahrte. Ein Anfall konnte beim »Letzten Mohikaner«, der »Schrecklichen Rache« oder irgendeinem Gedichtband irgendeines Dichters einsetzen. Sogar Puschkin mit seinem »Lied vom weisen Oleg« war gefährlich, von Lermontow ganz zu schweigen:

»Da plötzlich steigt der Kaiser
aus seinem Sarg, erwacht ...«

Und fast alle Balladen von Schukowski. »Der Gefangene von Chillon« mit dem Tod der Brüder. »Warwik« mit dem Tod des kleinen Edwin. Am schlimmsten aber war der »Erlkönig«, der mir mit seinem verzweifelten Ritt und seiner angstvollen Todesahnung in die Ohren hämmerte: »Mein Vater, mein Vater, jetzt faßt er mich an!«

Mama mochte keine Verbote, akzeptierte sie nicht, besonders nicht bei mir. Sie hatte recht: Ein direktes Leseverbot (sie hätte ja einfach nur keine Bücher mehr von den Tschurakows zu holen brauchen) hätte nur den »Widerspruchsgeist« in mir geweckt, wie sie es nannte. Aber sie versuchte besorgt und erfinderisch, mich mit anderem zu beschäftigen. Ihre gesamte freie Zeit über hielt sie sich in meiner Nähe auf. Abends regte sie uns oft zum Singen an, besonders im Chor. Das war jetzt unsere Lieblingsbeschäftigung am Abend, die das Lesen im Winter verdrängt hatte. Wenn es dämmerte und kühler wurde, holten wir die Bänke aus der Kate und stellten sie neben die Tür. Dort setzten wir uns und sangen zwei, drei Stunden, sangen alle bis zum Abendbrot.

Erstaunlich, wieviel die Menschen damals sangen, die müden Menschen, die in jener schweren Zeit soviel durchmachten; wie sie es brauchten! Die älteren Kolchosarbeiterinnen kamen in der Mittagspause zu uns, um sich von der Mittagshitze zu erholen und »etwas Salziges« zu essen – Brot mit Tomate, Gurke und einem Stück Speck; anschließend streiften sie die Krümel vom Rock, banden das Kopftuch neu und stimmten im Schatten sitzend ein wohlklingendes, getragenes Lied an. Bald kannten wir alle ihre Lieder auswendig und sangen sie mit ihnen zusammen. Sie baten uns oft, etwas zu singen, was sie nicht kannten. Am liebsten hatten sie lange, getragene Balladen mit einem historischen oder erzählerischen Sujet. Ohne sich zu rühren, hörten sie uns zu bei »Es tobt der Sturm, es rauscht der Regen«, »Unser stolzer Waräger wird sich dem Feinde nicht ergeben«, »Wie Moskau brannte« und selbst bei »Der Lärm der Stadt ist nicht zu hören« oder »An der Straße nach Murom, da standen drei Kiefern«. Es war sicher ein seltsames Bild: Zwei Frauen und drei Kinder aus Leningrad sitzen unter Büschen inmitten strenger, konzentrierter Kosakenfrauen, und ferne Schatten ziehen langsam über sie hinweg: Jermak am Ufer des Irtysch, in tiefes Nachsinnen versunken, Napoleon, die Arme auf der Brust verschränkt, am Fenster des Kremls, die Matrosen auf dem brennenden Deck oder der in der dunklen Festung gefangene Jüngling.

Wir hatten alle längst Freundschaft mit den Frauen von unserer Gemüsebrigade geschlossen – bei mir gab es dafür einen besonderen, überraschenden Grund, von dem ich später noch erzählen werde. Mama freute sich über diese Freundschaft, weil es dadurch leichter war, mich unter Menschen zu bringen. Unter verschiedenen Vorwänden – zu helfen, etwas auszurichten oder einfach so – schickte sie mich bald mit der einen, bald mit der anderen

Mannschaft aufs Feld. Wir gingen entweder zu Fuß, die Hacke zum Jäten oder Anhäufeln über die Schulter gelegt, oder ich wurde auf ein Fuhrwerk gesetzt, das gerade des Wegs kam – und bei dem lauten Gerede, den scherzhaften Zurufen, dem Knabbern von Sonnenblumenkernen, der Schelte auf die starrsinnigen Ochsen (»He da! Geh! Geh schon! Ja wird's bald!«) und dem mörderischen Gerüttel über die Furchen vergaß ich meine Fledermäuse vollkommen.

Auf dem Feld traf ich Mama: Ich sah sie schon von weitem auf dem Feldrain kommen, mit ihrer Kluppe, die in ihren Händen wie ein Kranich das Feld entlang stakste. Als ich sie einmal betrachtete, fiel mir plötzlich ein, daß Mama vor dem Krieg eine leidenschaftliche Sportlerin gewesen war; sie hatte Freude am Schießen, war aber vor allem eine verwegene Radfahrerin, und mehrere Unfälle mit schweren Prellungen und Brüchen hatten sie von dieser Vorliebe nicht heilen können. Sie hielt die Kluppe genauso wie einst die Lenkstange des Fahrrads. Oder sie saß im Gras und trug ihre Messungen sorgsam in ihr Kontrollbuch ein. Hier auf dem Feld, unter anderen Menschen, erlebte ich Mama neu und ungewohnt. Sie war so freundlich zu allen wie immer, und wenn die Frauen sie in ihr übermütiges Gefrotzel quer über das ganze Feld einbezogen, dann blieb sie keinem eine schlagfertige Antwort schuldig, aber wenn sie sich in ihre Notizen und Berechnungen vertiefte, ließ man sie respektvoll in Ruhe, und ich merkte, daß man trotz ihres umgänglichen Wesens große Hochachtung vor ihr hatte.

Mama besaß die glückliche Gabe, mit den verschiedensten Menschen eine gemeinsame Sprache zu finden, besonders mit einfachen Leuten. Sie erklärte das mit ihren Jugenderfahrungen – den Lehrerjahren in verlotterten Dorfschulen. Doch ihren Geschichten nach zu schließen, zog es sie auch schon als Kind stets aus dem Haus hinaus zu Menschen – um zuzuhören, sich zu unterhalten, Freundschaft zu schließen. Als ein Zigeunerstamm in ihr Heimatstädtchen eingezogen war, lief sie ständig zu seinem Lager am Fluß. Sie wurde mit offenen Armen aufgenommen, sang mit allen zusammen am Lagerfeuer Lieder, und ein alter Zigeuner fragte sie:

»Möchtest du nicht bei uns bleiben? Du kannst schon alle unsere Lieder und singst wie wir, unser Lager gefällt dir, und vom Typ her bist du auch so dunkel, na, genau wie wir!«

Manchmal kam eine alte Kutsche in Staubwolken auf der Straße angepoltert, das war der Brigadeführer Nikifor Kondratjitsch Artjuch. Er war offenbar nach einer schweren Verwundung von der Front nach Hause geschickt worden und trug immer noch die Feldbluse, die von der Sonne fast weiß gebleicht und mit einem abgewetzten Lederriemen gegürtet war, dazu die Schirmmütze, unter der ihm stets der Schweiß herablief. Wenn er von der Kutsche gesprungen war, lief er stolpernd über die Ackerfurchen und schrie schon von weitem: Auf dem Feld war etwas nicht richtig oder überhaupt nicht gemacht worden. Die Frauen boten ihm sofort Paroli. Sie kamen im allgemeinen gut mit ihm aus, aber dieser Widerstand war eine tief eingewurzelte Verhaltensweise – man durfte beim Chef nicht klein beigeben, tat man es nur ein einziges Mal, dann hätte man für immer das Nachsehen! (Unausgerottete, lebendige Spuren der früheren Kosakenfreiheit.) Sie ließen ihm nichts durchgehen: Gemächlich, aber einträchtig von allen Furchen zusammenströmend, umringte ihn weibliche Freiheitsliebe, kesselte ihn ein und schloß sich immer dichter um ihn. Schon auf dem Weg zu ihm schnitten bald rechts, bald links kurze, scharfe Erwiderungen seine verworrene Rede ab, und als sich alle versammelt hatten, setzte der gemeinsame Chor ein. Es kam nie zu einem echten Streit, aber die Luft erhitzte sich von spöttischen Bemerkungen, der Chor wurde immer stärker, jetzt schwieg niemand mehr. Nikifor Kondratjitsch war schon nicht mehr nach Angriff zumute, nur noch nach Zurückschlagen, schon machte er bei jedem Schritt einen Rückzieher: Seine Ausrufe durchschlugen kaum »diese Artillerie« (er nannte es selbst so) und wurden immer seltener und unsicherer. Er nahm die Mütze ab, wischte sich mit der staubigen Hand über das nasse Gesicht, blickte fast gehetzt um sich und verstummte. Das war die Kapitulation – sie wurde mit großem Gelächter quittiert.

Ich war so wenig mit mir allein, daß meine anfangs so verzweifelten, lang dauernden Anfälle seltener und schwächer wurden. Die ganze Zeit waren Menschen um mich herum, vor allem aber Mama. Sentimentale Zärtlichkeiten, Liebkosungen und Verzärtelungen waren zwischen uns beiden nicht üblich. Aber Mama fand auch so jeden Tag ein Mittel, um mich mit etwas Besonderem zu beschäftigen oder zu erfreuen. Sie machte mir kleine Geschenke: ein neues Heft, ein winziger Gießtopf mit Henkel. Oder sie erzählte, daß man hinter unserem Schuppen ein Wiesel oder einen Iltis gesehen habe (Tante Chwenjas Neffe und ich machten uns auf, um ihre Hühner zu bewachen und das Loch aufzuspüren – das ganze Arsenal von Lederstrumpfs Tricks kam zum Einsatz). Mama und ich liebten beide Tiere jeder Art; von einem Gang ins Dorf brachte sie mir ein üppiges Geschenk mit – zwei Kaninchen, ein weißes und ein graues. Ich konnte mich von diesen lieben, flauschigen Geschöpfen nicht trennen. Sie schienen übrigens nur zahm und still zu sein, in Wirklichkeit machten mir ihre Schläue und Unternehmungslust gewaltig zu schaffen: Sie nagten dauernd etwas durch, gruben Gänge und versuchten wegzulaufen. Ich mußte mir unbedingt etwas dagegen einfallen lassen und ihre Gehege verbessern, mußte herausfinden, was sich am besten als Futter und Einstreu eignete, und dann endlos aufs Feld oder in die Steppe laufen, um bald das eine, bald das andere zu holen. Ich war die ganze Zeit beschäftigt.

Eines Sonntags sagte mir Mama, daß sie auf den Friedhof gehe, und fragte mich, ob ich mitkommen wolle. Ich war betroffen, spürte dann Angst, willigte aber doch ein. Und wir gingen beide.

Als wir die beiden mit Blumen bepflanzten kleinen Hügel am Rand des Dorffriedhofs, wo schon die Steppe begann, so gut es ging in Ordnung gebracht hatten, setzten wir uns neben ihnen ins Gras. Wir schwiegen. Dann brach Mama unser Schweigen. Sie sagte, hier werde ihr immer leichter ums Herz, vielleicht ginge es mir ebenso. Wenn noch Vadiks Grab hier wäre, wären wir alle beisammen ... Mama sagte, als alle gestorben seien, wäre es ihr größter Kummer gewesen, daß sie als Kind aufgehört habe, an Gott zu glauben, daß sie nicht an ein Leben im Jenseits glaube und nicht hoffen könne, daß wir sie wiedersehen würden. Aber daß es eine Unsterblichkeit gebe, daran glaube sie. Wenn wir uns so nach ihnen sehnten, existierten sie für uns folglich weiter. Wir beide litten, weil uns Großmutter fehle, die sich bis zum letzten Augenblick um uns alle gekümmert und nie an sich selbst gedacht habe; Tanjetschka fehle uns, die so fröhlich und liebevoll gewesen sei, und der ernsthafte, gutherzige Vadik. Aber da wir all das so in Erinnerung hätten, lebte es in uns, und also lebten auch sie selbst in uns. Wir hätten uns nur getrennt: Sie seien gegangen, und wir seien auf der Erde geblieben. Daß wir uns an sie erinnerten und sie wie früher liebten, das sei ihre Unsterblichkeit.

Manchmal werde uns alles sehr schwer. Aber es gebe eines, was uns das Leben erleichtern könne. Sie hätten ihr Leben nicht voll leben können, da wir aber lebten, hätten wir ihnen gegenüber eine Pflicht. Ich solle mich immer wieder darauf besinnen: Ich lebte, und sie nicht. Das werde mich dann vielleicht vor Anfällen bewahren, derentwegen ich später rot werden würde. Oder umgekehrt mich dazu bringen, etwas Schwieriges zu tun, wozu ich mich sonst vielleicht nicht entschlossen hätte, ich solle einfach denken: Ich lebe, und sie nicht. Sie können nichts mehr tun, ich dagegen kann es. Dann wäre es so, als würden sie an unserem Leben teilnehmen und durch uns selbst leben.

Und noch eins, zum Schluß. Wir hätten sehr viel Kummer. Aber nicht nur wir, fast jede Familie habe Kummer, fast jeder Mensch. Wir seien immerhin noch zu zweit übrig, vielleicht komme auch Papa noch zu uns zurück. Andere hätten niemanden mehr und nichts, worauf sie hoffen könnten. Ich solle ab und zu daran denken, wenn es mir sehr schlecht gehe. Man dürfe sich nicht in seinen Kummer vergraben und nur seinem Schmerz leben – wenn alle das so machten, würden die Menschen sehr grausam und einander gleichgültig, jeder könne sich mit seinen eigenen Nöten rechtfertigen. Es sei besser, wenn man einander helfe, dann hätten alle weniger Kummer. Auch daran solle ich ab und zu denken. Und wenn ich am liebsten davonlaufen würde, um stundenlang zu weinen, dann solle ich mich lieber beherrschen, mich umsehen und mich darum bemühen, daß neben mir niemand weinen müsse. Wenn ich das täte, werde mir selbst leichter.

Mama hatte noch nie so mit mir gesprochen. So lange und als wäre ich schon groß. Sie tröstete und bedauerte mich überhaupt nicht wie sonst. Vor einem guten Jahr, als ich ausgezehrt und kraftlos an der Schwelle gestürzt war, hatte sie mich auf den Arm genommen und hinübergetragen. Über eine andere Schwelle mußte ich nun selbst gehen. Das brachte mich völlig aus der Fassung. Alles stieg gleichzeitig in mir auf und prallte zusammen: Verwirrung und Furcht vor dem Verlust des gewohnten Schutzes, wenn Mama mich gegen meine Nöte abschirmte, aber auch ein anderes, aus derselben Wurzel keimendes Gefühl –, daß man mich als erwachsen betrachtete, daß man von mir jetzt mehr erwartete als nur eine gut gelernte Aufgabe und sauber gewaschene Hände. Ich mußte also in mir selbst eine Kraft wecken, die mir helfen würde, mit meinen schwarzen Heimsuchungen fertigzuwerden. Ich mußte selbst eine bestimmte Linie überschreiten.

Das war ein ähnliches Gefühl wie an jenem Wintertag, als ich bei Schneesturm auf die Schwelle der Schule trat. Warum hatte ich, ohne zu zögern, beschlossen, heimzugehen? Nach welcher inneren Uhr wußte ich damals: Jetzt ist es Zeit. Ich darf nicht in der warmen Schule bleiben – wenn ich säume, werde ich etwas Wichtiges versäumen. Jetzt erinnerte mich Mama an diese Uhr, und deren Zeiger rückten wieder auf etwas Wichtiges vor. Aber Mama zeigte mir nur die Zeiger, das, was geboten war, mußte ich selbst machen.

Ich ahnte nicht, daß der ganze Aufruhr in mir lediglich der erste Schritt zum Verlassen der Kindheit war.

Wir kehrten in unsere Kate zurück. Ich bekam niemals mehr so schlimme Anfälle wie früher. Es kam vor, daß sich ein Anfall ankündigte, doch es gelang mir, ihn gleich am Anfang zu ersticken. Das war nicht leicht. Meine Krankheit verging nicht von einem Tag auf den andern, nicht einmal von einem Monat auf den andern, aber sie veränderte sich; ich hatte nicht mehr diese Verzweiflungsausbrüche, die mir jeden Lebenswillen nahmen. Ich wurde langsam, aber sicher gesund.

Der Sommer half mir dabei. Wie zurückgezogen und einsam wir auch im Winter in unserer Kate gelebt hatten, so lebhaft und laut ging es jetzt bei uns seit der Ankunft des Frühlings zu, unser Leben war nicht wiederzuerkennen. Als wären wir aus tiefster Abgeschiedenheit mit einem Schlag auf eine belebte Kreuzung versetzt worden, wo die Gespräche und Zurufe, das Türenschlagen, Lachen und Singen von morgens bis abends nicht verstummten, wo die Egge klirrte, die auf dem Hof repariert wurde, die Muntre wieherte, am Brunnen das Seil knarrte und das Wasser plätscherte und wo den ganzen Tag der Eimer schepperte: Die einen wuschen sich, wenn sie von der staubigen Straße gekommen waren, andere löschten ihren Durst, Tante Chwenja wusch Wäsche und hängte den ganzen Hof mit Hemden, Röcken, Handtüchern und Laken voll, ich staunte nur so über ihren Reichtum.

Ich streifte gerne durch die Steppe und entfernte mich dabei weit von Zuhause. Wenn ich einen Flecken erreicht hatte, wo ich weder unsere Kate noch die Bäume mehr sehen konnte, legte ich mich auf den Rücken ins Gras und schaute in den Himmel. Alles war so einfach, weit und unermeßlich – genau das, was ich brauchte. Wären Dörfer, Wälder, von Karren befahrene Straßen um mich herum gewesen, dann wäre meine Seele wahrscheinlich noch lange nicht geheilt. Doch hier war alles still und endlos: Kornfelder, Neuland mit Steppengras, menschenleere Straßen und ein gewaltiger, klarer Himmel. Die Zeit verrann langsam und breit – hier gab es für sie keine Stunden, nur die Sonne und den Horizont. Der gelegentlich aufwachende Wind blies nicht einmal, sondern schien nur zu atmen: Ein Riese atmete aus, sein langer Atemhauch bog ganz leicht das Gras über meinem Gesicht und strich weiter; man konnte sich etwas aufrichten und sehen, wie er geruhsam zu den fernen Kurganen zog, dort war er bereits unsichtbar. Alle diese langsamen Wogen liefen über mich hinweg, bei jeder Flutwelle löste sich etwas Dunkles, Bitteres, Ätzendes in mir auf und zog zu jenen Kurganen davon, und etwas Heiles, Festes wurde herangetragen und blieb da. Es atmete sich immer leichter.

Oft setzte ich mich mit einem Buch in der Hand in den Schatten der Sträucher unweit des Brunnens auf unserem Hof. Dort konnte man besonders gut lesen. Wie ich später beim Vergleich merkte, darf man Mark Twains Bücher über den Mississippi, Fenimore Coopers Geschichten über die Wälder und Jules Vernes Romane über die Ozeaninseln nicht in geschlossenen Räumen lesen. Man muß mit ihnen im Gras sitzen, damit der Schatten der Akazienblätter über die Seite laufen und der Wind sie hartnäckig zurückblättern kann, damit Ströme heißer, nach Wermut duftender Steppenluft über einen hinwegspülen können, und dann, wenn sie abgeflaut sind, die kühlen Gegenwellen aus dem Schatten. Neben mir fielen die überreifen Früchte des Maulbeerbaums ins Gras, darüber kreiste eine Libelle wie oben aufgehängt. Es war ein sonderbares, vergnügtes Schaukeln in der Strömung, bald in die eine, bald in die andere Welt: der Pfad durch unwegsames Dickicht – der Duft des Kornfeldes jenseits der Straße – das nächtliche Lagerfeuer am Fluß neben dem Blockhaus – der eintönige Schritt der Ochsen vor einer Heufuhre auf der Straße – eine bedrohliche Spur im plattgedrückten, satten Gras – das Gackern von Tante Chwenjas Hühnern, die jemand aufgescheucht hat – der Wind füllt das Segel, und das Deck krängt schon im auffrischenden Nordost.

Manchmal trat übrigens etwas in diese Strömung, das der einen wie der anderen Welt gleich fremd war. Dann dachte ich an Leningrad. Es waren meist keine quälenden Erinnerungsfetzen an das Leben während der Blockade – ich beherzigte Mamas Worte »man darf sich nicht in seinen Kummer vergraben« und bemühte mich, sie auf Abstand zu halten. Als der Streifen freudiger Erregung nach der Ankunft unserer Truppen bei uns durchgezogen war, wurde seltener und weniger über Leningrad gesprochen: Wir wußten nur zu gut, daß wir nicht so leicht zurückkehren konnten. Dennoch wuchs die Stadt in allen unseren Zukunftsgedanken, selbst in den verschwommensten. Nur dort war unser Zuhause. Ich konnte nicht aufhören, von unserer Bibliothek zu träumen – die es längst nicht mehr gab. »Da wirst du endlich richtig zur Schule gehen können!« sagte Mama, und mir fiel die strenge, feierliche Schule in der Wyborgerstraße ein.

An Leningrad konnte ich mich nur schlecht erinnern. Wir waren knapp zwei Jahre vor Kriegsbeginn dorthin gezogen, aus Moskau, wo ich geboren war. In diesem ungünstigen Klima und unseren halbdunklen Zimmern, die auf einen engen, muffigen Hinterhof hinausgingen, wurde ich sofort krank. An Leningrad vor dem Krieg hatte ich kaum Erinnerungen, das Glück eines friedlichen Lebens in einer großen Familie verband ich nur mit Moskau, mit den schattigen Parks von Sokolniki, wo wir wohnten, mit der leuchtenden Weite des Himmels und des Wassers in Chimki, wohin wir mit den Familien unserer Freunde und Nachbarn zum Baden fuhren. Ich hatte damals das Gefühl, als wären alle um uns herum unsere Freunde. Moskau entfaltete sich in meinen Erinnerungen spielend zu einem festlichen, freien Panorama, Leningrad dagegen ragte düster und verschlossen auf. Es zog mich an, hatte aber keine Nähe für mich, und nicht einmal das, was wir dort durchgemacht hatten, löste in mir Heimatgefühle aus. Es hatte für mich keine Ähnlichkeit mit jenem im Gedicht verherrlichten Petersburg, dessen Zeilen ich auswendig kannte: »Der Newa herrschaftliches Fließen, an ihren Ufern der Granit.« Diese beiden Städte deckten sich für mich nicht, und alle meine Gedanken an Leningrad waren verworren und angestrengt. Ich konnte mir meine Leningrader Zukunft einfach nicht vorstellen, ich wußte nichts über die Stadt.

Doch meine Gegenwart, die Steppe, wuchs mir um so mehr ans Herz. Es hatte den Anschein, als würde ich sie schon in- und auswendig kennen, aber sie war so unerschöpflich, daß mir jeden Tag etwas Neues darin begegnete. Die Hitze hatte eingesetzt, in der Talmulde, wo mein Distelgestrüpp wuchs, war das Bächlein schon ganz ausgetrocknet, und um seinen ehemaligen Quelltopf herum war die Erde nicht mehr weich und kühl, sondern steinhart.

Auf den Feldern wurde schon das Korn geschnitten, aber die Garben wurden noch nicht eingebracht. Wir Kinder wanderten mit Säcken und Taschen die Felder ab und lasen die restlichen Ähren auf. Als ich vor Jahren in einer Ausstellung aus dem Louvre Millets »Ährenleserinnen« sah, lösten sie eine ferne Erinnerung aus, die mich verblüffte: In der Hauptgalerie der Eremitage hatte ich plötzlich wieder ein Gefühl, das nicht vergessen war, sondern seinen neuen Einsatz nur abgewartet hatte, das Gefühl der heißen Luft auf dem Gesicht und der harten, spitzen Stoppeln unter den nackten Füßen.

Nicht weit von unserer Kate entfernt befand sich eine kleine Tenne. Sie zog mich an wie ein Magnet. Ich weiß nicht, ob ich wegen des Hungers während der Blockade ein beinahe religiöses Verhältnis zum Brot hatte oder was sonst der Grund sein mochte, aber der riesige Berg gerade geworfelten Korns, der in der Sonne schimmerte, löste eine besondere Unruhe in mir aus. Ich trat an seinen Fuß heran und setzte oder kniete mich dort nieder, ein trockener, seidiger Schwall rieselte herab, und dieser lebendige, fließende Berg atmete mir einen warmen und irgendwie geheimnisvollen Duft nach Sonne und Erde zugleich entgegen.

Später versicherte ich meinen Lehrern an der Universität immer wieder, daß ich nur durch ein Mißverständnis, nur durch einen vom Weg abgeirrten Wind dazu gekommen war, Kunstgeschichte zu studieren, denn eigentlich hätte ich Korn säen, Pferde hüten und Bäume pflanzen müssen. Sie lachten, aber es war gar nicht so scherzhaft gemeint.

Dennoch waren diese glücklichen Stunden auf dem Feld oder mit einem Buch in der Hand oder mit den Pferden am Flüßchen nur Lichtblicke: Die nicht versiegende Angst vor der Rückkehr meiner Krankheit – der Fledermäuse – bildete in mir eine dicke Schicht. Wenn ich mich neben den Weizenhügel setzte und in den hohlen Händen Körner daraus schöpfte wie Wasser aus dem Fluß, mußte ich einfach meinen Dank an eine fremde Kraft abstatten – an die Erde, an das Korn. Daß alles um mich herum von dieser gesunden, starken Kraft gesättigt war, fühlte ich gut. Aber sie drang kaum in mich ein, sondern floß an mir vorbei. Irgendwohin. Auf irgendeinen Grund hinab.

Die allerwichtigsten Tage für uns finden aus einem unerklärlichen Grund fast immer abseits des Kalenders und sogar der äußeren Ereignisse statt. Der Geburtstag ist ein ganz belangloser Tag, der in nebensächlicher Betriebsamkeit vergeht und überhaupt keinen Markstein setzt. Ich habe nie Freude darüber empfunden, daß ich gefeiert wurde, und nie den geringsten Verdruß, weil ich wieder ein Jahr älter war. Ich erinnere mich an Tage, an denen ich mich stärker und glücklicher fühlte als zehn Jahre davor, und an Stunden, in denen ich um diese zehn Jahre gealtert war. Ich glaubte, mein ganzes Leben hätte sich an dem Tag gewandelt, an dem ich als Nachwuchswissenschaftlerin in der Eremitage aufgenommen wurde. Natürlich irrte ich mich. Es hing fast nichts davon ab, daß ich jeden Tag die breite Theatertreppe hinaufstieg, an der marmornen Psyche vorbei, die von Zephir entführt wurde, und dann das Foyer des Eremitage-Theaters über dem Winterkanal durchquerte, anstatt im Lift eines Verlags zu stehen oder durch die dunklen Gänge eines Provinzmuseums zu gehen. Nur die Dekorationen änderten sich, aber kein Bühnenbildner und kein Requisiteur bestimmt, was in dem Stück geschieht und wie es aufhört. Ich bin den Dekorationen Quarenghis und sogar Stakenschneiders sehr dankbar: Der Zeitenlauf ließ sich darauf weit hinauf und hinunter überblicken, sie verliehen allem Bedeutung. Wenn ich an einem frühen Wintermorgen meinen Rundgang durch die dämmrigen Fluchten meiner französischen Säle machte, das war schon etwas – so in der Stille zu verharren und die Schritte der Dekabristen klar zu hören, die gerade durch die Siebte Reserve zum Verhör durch Nikolaus I. geführt wurden. Sie haben den festen, straffen Schritt von Offizieren, die Paraden und Märsche gewohnt sind. Es ist zuweilen sehr gut und sehr notwendig, diesen Schritt zu hören.

Aber vielleicht gibt es, wenn man genauer hinsieht, überhaupt keine unbedeutenden Dekorationen. Schade, daß nicht sie die Dinge bestimmen. Im letzten Jahr meines Lebens in Leningrad lösten die Saalfluchten der Eremitage und das Panorama der Newa tiefen Schmerz in mir aus. Auf der Bühne des brillanten Architekten, die für die hohe Tragödie geschaffen war, agierten halb gebildete Regisseure wie der stellvertretende Direktor der Eremitage, Parteiboß Vitali Suslow, und stümperhafte

Schauspieler spulten verdrossen Inszenierungen fast ohne Text ab.

Ich habe keine Ahnung mehr, wann der Tag, vielmehr der Abend war – irgendwann im Hochsommer 43. Der Abend ging sogar schon seinem Ende zu: Mama hatte sich in ihren Pferdestall zurückgezogen, Jelisaweta Nikolajewna und Dagmara machten sich hinter dem Ofen mit den Betten zu schaffen, ich saß beim Funzelschein am Tisch und las ein Buch. Ich weiß nicht mehr welches, aber es war ein sehr spannendes. Jetzt war meine liebste Tageszeit angebrochen; ein oder zwei Stunden war ich mit dem Buch und der Funzel allein.

Die Tür flog auf, und Mama stand auf der Schwelle, kam aber nicht herein.

»Hört mal, heute ist in der Steppe was Tolles los, da kann man einfach nicht schlafen gehen. Kommt alle raus und auf die Straße – ihr werdet es selbst sehen. Das darf man nicht versäumen, kommt alle mit!«

Dagmara und Nira freuten sich lautstark, daß sie in der stickigen Kate noch nicht ins Bett zu gehen brauchten, sie waren zu jedem Spaziergang bereit, wie lang er auch dauern würde. Ich aber sollte nicht das Schlafengehen hinausschieben, sondern mein Buch, und verspürte deshalb gar keine Freude. Jelisaweta Nikolajewna ebenfalls nicht:

»Galina Alexandrowna, was sollen denn diese Nachtwanderungen? Sehen wir uns nicht schon bei Tag an dieser Steppe satt? Nach dem Tag ist man so müde, und Sie arbeiten doch auch, ich verstehe nicht, warum wir das machen sollen.«

»Wenn wir aus dem Hof draußen sind, werdet ihr es sofort verstehen. Das ist keine Nacht, das ist ein Fest. Ihr werdet sehen, eure Müdigkeit wird wie weggeblasen sein, schon deswegen müßt ihr rauskommen. Na los, macht schon!«

Schließlich gingen alle, auch ich – als Allerletzte, mißmutig und langsam, nachdem ich die Funzel gelöscht hatte. Ich schaute beim Gehen vor meine Füße, in Gedanken immer noch bei meinem Buch, das in der Kate geblieben war. In der Tiefe meines Herzens empfand ich diesen nächtlichen Stunden gegenüber so etwas wie Argwohn oder Groll – seit Mama und ich im Jahr zuvor auf dem Gras neben der Straße gelegen hatten und die »Christbäume« hoch oben am Himmel kalt geleuchtet hatten, und auch seit kurzem, als ich in der Dunkelheit meinen Alpträumen hilflos ausgeliefert war.

Wir gingen in den Hof hinaus, passierten den Pferdestall, den Schuppen und den hohen, schon zur Hälfte aufgerichteten frischen Heuschober. Jetzt hatten wir nichts mehr neben und vor uns außer der Nacht und der Steppe.

Da fand um mich herum und in mir selbst eine Veränderung statt. Ich hatte immer geglaubt, die Steppe in- und auswendig zu kennen. Das stimmte wohl auch in einem gewissen Sinn: Ich kannte die Gräser, die Pfade, die Steige zum Fluß hinunter, die Talmulden, Eidechsen, Schlangen und Vögel, alle Felder und Raine. Aber jetzt, als all das Vertraute im diffusen Licht der Sterne und der Milchstraße (an den Mond kann ich mich nicht erinnern) unsichtbar war, erhob sich darüber weit und stark etwas Neues, gänzlich Unerwartetes, das diese tausend Einzelheiten, die ich täglich beobachtete, machtvoll überdeckte.

Zum erstenmal vernahm ich die nächtliche Steppe. Wenn ich schlaflos auf dem dunklen Hof umherstrich, hörte ich nur den Hof, sein häusliches Leben – Muntre und Rote, Tante Chwenjas Kuh, Ferkel und Hühner. Aber wie feierlich und glücklich nachts alles in der Steppe singt, das hatte ich noch nie erlebt. Wer sang da – Grashüpfer, Zikaden, die Frösche am Fluß, irgendwelche Nachtvögel im Schilf? Alles zirpte und schnalzte um uns herum, es war, als sänge jeder Grashalm. Jeden Augenblick änderte sich etwas in diesem Chor, manche Stimmen verstummten, andere fielen ein, laute Plätschergeräusche erklangen ständig vom Fluß herüber, und mir, die ich noch nie das Meer gesehen hatte, schien es, als höben und senkten sich breite Wellen um uns herum.

Die Weite, die mich bei Tag in der Steppe so entzückte, war nichts im Vergleich zu ihrer nächtlichen Unergründlichkeit, wenn sich der Himmel mit all seinen Sternbildern darüber spannte. Manche strahlten hell, andere, halb von der Entfernung ausgewischt, flimmerten kaum, und es war, als ordnete sich dieses Flimmern demselben klingenden Anfluten und Abebben unter, das aus dem Steppengras bis zur Milchstraße emporstieg.

Woher kam das – diese Freiheit, dieses Glück? Ich wußte doch, daß die Steppe überall Wunden trug vom Krieg, der gerade über sie hinweggezogen war. Ich wußte, wo Bombentrichter wie schwarze, runde Geschwüre klafften, auf welchem Feld Granatsplitterteppiche lagen und wo Panzerraupen die Haut in Streifen von der Erde abgezogen hatten. Und dennoch war sie übervoll mit nächtlicher Freude.

Und auch wir selbst, die wir in diese alles überschwemmende Freude eingetaucht waren, fühlten uns anders als zuvor. Wir waren keine armen, unbehausten Menschen mehr, die gewohnt waren, zwischen Särgen und Verlusten zu leben, mit der Erschießung zu rechnen und sich heute nicht satt zu essen, um wenigstens eine dünne Scheibe Brot für morgen aufzuheben. Wir gingen glücklich und beschwingt auf dieser Straße dahin, einer Verheißung entgegen, auf irgendwelche Erwartungen zu – wir hatten noch etwas vor uns! Aus dem engen, kargen Leben, das im trüben Lichtkreis der Funzel und in einem Streifen Wärme vom alten Ofen Platz fand, waren wir plötzlich in diese tief und voll atmende Welt hinausgetreten, und sie war so großzügig zu uns, wie wir da auf der Straße gingen, daß wir es einfach glauben mußten: Es gab keine unheilbaren Wunden und unerfüllbaren Hoffnungen.

Auch ich war nicht mehr ich – das halb lebendige, allem gegenüber gleichgültige Wesen von gestern, das sogar unfähig war, sich ans Leben zu klammern, und auch nicht mehr ich – die hilflose Beute der Fledermäuse. Ich ging durch den weichen, warmen Straßenstaub mit den kräftigen, nackten Füßen eines Dorfmädchens, das reiten und jede Strecke bei jedem Wetter durch die Steppe gehen konnte. Inmitten dieser Weite schien ich selbst gewachsen zu sein, alles in mir war von der Brandungswelle dieses neuen Lebens überrollt worden. Etwas wich schmerzlos von mir, und etwas leuchtete noch ganz schwach vor mir auf.

Warum mich all das in jener namen- und datumslosen Nacht so überwältigte, weiß ich nicht. Aber lange Jahre danach trank ich daraus wie aus einem Fluß. Es war ein Umbruch. Später kamen noch andere. Aber dieser war der erste und wichtigste.

Erst von dieser Nacht an kehrte ich wirklich ins Leben zurück. Das Bewußtsein dessen, daß ich wirklich lebte, gesund und kräftig war, erfüllte mich plötzlich bis zum Bersten und brach sich freie Bahn. Vielleicht geschah das gar nicht so schlagartig, wie mir mein Gedächtnis weismacht, aber dennoch sehr rasch. Äußerlich veränderte sich mein Leben überhaupt nicht. Doch alle Farben wurden stärker und leuchtender, als hätte jemand mit seinem Pinsel rundherum alles aufgefrischt, alles begann anders zu leben und zu atmen, so voller Kraft wie niemals zuvor. Und alle Klänge, ob sich Stimmen im Feld etwas zuriefen, Muntre und Rote mich wiehernd begrüßten oder der

Wind vor einem Gewitter das Stroh auf dem Dach raufte, hatten nun einen veränderten Tonfall, so als wären sie zuvor einfach für sich im Raum erschallt, wendeten sich jetzt aber direkt an mich.

Damals stieg der unbändige, leidenschaftliche Wunsch in mir auf, mich jeden Augenblick dieser Intensität des Lebens zu versichern und sie zu erneuern, dieses mir neu geschenkte Leben auf seine Festigkeit hin zu prüfen. Vielleicht benahm ich mich seltsam und töricht. Wenn wir in der Steppe ein Lagerfeuer entfachten, versuchte ich, das Büschel trockenen Steppengrases so darauf zu werfen, daß mir das Feuer die Hände leckte und sogar ins Gesicht schlug. Trieb ich abends die Pferde heim, wobei ich mich auf der Roten ohne Sattel kaum halten konnte, so spornte ich sie doch immer stärker an: schneller, schneller! Es war ein ständiger Drang, eine kindlich anmaßende Selbstherausforderung: »Wenn ich das alles überlebt habe, wird mir das Feuer nichts anhaben, das Eis nicht unter mir einbrechen und das Pferd mich nicht abwerfen, nichts kann mir passieren!« Selbst wenn ich am Rand eines Steilhangs stand oder auf dem Gipfel eines gerade erst aufgerichteten Heuschobers, konnte ich nicht einfach hinuntersteigen – ich mußte mich Hals über Kopf ins Leere stürzen, damit das Herz klopfte, es in den Ohren pfiff und mir der Atem stockte.

Selbst als mir dieser Wunsch als Dauerstimmung vergangen war, flammte er doch noch jahrelang immer wieder auf. In Leningrad, wo es weder Pferde noch Steilwände oder Lagerfeuer gab, dachte ich mir mit einer Freundin eine reichlich unsinnige Sportart aus – das Klettern auf Stadtdächern. Natürlich kamen nur die Dächer von mindestens vier- oder fünfstöckigen Häusern in Frage, möglichst steile – und am liebsten solche, die keinen Schneefang hatten. Übrigens waren damals nach dem

Krieg, auf dem Höhepunkt der Zerstörung und noch dazu in Leningrad, fast alle Dächer so. Die Lieblingszeit für unseren Sport war der Winter, wenn Wächten auf den Dächern lagen – damals wurden sie bis zum Frühling kaum hinuntergeworfen. Als auf einem dieser Dächer der Nobelhäuser die Schneeschicht über uns in Bewegung kam und herabrutschte, zur ungeschützten Dachkante des fünfstöckigen Gebäudes hin, erlebte ich zum erstenmal in meiner Kindheit einen richtigen Schrecken. Uns rettete nur, daß wir rechtzeitig auf den Vorsprung eines Speicherfensters springen konnten, an dem unsere Wächte langsam auf der Schräge vorbeirutschte.

Das hätte wahrscheinlich kein gutes Ende genommen. Mir wäre wohl kein dummer Unfall passiert – dafür gibt es in der Steppe wenig Möglichkeiten –, aber diese unsinnige Kraftverschwendung, diese Gier nach starken Empfindungen stumpft einfach früher oder später die Seele ab und hängt Scheuklappen vor die Augen – alle Begriffe werden verrückt. Vor allem aber täuscht diese dekorative Husarenkühnheit den Menschen so sehr, daß er, wenn er sie hinter sich weiß, mit voller Zufriedenheit dabei bleibt und nicht zu einem anderen Mut heranwächst, der unspektakulärer und höher ist. Nicht umsonst hat Bulgakow Pontius Pilatus mit dem erstgenannten Mut ausgestattet, ihm aber den letzteren vorenthalten; Pontius Pilatus, ein furchtloser Kavallerist, der einst wütend in das Feindesheer eingedrungen ist, erstarrt, wenn er nur in Gedanken das Gesicht des Tiberius vor sich sieht. Diese Angst kann er weder überwinden noch sich selbst verzeihen, er quält sich damit ab und befragt hartnäckig den Wächter, was Jeshua im Kerker noch gesagt habe. Er befragt ihn, weil er das Urteil finden muß. »Das schlimmste aller Laster ist die Feigheit«, hatte Jeshua gesagt, und Pilatus weiß, daß er damit gemeint ist.

Diese Stelle war in dem bei uns gedruckten Text von Bulgakows Roman »Der Meister und Margarita« nicht enthalten, sie zirkulierte unter anderen von der Zensur gestrichenen Stellen im Samisdat. Die Annahme, es gäbe außer der Tapferkeit des Soldaten noch einen anderen Mut, galt bereits als Aufruhr.

Mama ging in aller Frühe aufs Feld und kam erst gegen Ende des Tages heim. Mir selbst überlassen, steckte ich mir ein Stück Brot oder einen gekochten Maiskolben ein und streifte vom Morgen bis zur Dunkelheit durch die Steppe – hütete die Pferde, wenn sie nicht auf dem Feld arbeiteten, jagte Schlangen und Eidechsen, drang ins Schilf der zur Hälfte ausgetrockneten Jeja ein und beobachtete die Wasservögel. Oder ich ging einfach weit hinaus, zu einer Talmulde, in der das Mannstreu noch grünte und blühte, oder zu einem unbekannten Kurgan, den ich ganz umrundete, um dann eine Weile auf seinem Gipfel zu sitzen, neben einem alten Stein, der wie ein flacher, tief in der Erde steckender Pfahl aussah. Was war darauf – Reste einer eingemeißelten Inschrift oder Risse und Schrammen von Wind und Regen, die Jahrhunderte darauf niedergegangen waren? Und wer hatte diesen Grabhügel mitten in der Steppe aufgeschüttet? Die Skythen?

Mich zog es nicht nach Hause, bevor sich die Sonne nicht zum Untergang anschickte. Als ob mich eine rastlose Unruhe ständig drängte, immer weiter hinaus zu gehen, als ob ich etwas suchen müßte – aber was? Als ob sich mit der Zeit etwas zwischen mich und jene außerordentliche Nacht schöbe. Als ob sie die Tür nicht so sperrangelweit vor mir geöffnet hätte, wie ich damals geglaubt hatte, sondern nur einen Spalt weit, und als wartete ich immerzu darauf, wann sie wirklich ganz aufginge. Bei allen meinen Streifzügen durch die Steppe hoffte ich auf etwas zu stoßen und dem zu begegnen, wonach ich verlangte. Doch ein Tag folgte dem anderen, eine Woche der anderen, und ich suchte immer noch und fand nichts und kehrte immer später in die Gemüsebrigade zurück.

Das einzige, was mich zumindest eine gewisse Zeit daheim hielt, waren die Bücher. Wie müde Mama auch war, und welches Wetter wir auch hatten – wenn sie einen freien Tag bekam, ging sie unbedingt zu den Tschurakows. Doch deren Bibliothek war schon fast vollständig bei uns gewesen. Manche Bücher – Jack London, Mark Twain, Jules Verne, Gogol und Puschkins Prosa (seine Gedichte hatten sich mir von selbst eingeprägt, so daß ich sie nicht wieder zu lesen brauchte) – hatte mir Mama schon zwei- und dreimal mitgebracht. Ab und zu meinte sie beunruhigt, daß ich bald nichts mehr zu lesen hätte. »Was wirst du dann machen? Du hast ja auch so nichts anderes mehr im Sinn als deine Steppenabenteuer.« Das stimmte, ich stand ungeduldig an der Tür, meine nackten Füße waren über und über zerkratzt und von der Sonne schwarzbraun gebrannt. Mich hielt es wirklich nicht in der Kate, nicht einmal das Lesen reizte mich so wie früher, die Decke und die Wände erdrückten mich einfach.

Unmerklich wurden meine Steppenabenteuer, wie Mama sie nannte, die im glücklichen Gefühl der Freiheit und Gefahrlosigkeit begonnen hatten, zu einem unwiderstehlichen, unkontrollierbaren Drang, als ob es mich gegen meinen Willen irgendwohin trieb. Sie hatten etwas Extremes, Überbordendes, das ich mit der Zeit selbst unklar empfand und nach einer Weile bewußt erkannte. Das Bewußtsein stellte sich ein, als ich plötzlich an verschiedenen Kleinigkeiten merkte, daß mir auch die Steppe nicht mehr so viel Freude machte wie früher, daß ich sie immer öfter nicht um ihretwillen durchstreifte, sondern um etwas Seltsames und gänzlich Unbegreifliches in mir zu betäuben, das ich nie zuvor verspürt hatte. So etwas wie Leere – dort, wo etwas sein sollte. Als ob irgendwo eine Tür wäre, die ich öffnen mußte – dann würde ich alles verstehen. Aber was war das – alles? Und warum brauchte ich es? Vor kurzem hatte ich gar nichts gebraucht, alles war so einfach und schön gewesen, was hatte sich denn verändert?

Ich wußte es nicht. Und spürte doch zugleich, daß ich es um jeden Preis erfahren mußte.

Eine neue Krise nahte.

Sie löste sich überraschend – wer hätte freilich wissen können, daß in dieser Lösung ein neuer Knoten geschürzt wurde, diesmal für Jahrzehnte im voraus.

Den Tschurakows gingen die ungelesenen Bücher tatsächlich aus. Aber Mama hatte wie überall von ganz allein neue Freunde gewonnen. Sie fragte alle nach Büchern, und einmal sagte sie, als sie wieder daheim war, sie sei bei Jekaterina Iwanowna gewesen.

»Sie hat mir für dich ein Buch mitgegeben.« Mama blickte mich zweifelnd an. »Ich hab's natürlich genommen, aber ich weiß nicht, ich weiß nicht …«

Sie holte einen dicken, schweren, in Leder gebundenen Band aus ihrer Tasche, der sehr alt aussah – so feierliche Bücher hatte ich noch nie gesehen – mit goldgeprägtem Buchrücken und Titel: »N. N. Gneditsch. Allgemeine Kunstgeschichte.«

Ich langte mißtrauisch und ohne besonderes Interesse danach. Wahrscheinlich etwas sehr Gelehrtes und Langweiliges. In der Tat – was sollte ich damit? Auf Hunderten von Seiten geschah nichts, niemand schlug sich durch den Urwald und entschlüsselte irgendwelche Geheimnisse. Der durchgehende Text wurde durch eingeklebte Farbtafeln oder kleine Zeichnungen aufgelockert. »Parthenon«, »Alhambra«, »Notre Dame de Paris« las ich.

Aus unerfindlichen Gründen staunte ich noch mehr über die Gebäude als über die Damen in hohen Hauben mit langen Schleiern oder die jungen Pagen in seltsamen spitzen Schuhen, die ihnen etwas auf flachen Schalen darreichten.

»Ich werde es mir ansehen«, versprach ich lakonisch.

Abends nach dem Essen, zu meiner üblichen Lesestunde, legte ich das Buch neben mich und schaute ein paarmal hinein, las etwas aufs Geratewohl und betrachtete zerstreut die Abbildungen. Nichts, was mich besonders interessiert hätte. Aber als ich zu Bett gegangen war und alle Geschehnisse des Tages in meinem Bewußtsein zu verschwimmen und zu zergehen begannen, da durchzog es plötzlich langsam und deutlich eine Kette schöner Frauen. Sie gingen leichten, stolzen Schrittes und schauten gleichmütig vor sich hin. Ihre weißen Gewänder fielen in Falten von den Schultern bis auf die Marmorfliesen herab, über die sie schritten. Durch die Fliesen schimmerte unser Lehmboden hindurch, und die weißen Falten streiften mich beinahe. Ich wünschte mir plötzlich verzweifelt, daß sich wenigstens eine von ihnen nach mir umblickte. Ich glaubte, es müßte das Glück sein, wenn ich den Blick einer von ihnen erhaschen könnte. Doch keine einzige wandte sich um. So gingen sie davon, schweigend und ohne den Blick von etwas zu wenden, das für mich unsichtbar war.

Ich verspürte einen seltsamen Schmerz. Dann trat Glück an seine Stelle – darüber, daß sie doch an mir vorübergeschritten waren und ich sie doch gesehen hatte.

»Die Akropolis von Athen«, sagte jemand neben mir. Aber das vernahm ich schon durch den Schlaf hindurch, der tief und unerklärlich froh war.

Schon nach wenigen Tagen konnte ich mich von meinem neuen Fund nicht mehr trennen. Gesegnet seien diese uralten Bände mit ihrem schwerfälligen, langweiligen Text und ihren primitiven Illustrationen, die jahrzehntelang in den Bücherschränken der abgelegensten Städtchen und Dörfer, ja sogar der Kosakendörfer in der Steppe standen. Was immer um sie herum tobte – Kriege, Revolutionen, der Bürgerkrieg, die Kollektivierung, Hunger, Zerrüttung und wieder Krieg –, sie standen fest auf ihren Regalbrettern, als wüßten sie schon im voraus, daß ihr Tag noch käme – wieder käme. Daß ihr Tag überhaupt keine Fristen kannte. »Das Gold wird abgerieben, das Schweinsleder bleibt«, auch sie wiederholten den naiven, genialen Refrain meines Lieblingsmärchens von Andersen. Das Leder ihrer Rücken war wirklich geblieben, sogar das Gold der hochtrabenden Worte »Allgemeine Kunstgeschichte« prangte noch darauf – diese Goldauflage war nicht abgerieben worden –, und eine Generation um die andere erfuhr wie ich verwundert, daß irgendwo in Rom bis heute die Trajanssäule steht und die marmorne Ariadne immer noch so vertrauensvoll schläft, den Arm unter dem Kopf, und nicht weiß, daß die Segel von Theseus' Schiffen schon weit draußen im Meer sind und sich die Anbauten der Schloßanlage von Versailles unter dem hohen, klaren Himmel immer noch so weitläufig nach beiden Seiten erstrecken.

Ich hatte mich in der Steppe auch zuvor nicht einsam gefühlt. Jetzt war sie nicht nur von mir vertrauten Menschen besiedelt – jetzt spannten sich über meinem Kopf die maurischen Bögen der Alhambra, und dort oben, wo ich zuvor nur einen geduldig kreisenden Geier gesehen hatte, verschwanden die Spitzen der Kathedralen von Reims oder Chartres in den Wolken. Die frühere Steppenwelt verblaßte keineswegs gegen diese Wunder – im Gegenteil! Erst jetzt erkannte ich, daß ein Distelblatt ebenso dekorativ und schön ist wie eine Akanthusschnecke an einer korinthischen Säule. Mir fiel auf, daß die uns wohlbekannten Kosakenfrauen, die auf der Straße vorbeigingen, im Gesicht und in der Haltung und sogar durch etwas in der Kleidung an die Amazonen erinnerten. Ich saß auf einem Kurgan oder auf dem Ast eines wilden Aprikosenbaums, der einsam an der Straße wuchs. Ich kannte die Länder der Welt und sah, daß die ferne, verwahrloste Eisenbahnlinie von Norden nach Süden führte. Der Norden war Leningrad. Das war Nils, der mit den Wildgänsen ins öde Lappland flog. Und der Süden waren die Alhambra, Rom und Athen.

Was bedeutete mir diese Alhambra? Warum durchschritt ich in Gedanken ein ums andere Mal ihren Löwenhof? Was fand ich dort, das mir in meiner Steppe fehlte? Ihren Marmor, ihren Luxus? Doch der war mir gleichgültig, unsere Armut hatte mich nie belastet. Wenn es mich zuweilen auch nach Leningrad zog, dann nur, weil dort irgendwo vielleicht noch unsere Zimmer und unsere Bücher waren, dort hatten wir unter unserem eigenen Dach gewohnt.

Was denn dann? War das schön? Was aber hieß schön, und wieso war es mir nicht egal, ob das schön war oder nicht?

Nicht einmal Mama verstand meine überraschende Leidenschaft für die »Allgemeine Kunstgeschichte«, meine Versuche, zeichnen zu lernen. Ich selbst fand die Erklärung dafür erst viele Jahre später. Das geschah, als ich bei Dostojewski gelesen hatte: »Durch Schönheit wird die Welt gerettet.« Verblüfft erkannte ich in diesem Satz den Schlüssel und die Formel. Ohne es selbst zu begreifen, hatte ich mich wie ein kleines, schwer verwundetes, wildes Tier verhalten, das halb durch seinen uralten Instinkt, halb durch die Unterweisung seiner Mutter unter den zahlreichen Pflanzen die einzige findet, die ihm helfen kann, seine Wunde zu heilen – und wenn es sie gefunden hat, läßt es sie nicht mehr los.

So war es auch. Durch ein Wunder hatte ich überlebt und war sogar gesund geblieben. Doch für die Seele reichte dieses Wunder nicht aus: Alles in mir war durch dieses monatelange Leben in Gegenwart des Todes, das selbst die Erwachsenen nicht hatten verkraften können, von Grund auf verdreht worden. Alles war in dem furchtbaren Blockadewinter vereist, als ein dünnes Scheibchen Brot am Tag unser einziger Schutz vor allem war: vor Hunger, Kälte, Dunkelheit, Granaten und Bomben, Leichen und Trümmern auf den Straßen. Und vor dem Gefrieren der Seele. Und dann die brennende, glühende Steppe, die Särge im Nebenzimmer, der deutsche Revolver vor dem Gesicht, die Unbehaustheit und Schutzlosigkeit, die Erschießungslisten. Ich spürte selbst, wie die Seele in mir klein wurde und schrumpfte, um sich im fernsten Winkel des ihr zugemessenen Raums zu verkriechen. Eine Selbsterhaltungskraft hatte mir durch meine Erstarrung und Gleichgültigkeit alles ferngehalten. Ich hatte ebenso verlernt, Angst zu empfinden wie unter dem Hunger zu leiden. Aber das war doch nicht normal. Und als meine Kräfte ausreichend wiedergekehrt waren, schwappte in diese Leere ein ganzer Strom krampfhaften Leidens und verspäteten Grauens vor dem Tod. Und das vermochte meine geschrumpfte Seele nicht mehr zu verkraften.

Mama tat alles, um mich aus dieser Hoffnungslosigkeit herauszuführen und mir zu zeigen, wo ich einen Lichtblick finden konnte. Aber was sie mich vor allem gelehrt hatte, war, daß ich die Hauptsache selbst schaffen mußte. Ich strengte mich an, so gut ich konnte, ich wollte unbedingt gesund werden. Und nach dieser wunderbaren Sternennacht hatte ich mich endgültig genesen gefühlt –

sogar noch gesünder, stärker und glücklicher denn je. Doch schon bald stellte sich heraus, daß das noch nicht alles war. Die Kraft blieb mir, aber dieses Glücksgefühl konnte ich nicht halten. Ich war genesen – wozu? Was weiter?

Mit zehn Jahren bauen alle Kinder ihre eigene Welt um sich auf, die ebenso fest und sicher bestimmt ist wie die Mauern des Hauses, in dem sie wohnen. Ich hatte kein eigenes Haus und keine eigenen Mauern. Ich hatte keine eigene Welt. Wir hatten keine Verwandten (von denen, die weit weg lebten, hatten wir schon lange nichts mehr gehört oder wußten fast nichts), ich hatte keine gleichaltrigen Spielgefährten, wir lebten ohne feste menschliche Bindungen, alles war provisorisch, in unserem Alltag gab es nichts Zuverlässiges und Stabiles. Und wie großzügig und weit sich auch der Sternenhimmel über mich gespannt hatte, wie sehr mich auch das vielstimmige Leben der Steppe anzog – zum Umherstreifen, Schauen und Staunen –, ich lebte dennoch inmitten von Trümmern. Die ruhelosen Winde bliesen aus allen vier Himmelsrichtungen über mich hinweg. Woraus sollte ich meine Welt bauen?

Als ich im Halbtraum die fremden Frauen von der Akropolis in Athen hatte kommen sehen, wollte ich sie wieder im Gneditsch suchen, und auch danach immer wieder. Sie hatten sich nicht nach mir umgeblickt, ich hatte sie nur kurz gesehen, aber es war eine tiefe Spur geblieben. Warum? Wer weiß, welche verwegenen Kapitäne, Goldsucher und Urmenschen in Tierfellen, die vom kostbaren Feuer träumten, sonst beim Einschlafen in der Dunkelheit durch mein Bewußtsein kreuzten? Aber sie ließen sich leicht verdrängen und wechselten einander ab, obwohl ich soviel über jeden von ihnen wußte und sie so deutlich sah. Ich wußte nichts über jene fremden

Frauen in Weiß, die, ohne sich umzublicken, an mir vorübergegangen waren. Über sie brauchte ich nichts zu wissen. Darauf kam es nicht an. Aber worauf denn?

Und ich war wieder bei derselben Frage: Was ist schön? Und was heißt – schön, und wieso ist es mir nicht gleichgültig, ob das schön ist oder nicht?

Als meine Urahnen irgendwo zwischen Pskow und Twer ihre Holzhäuser errichteten, warum mußten sie da die Fenster, Dächer und kleinen Vordächer mit durchbrochener Holzspitze umranden? Dadurch wurde das Haus doch weder wärmer noch komfortabler. Als andere Vorfahren von mir, Bäuerinnen aus der Gegend von Archangelsk, an den Winterabenden monatelang beim Schein des Kienspans Handtücher mit Kreuzstickerei schmückten, Spitzen klöppelten und das Festtagshemd mit Goldstickerei verzierten – warum machten sie das? Hatten sie nicht genug zu tun mit den Kindern, dem Ofen, dem Haus und dem Vieh? Konnte man sich die Hände nicht mit einfacher Leinwand abtrocknen, einen handgewebten Rock und ein buntes Kattunhemd anziehen?

Wenn ich die leichten Bögen der Alhambra betrachtete und mir vorstellte, wie sich dort den Augen ein Sonnenstrahl auf dem Marmor darbot oder ein kühler Schatten, ein Durchblick in den benachbarten Hof oder eine in den Weg gestellte Mauer mit einer rätselhaften, unverständlichen Inschrift, der Löwenbrunnen oder der blaue Himmel über dem Kopf, dann begriff ich nur, daß all das von Menschen gebaut worden war, die wie keine anderen das Leben liebten und sich daran erfreuten. Für sie war alles Freude: die Sonne und der Schatten, der Marmor, das Grün und das Wasser, die Großräumigkeit und der kleine Winkel, die Schlichtheit und der Luxus. Sie nahmen alles auf einmal und ordneten es so an, daß der Mensch, der ihnen durch die von ihnen erdachten Passagen folgte, alles so zu sehen begann, wie sie wollten, und ebenso glücklich wurde wie sie. Mir erging es jedesmal so.

Ich las alles über die Gotik, aber das war schwer und ging an mir vorbei. Ich wußte nur, daß die Menschen, die die Kathedrale in Chartres und den Dom zu Köln erbaut hatten, kühn und frei gewesen waren. »Stadtluft macht frei«, das verstand ich gut. Wenn ich die winzigen menschlichen Figürchen betrachtete, über denen die Säulen so furchtlos und stark in die Höhe aufragten, stellte ich mir den Erbauer nicht hier unten bei ihnen vor, sondern irgendwo draußen, auf dem unfertigen Turmhelm: Er schaute auf die kleine Stadt hinunter, und der Wind zerzauste ihm das Haar.

Damals konnte ich auch nicht annähernd Worte finden, um das zu beschreiben, was ich fühlte. Aber die Freude angesichts der Bögen und Höfe der Alhambra und die hochfliegende Begeisterung angesichts der gotischen Kathedralen waren so stark, daß ich mich noch heute lebhaft daran erinnere.

Ich hatte durchaus nicht den Eindruck, daß diese besondere Welt, die sich mir hier überraschend eröffnete, frei von Entbehrungen und Unglück war. Ich hatte über Mozart und Beethoven gelesen (obwohl ich ihre Musik nie gehört hatte, nur das, was Mama sang – wir hatten kein Radio). Eine gute Biographie über Puschkin gab es nicht, aber Mama erzählte mir viel über ihn und die Stätten, wo er gelebt hatte, das Wichtigste jedoch waren seine Gedichte. Am vertrautesten war mir das, was er über seine Verbannung in Michailowskoje schrieb, und die Zeilen, die Hunderte von Stadtkindern gleichgültig auswendig lernen – »Der Sturm bezieht den Himmel schwarz« –, trafen in meinen Augen auf uns zu, als ob sie für uns geschrieben wären. Besonders –

»Unsre arme, kleine Hütte
traurig ist sie und so dunkel …«

Und weiter ganz ungewöhnlich:

»Oder auf dem morschen Dache
hebt das Stroh zu rauschen an …«

Das war doch das Strohdach unserer Kate, wie oft hatte ich dieses Rauschen bei Unwetter gehört! Er kannte alles, womit wir lebten. Und selbst wenn er, um die Schwermut zu vertreiben, die Kinderfrau bat: »Sing mir das Lied, wie jenseits des Meeres still die Meise lebt« – waren das nicht unsere abendlichen Lesungen beim Schein der Funzel?

Aber verblüffend war auch, daß es in dieser Welt Menschen gab, die aus ihrer Trauer und Dunkelheit etwas machen konnten, was fremde Trauer und Dunkelheit erhellte. Das war das heilsamste Kraut, nach dem ich tastend suchte. Im Gneditsch betrachtete ich oft die Statue der verwundeten Amazone. Sie stand da, den Arm hinter den Kopf gerissen und das Gesicht zum Himmel erhoben, mit einem Ausdruck des Schmerzes und schweigenden Vorwurfs. Sie bezwang ihren Schmerz – und warum war darin nicht diese extreme Verzweiflung, wie ich sie gerade noch erlebt hatte? Was wußte sie, das ich nicht wußte? Oder was wußte der Bildhauer für sie? Ich verstand nur, daß mein Herz leichter und ruhiger wurde, wenn ich sie anschaute.

Dann merkte ich, daß dasselbe geschah, wenn ich mich überhaupt lange mit dem Gneditsch beschäftigte. Ich suchte kaum nach einer Erklärung dafür: Wichtig war, daß es geschah. Als wären die verwundete Amazone oder der Turmhelm einer gotischen Kathedrale mit der Macht ausgestattet, vor mir diese Höhe und Weite zu öffnen (das Aufreißen des Raumes spürte ich daran, daß mir plötzlich der Atem stockte), die mein Unglück nicht mehr so allmächtig und allumfassend erscheinen ließen, daß es die ganze Welt um mich erfüllte. Es wurde nicht schwächer und kleiner – ich selbst wurde fester und größer. Irgendeine Kraft setzte sich für mich ein.

Als ich mich viele Jahre später daran erinnerte und verstehen wollte, was mich sonst noch so an diesem Gneditsch angezogen, was ich in dem dicken Wälzer gefunden hatte, da stieß ich plötzlich auf eine weitere Lösung des Rätsels. Das Schwierigste an unserem Steppenleben war vielleicht nicht seine Armut und nicht einmal seine Gefahr gewesen. Sondern noch etwas anderes. Mit der Wurzel aus unserer Stadt und unserem Haus, aus unserer normalen Lebensform gerissen, waren wir hier fremd und besaßen keinerlei Rechte. Wir lebten nicht in unserer Wohnung. Wir heizten nicht unseren Ofen. Wir holten das Wasser nicht mit unserem Eimer aus unserem Brunnen. Wenn Tante Chwenja nach dem Geschirrspülen die Blechkannen, Tontöpfe und -schüsseln, Emailtöpfe und Einmachgläser über die Pfähle des Flechtzauns stülpte, brachten wir unseren armseligen Hausrat möglichst nicht auch hinaus: Wir besaßen fast nichts für zwei Familien. Nicht einmal die Erde, auf der wir gingen, gehörte uns. »Ohne euch blöde Russen haben wir auf unsrer Erde frei gelebt«, sagte mir einmal eine Verwandte unserer früheren Quartiergeberin (das war freilich lange her, als die Deutschen noch erwartet wurden).

Wenn ich im Gneditsch oder in anderen Büchern mit wunderschönen Abbildungen blätterte, geschahen erstaunliche Dinge. Alles war darin mein. Jede Marmorstatue, jede gotische Kathedrale, jedes Bild mit einer traurigen Madonna. Sie gehörten mir, kraft der Liebe und Begeisterung, die sie in mir weckten. Ich wußte lange nicht, wo die Nike von Samothrake steht, das war mir gleichgültig. Nachdem ich einmal den feierlichen Schwung ihrer Flügel gesehen hatte, trat ich nicht mehr aus dem Luftzug heraus, der durch dieses kraftvolle Auffliegen entstanden war. Doch auch sie verließ mich nicht: Es stand in meiner Macht, mich jeden Augenblick an sie zu erinnern und sie zu sehen. Sie war dort, wo ich war.

Ich wunderte mich später nie über die geizigen, eifersüchtigen Sammler, die ihre Schätze niemand anderem zeigen wollen. Das wäre ja noch schöner! Nur ein einziger Blick – und schon wird ein zufälliger Betrachter genauso zum Besitzer wie sie. Man kann das Kunstwerk verstecken und nie mehr hervorholen, doch der Usurpator erinnert sich an das, was er gesehen hat. Vielleicht hat er sogar – welch schlimmer Verdacht – mit diesem einzigen Blick mehr gesehen als der echte Besitzer. Wer ist dann der echte? Alles ist auf den Kopf gestellt, sämtliche Gesetze! Vielleicht verhält es sich aber auch umgekehrt, hat nur hier alles seinen richtigen Platz? Der ihm zu Recht gebührt?

Ich besaß keinen einzigen rötlichen Tontopf mit glänzender Glasur, wie ihnTante Chwenja zu einem Dutzend besaß. Aber ich hatte Alabasterkanopen aus den ägyptischen Pyramiden, minoische Schalen mit sich schlängelnden Kraken darauf, schwarz- und rotfigurige Amphoren, Hydren und Kratere. Darauf lagerten zechende Götter, kämpften Helden, schritten feierliche Prozessionen. Oder eine Schwalbe war einfach ins Zimmer geflogen, wo sie von einer jungen Frau, einem bärtigen Mann und einem Jungen erstaunt betrachtet wurde. »Sieh an, eine Schwalbe! – Ja, es stimmt, ich schwöre es bei Herakles. – Da ist er, der Frühling!«

Und von der Höhe dieses Reichtums aus gesehen verschwand unsere kleine Armut irgendwo im Schatten. Die griechische Vase mit der Schwalbe – hätte ich etwa eingewilligt, sie, die in meinem Bewußtsein lebte, gegen Tante Chwenjas Tontopf einzutauschen, der auf dem Flechtzaun in der Sonne trocknete? Er war nett, zuverlässig und arbeitsam, konnte aber nichts anderes sagen als: »Na, ich bin bereit, wo ist die Milch?« Und obwohl ich ihn sehr gern hatte, brauchte ich die Vase mit der Schwalbe weit mehr.

Aber dann besaßen wir doch das Allerwichtigste und Notwendigste, uns fehlte nur das, was wir leicht entbehren konnten. Mama hatte kein eigenes Zimmer, jedoch eine kühle Höhle voller Blumen im Pferdestall. Ich hatte eine Vase mit einer Frühlingsschwalbe und was sonst noch alles!

Ich glaube, nicht nur ich, sondern auch Mama war sich darüber nicht im klaren. Aber als ich viele Jahre später zu verstehen suchte, warum wir uns in diesem kargen Leben nie hintergangen oder beiseite gedrängt fühlten, warum wir manchmal unglücklich sein konnten, aber niemals gekränkt oder in unserem Stolz verletzt, da schien mir das die Erklärung zu sein.

Seltsam, daß mir bei meiner Beschäftigung mit der »Allgemeinen Kunstgeschichte« und danach mit anderen ähnlichen Büchern keine Kompaßnadel die Seite zeigte, die mich später so viele Jahre fesseln sollte, nämlich Frankreich. Das lag noch weit vor mir. In Kuschtschewka hatte ich schon »Dreiundneunzig« von Victor Hugo gelesen und mich daran begeistert, doch kein einziger Faden spannte sich von diesem Roman zu den Monaten, in denen ich mein Buch über Jacques-Louis David schrieb und mich in der Bibliothek der Eremitage nicht von den Erlassen des Nationalkonvents losreißen konnte, die aus den gehüteten Bücherschränken des Fürsten Lobanow-Rostowski stammten.

Das hatte keine Steppenwurzeln, sondern andere, aus Leningrad. Zur Zeit der Blockade.

Ich weiß noch gut, wie ich einmal in der Bibliothek der Eremitage saß. Ich war schon nicht mehr Kustodin, und meine ehemalige Chefin, Irina Nowoselskaja, hatte heldenhaft durchgesetzt, daß mir sogar der Zugang zur Bibliothek verboten wurde, nachdem ich gefordert hatte, Natalja Serebrjanajas Plagiat meiner unveröffentlichten Arbeit offen zu verurteilen. Es genügte ihnen nicht, mir einfach die Eremitage zu nehmen, sie wollten auch noch alles haben, was ich dort im Laufe von zwanzig Jahren gemacht hatte. Doch ich ging immer noch hartnäckig in die Bibliothek und schrieb an meinem Buch über David weiter.

An jenem Tag saß ich wie immer an dem riesigen Mahagonitisch für alle Benutzer, in einem Sessel am Fenster, das zum Schloßplatz hinausging. Geda hatte mir gerade eine Broschüre aus dem Jahr 1792 gebracht – Prozeßunterlagen gegen Ludwig XVI. Ich brauchte sie für den »Tod des Lepeletier de Saint-Fargeau«. Ein kleines Büchlein, auf grobes Papier gedruckt – an manchen Stellen standen die dicken Fasern oder gar Spänchen so hoch aus dem Blatt heraus, daß man die Buchstaben darunter nur mit Mühe entziffern konnte. Ich legte die Hand auf diese graue, rauhe Seite – und plötzlich gesellte sich mir das klare, durchdringende Gefühl von etwas Fernem, aber Unvergessenem und Unvergangenem zu. Natürlich. Das war es. Jetzt erkannte ich es. Das Scheibchen Kleiebrot aus der Blockadezeit. Das Achtel. Meine Handfläche erinnerte sich vor mir. Und da war ich mitten drin in dem unglaublichen, unumstößlichen Dreieck, das um mich herum gezogen war. Das hungrige, eisige Leningrad im Jahr einundvierzig. Das hungrige, wütende Paris zweihundert Jahre zuvor. Und irgendwo in der Ferne die Steppe – tief zugeschneit und die Bücher auf dem Brettertisch beim Funzelschein –, dort hatte das begonnen, was mich durch Jahre und über Kilometer hinweg hierher geführt hatte, zwischen die Schränke der kaiserlichen Bibliothek, damit ich diese Broschüre des Nationalkonvents in die Hand nähme, die alle Seiten des Dreiecks miteinander verband und schloß.

Doch das war damals alles noch weit weg!

Damals schwärmte ich für die Antike. Die griechische Mythologie und Homer kannte ich mit zehn Jahren wesentlich besser als heute. Die Hauptgötter zogen mich allerdings nicht sehr an. Das schrecklich-schöne Gesicht des Zeus deckte sich einfach nicht mit seinen Taten und den seltsamen Geschichten, in die er endlos verwickelt war. Als ob sein Leben und sein Gesicht verschiedenen Männern gehörten. Den schönen Apollo und die schöne Artemis haßte ich beinahe wegen Niobes Kindern: Die jungen, allmächtigen Götter, die vor den Augen der Mutter deren kleine Söhne und Töchter töten, konnte ich mir nicht ohne Abscheu vorstellen. Schon allein ihre Gesichter fand ich hochmütig und eiskalt.

Dafür liebte ich die einfachen, namenlosen, feenhaften Halbgötter und Halbmenschen heiß und innig, die in den Wäldern, Flüssen und Meeren lebten. Sie alle – die Faune, Dryaden, Nymphen, Nereiden und Tritonen – schienen mir sorglose, gutmütige Seelen zu sein. Keiner von ihnen hätte in einem Wutanfall oder aus Rache gänzlich unschuldige Kinder getötet. Und sie waren gut Freund mit den Bäumen, Quellen und Meereswellen – darum beneidete ich sie!

Und ebenso, wenn nicht gar noch stärker, beneidete ich die Amazonen, die furchtlos und ungestüm auf ihren Pferden durch die wilden Steppen ritten. Das war irgendwo ganz in der Nähe, man stelle sich vor, vielleicht galoppierten sie gerade über unsere Talmulde hinweg, um ihre Pferde in der Jeja zu tränken! Ich wäre gerne mit ihnen durch den heißen Wind gesaust, außer mir vor Freiheit und Weite, daß das Haar nur so auf dem Rücken flatterte, daß das Gesicht von der Gluthitze gestreift und von der Sonne schwarz verbrannt würde, der Köcher gegen die Hüfte schlüge und die Bronzeringe des Zaumzeugs klingelten!

Am meisten aber liebte ich die Geschichte der Argonauten. Ich liebe sie auch jetzt noch, und daran ist nichts Verwunderliches, weil sie eine jener Erzählungen ist, die den Menschen durch alle Altersstufen begleiten und in jeder die richtige Seite vor ihm aufschlagen, denn sie enthalten alles und geben auf alles eine Antwort. Die Jugend, der alles so leicht ist, möchte das Nahe um des Fernen und Unbekannten willen aufgeben, um einer wunderschönen Legende willen, die etwas vage verheißt; sie kennt kein größeres Glück als das Segel über dem Kopf, das schwankende Deck unter den Füßen und die Hoffnung auf Orkane und Ungeheuer. Und alle Hoffnungen erfüllen sich – Stürme, Drachen, Schlachten, Liebe, Zauberei und Wunder. Doch das Unerbetene geht ebenfalls in Erfüllung – Verrat, Grausamkeit, Verluste, gebrochene Eide –, dann flutet der Gegenstrom immer weiter weg, reißt die anderen in seiner Strömung mit, und der Mensch bleibt mit Alter und Leere allein. Das scheint ihm übrigens nur so: Wir aber wissen, daß das Leben, das er gelebt hat, bereits zur Legende geworden ist, die jetzt andere brauchen – ich zum Beispiel nach zweieinhalbtausend Jahren. Nichts vergeht. Niemand verschwindet.

Als ich einmal im Hof saß, im Gras unter den Akazien, und meine Lieblingssagen wieder las, setzten sich die Kosakinnen aus unserer Brigade zu mir, um ihren »salzigen Imbiß« einzunehmen. Bei dieser Hitze zog es alle in unseren Hof, um sich auszuruhen und die schlimmsten Stunden vorübergehen zu lassen. Nach dem Essen unterhielt man sich. Ich wurde gefragt, was ich denn da läse.

Voll Freude und Begeisterung darüber, daß ich mich jemandem mitteilen konnte, erzählte ich mit aller Leidenschaft lang und breit die Geschichte der Argonauten. Man hörte mir aufmerksam und mit Interesse zu, aber einen besonderen Eindruck machte sie nicht. Am meisten wurde ich nach der wirklichen Natur und dem realen Wert des goldenen Vlieses befragt; meine Zuhörerinnen überschlugen offenbar in Gedanken, ob sich das gelohnt habe. Besonderen Nachdruck legte ich auf die furchtbare Geschichte der Medea, da ich glaubte, diese Tragödie einer Frau gehe den Kosakenfrauen am meisten zu Herzen. Weit gefehlt. Mit Medea hatten sie kein besonderes Mitgefühl: »So eine Rabenmutter.« Das Übermaß der Leidenschaften befremdete sie offenkundig. Aufs äußerste empört, hielt ich eine flammende Rede, wie ein Anwalt vor Gericht. Die Wirkung war wiederum unvorhergesehen: Über Medea streiten wollten die Kosakenfrauen nicht mit mir, dafür lobten mich alle einhellig, daß ich wie ein Buch redete. Was wisse ich denn sonst noch über diese Menschen da, aus grauer Vorzeit?

Als ich gemerkt hatte, daß sie am liebsten etwas über Reisen und Schlachten hörten, begann ich ausführlich von den Irrfahrten des Odysseus zu erzählen. Niemals wieder hatte ich ein so wunderbares Publikum, weder auf wissenschaftlichen Konferenzen noch beim Unterricht vor meinen Studenten! Ich war verblüfft, diese harten, verschlossenen Frauen, die jeder Sentimentalität abhold waren, so verwandelt zu sehen: Ihre Augen glänzten, sie ließen den Rest Brot und Speck auf die Knie sinken, und jede neue List des Odysseus löste stille Begeisterung bei ihnen aus. Ihre Gesichter wurden zutraulich und offen, als wären ihre Züge weicher geworden, und ließen ungehemmte Neugier und Mitgefühl nach außen dringen. Die Sirenen sangen und sangen, doch alle auf dem Schiff hatten ihre Ohren mit Wachs verstopft, nur Odysseus hörte diesen Zaubergesang, aber er war am Mast festgebunden. Und er riß verzweifelt an seinen Fesseln, um zu den Sirenen zu stürzen ... »Wieso hat er denn seine Ohren nicht verstopft? – Haste nicht gehört, er wollte doch wissen, wie sie singen, die Sirenen, verstehste!«

Sie beugten sich ungeduldig zu mir vor, und hinter mir seufzte jemand: »Ich halt's nicht aus ...« Mir war nicht klar, ob da jemand Angst um Odysseus hatte oder einfach das Gedränge unerträglich fand. Hatte ich nie wieder solch ein Publikum, so legte ich mich auch selbst nie wieder so vor meinen Zuhörern ins Zeug, weder auf der Bühne des Eremitage-Theaters noch in einem Moskauer Saal vor grauen Wissenschaftlern und unbarmherzigen Kritikern. Odysseus, der mit präzisen Schlägen die verwirrtesten Netze durchhieb und Breschen in die felsigsten Mauern schlug, er setzte alle in Erstaunen: Er wußte, wie der als Mädchen verkleidete Achilles unter den Töchtern des Lykomedes zu finden war, er schaffte es, seine Gefährten aus der Höhle des Menschenfressers Polyphem herauszuführen oder sich vor Skylla und Charybdis zugleich zu retten. Penelope aber wartete immerzu auf ihn, webte des Tags und trennte des Nachts das Gewebte wieder auf, immer im Glauben, daß er zurückkehren würde – das war meinen Zuhörerinnen vertraut, schließlich warteten sie auch fast alle und glaubten ebenfalls an die Rückkehr ihrer Männer. Irgendwo, nun schon weit weg von uns, war immer noch Krieg, und allen war klar, daß er noch lange und grausam geführt werden würde. Jetzt schauten sie mich nicht mehr offen und neugierig an – in sich gekehrt, hatten sie den Kopf gesenkt und nestelten schweigend an den Rockfalten. Penelope aber zog den Telemach auf, wartete und webte. Und die Jahre vergingen.

Von da an wiederholte sich das Ganze fast täglich. Zur Mittagszeit war ich umringt von ungeduldigen Zuhörerinnen. Bald baten sie, ihnen die Geschichte von gestern noch einmal zu erzählen, bald forderten sie eine neue. Jetzt verlangten sie schon meine Bücher (und gingen sehr sorgsam mit ihnen um) und betrachteten die Abbildungen darin: Wer ist das? Und der? Und die?

Sie waren fassungslos über die Fülle der griechischen Götter und den ungeordneten Pluralismus des Olymp, wo unversöhnliche Interessen aufeinanderprallten und die Götter sich in die Angelegenheiten anderer Götter, aber auch der Menschen einmischten. Auch später bemerkte ich an einfachen, unabhängig denkenden Menschen dieses hochparteiische Interesse an den rein menschlichen Gestalten der fremden Religion, nicht an deren Botschaft. Für sie war der menschliche Wesenskern eines Gottes auch der Wesenskern der Religion. Auf einer Expedition nach Swanetien sprang mir das richtig ins Auge. Die Swanen, eine Volksgruppe des Kaukasus, bekennen sich zum Christentum, doch ihrer ganzen Lebensform nach sind sie Heiden. Sie verehren die Sonne, rufen die Seelen der Verstorbenen an, und in ihrem Hauptheiligtum Kwirike (die Kirik-und-Iulita-Kirche), einer von Pfählen eingefaßten, riesigen Koppel, türmten sich Berge von wunderschönen Hörnern des Kaukasischen Steinbocks auf: Es waren alles Opfergaben der Jäger. Unsere Arbeit in ihren Kirchen beobachteten die Swanen voller Besorgnis (wie alles, was die Fremden taten), doch auch mit Respekt und sichtlichem Wohlgefallen. Sie schmeichelte ihnen. In der Nähe von Mestija (wohl in der Siedlung Lendscheri) kamen einmal zwei ältere Swanen zu mir in die Kirche – sie hatten mich natürlich nur deshalb ausgewählt, weil ich nicht fotografierte, nichts vermaß und notierte, sondern nur da stand und die Fresken unverwandt anschaute, also nichts tat. Ob ich die Götter kenne? Ja. Stimmt es, daß Issa Christ der Hauptgott ist? Das stimmt. Der allerhöchste? Ja. Höher als Dschgrag (Georg)? Und als Tewdor (Theodor)? Ja.

Sie sahen mir mißtrauisch und fordernd in die Augen. Wieso der höchste? Ich war auf diese Frage nicht vorbereitet, mußte aber eine Antwort geben. Er hat am meisten für die Menschen getan. Er ist der gütigste.

Das Mißtrauen in ihrem düsteren Blick verwandelte sich in harte Ablehnung. Eine Steinmauer. Unannehmbar.

Sie ließen mich stehen und gingen zu Renée Schmerling. Ihr graues Haar, ihr strenges Aussehen und ihr vorzügliches Georgisch verbürgten zuverlässig die Wahrheit. Aber auch ihre Antwort stellte sie nicht zufrieden. Das konnte nicht die Wahrheit sein. Dschgrag auf dem Pferd, Dschgrag hat ein Schwert, er ist ein Krieger. Christus hat nichts von alledem. Wie kann er höher sein? In diesem Land, wo sich sogar die halbwüchsigen Burschen, die uns über den Paß begleiteten, wo uns überhaupt nichts drohte, ihre eigenen Gewehre umhängten (vom Dolch am Gürtel ganz zu schweigen, kein Mann trennte sich ab dem elften Lebensjahr davon), konnte ein unbewaffneter Gott nicht höher als ein bewaffneter sein. Und was konnte er schon für die Menschen tun, ohne Pferd und ohne Schwert?

So waren auch meine erwachsenen Freundinnen aus dem Kubangebiet (jetzt waren wir wirklich Freunde geworden) von Kind auf an die strengen, traurigen Antlitze gewöhnt, die sie stumm aus der Ecke der Wohnstube anschauten, deren Fensterläden fast immer geschlossen waren, so daß darin ein kühles Halbdunkel herrschte und das Gefühl bewahrt wurde, hier sei das Herz des Hauses: die Ikone mit dem ewigen Licht, das Brautfoto der Großmutter mit dem neben ihrem Stuhl stehenden georgischen

Kavalier, die Fotos des Hausherrn und seiner Söhne, die an der Front waren; die schönsten Stickereien und teuersten Decken auf dem Bett, das beste alte Geschirr auf dem Wandbord oder in der Anrichte. Doch über diese ganze Pracht des Herzraums hinweg, in noch größerer Höhe, blickten den Eintretenden die traurigen, allwissenden Augen von den Ikonen herab an, die auch ohne Beichte jeden Fehltritt erkannten. Wenn ich einmal, was sehr selten vorkam, unsere ehemalige Quartiergeberin oder Tante Chwenja vor der Ikone antraf, hatten sie beide einen gleich verlegenen, schüchternen Ausdruck, der ihnen sonst nicht eigen war. Konnte man aber angesichts der vielstimmigen Schar griechischer Götter Schüchternheit empfinden – dieser leidenschaftlichen, vergeßlichen, freigebigen, kleinlichen, sündhaften Götter?

»Und wer ist das?« fragten sie mich und zeigten auf eine Reproduktion des Dionysos von Praxiteles. Ich erklärte es ihnen ausführlich. »Was, für den Wein haben sie auch einen Gott?« staunten sie. Das war in ihren Augen überflüssig – aber die Existenz Merkurs und besonders Demeters hießen sie zweifellos gut. Die Geschichte Proserpinas rührte sie wesentlich stärker als die Medeas (»das ist nicht recht: da wartet man auf ein Kind, und dann …«). Dafür blieben sie Apollo, Artemis, den Musen und den Grazien gegenüber vollkommen gleichgültig. In meinem Alter war es nicht verwunderlich, daß ich fast die gesamte Bevölkerung des Olymp Revue passieren ließ, bevor ich mich dazu aufraffte, von der Göttin der Liebe zu erzählen. Und auch dann erwähnte ich sie nur beiläufig, ohne daran zu denken, weiter ins Detail zu gehen. Aber da hatte ich mich verrechnet!

Die Kunde, daß es bei den Griechen auch diese Göttin gab, löste ein vulkanisches Explosionsgemisch aus Begeisterung und Neugier aus. Ich durfte gar nicht anfangen zu erzählen, bevor sich nicht alle, die ihr Mittagbrot verzehrten, aus sämtlichen Ecken des Hofes und der Kate versammelt hatten. Gut, daß Nikifor Kondratjewitsch nicht in der Nähe war, sein ganzes Wohlwollen für uns wäre verflogen, wenn er gesehen hätte, aus welchem Grund sich die Mittagspause in seiner Brigade so in die Länge zog.

Eines schönen Frühlingsmorgens also rollten die Wellen wie immer auf den Strand einer griechischen Insel. Sie lag mitten im warmen, blauen Meer, in dem die Delphine plantschten. Ihre Strände waren aus weichem Sand, weiter weg auf den Hügeln wuchsen Olivenbäume, und vom Meer aus konnte man Tempel aus weißem Marmor zwischen ihnen erkennen. Dann begann das Gebirge, dort weideten Schafe auf den Wiesen. Und wie überall lebten Dryaden in den Wäldern und im Wasser Nereiden, das war das Gleiche wie unsere Nixen. Im warmen Ionischen Meer gab es sicher viele solcher Inseln, aber nur auf dieser geschah es einmal, daß sich immer mehr Meeresschaum vor den Felsen ansammelte und in der Sonne schillerte wie niemals zuvor … (Ich hatte noch nie ein Meer gesehen und keine Ahnung, wie der Wellengang aussah, den Schaum kannte ich nur aus dem Waschtrog). Plötzlich entstieg ihm eine wunderschöne junge Frau. Sie blickte in die Runde und lächelte. (Ich sah nur die schlechte Reproduktion von Botticellis Gemälde – darauf war nicht zu erkennen, daß die Venus, auf dem Innenrand der Muschel stehend, mit entsagungsvollem Schmerz vor sich hinschaut. Aber ich war erst zehn Jahre alt und hätte Botticelli ohnehin nicht geglaubt. Nachdem sie über den regenbogenfarbig schillernden Schaum geschritten war, mußte die Venus natürlich allem zulächeln – dem Meer, den Delphinen, den weißen Säulen und ihrer Schönheit.)

Die Ehe von Venus und Vulkan regte alle auf und wurde lang und breit erörtert. Hatte sie ihn selbst geheiratet, oder war sie mit ihm verheiratet worden? Was, hatten die keinen Besseren als dieses Hinkebein? Na, ein Hinkebein geht ja noch, immerhin hatte er keinen Buckel. Du sagst es! Wenn's auch noch ein Buckliger gewesen wär! Schließlich war sie wunderschön, noch dazu eine Göttin! Wie sind sie denn mitnander ausgekommen?

Es stellte sich heraus, daß sie nicht gut miteinander auskamen, und Mars' Erscheinen auf der Bühne wurde allgemein begrüßt: Wer sonst taugte für die schönste Göttin, wenn nicht ein tapferer Soldat. Vulkans eifersüchtige Wachsamkeit ließ alle die Ohren spitzen und vor Spannung aufstöhnen, das Publikum teilte sich in seiner Erregung: Die einen feuerten mich an, weiterzuerzählen, die anderen wollten zuerst ihre Meinung äußern – wo sie eine Göttin ist, darf sie auch ihren Spaß haben! Aber was wäre mit einer einfachen Frau gewesen? Plötzlich setzten sich viele für Vulkan ein – wieso hat sie ihn denn zuerst geheiratet? Ist man mal verheiratet, muß man's eben ertragen! Da erinnerten manche sogar an Penelope und hielten sie der treulosen Venus als Musterbeispiel vor.

Aber als Venus und Mars im Netz gefangen waren, das der kunstreiche Vulkan angefertigt hatte, war ich wiederum verblüfft – eine Flut grenzenlosen, unbändigen Jubels überspülte mich aus allen vier Himmelsrichtungen zugleich. Alle ohne Unterschied in Alter und Charakter schütteten sich aus vor Lachen. Schadenfreude? Nein, nichts dergleichen. Hatten sie für Vulkan Mitgefühl? Auch nicht, vielmehr schon, aber nicht für ihn allein, sie hatten erstaunlicherweise für alle drei Mitgefühl – »die sind zwar Götter, aber es geht ihnen genauso wie den Menschen!« Da sie aber Menschen waren, einfache, sündige, normale, da brach auch bei ihnen plötzlich etwas durch, das ich bei diesen wortkargen, verschlossenen

Frauen noch nie zuvor erlebt hatte: Verständnis, Verzeihung, heitere Seelengröße. Die eine verurteilte für ihre Person jemanden, die andere freute sich für ihre Person über etwas, aber alle zusammen, die ganze Schar lärmender Kosakenfrauen, wollten weder urteilen noch verurteilen – nur verstehen.

Hatte uns anfangs auch vieles getrennt, so hatten diese Kubankosakinnen doch schon sehr bald meine unwillkürliche Achtung und Zustimmung gewonnen. Selbst bei Meinungsverschiedenheiten konnte man klar, fest und offen mit ihnen sein. Irgendwie gewöhnte ich mich daran, gerade Schultern, einen ungebeugten Hals, nicht gesenkte Augen, eine feste Meinung und die Aufrichtigkeit, sie zu äußern, als schlichte Norm menschlichen Verhaltens zu betrachten. Mir kam gar nicht in den Sinn, daß dies in unseren Tagen nur noch auf wenigen Inseln der Fall war und ich zufällig auf eine davon geraten war. Noch weniger verstand ich, wie das hieß, nämlich innere Freiheit. Von Freiheit hatte ich ganz andere, kindliche und aus Büchern angelesene Vorstellungen. Sie erschien darin geläutert und offensichtlich, den Mantel der Selbstlosigkeit um sich drapiert und auf dem Sockel des Edelmuts stehend. Ich hätte den Kosakenfrauen die Freiheit wesentlich früher angesehen, wenn sie mich, das ausgezehrte, hilflos an der Schwelle stolpernde Kind, nicht mit so gleichmütiger Erwartung angestarrt hätten. Wenn sie vor Mama und mir nicht die Türen geschlossen hätten, als wir auf der Flucht vor den Deutschen durch die Steppe gegangen waren. Wenn sie uns nicht unsere letzten Kleider und Großvaters Kreuz im Tausch gegen ein Säckchen Mehl und ein Stück Speck abgenommen hätten – vom einen wie vom anderen hatten sie so viel im Hausflur und im Vorratskeller. (Oder schien mir das damals nur so, nach dem Hunger in Leningrad?)

Ich vermochte nicht zu begreifen, daß sich ein und dasselbe Gefühl in gegensätzlicher Gestalt zeigen kann. Mama und ich liebten die Unabhängigkeit ebenfalls über alles. Aber für uns Städter bedeutete dies, daß wir um ihretwillen auf vieles verzichten mußten. Ich hatte seinerzeit durch die Tür Gesprächsfetzen mitgehört; mein Vater und meine Mutter unterhielten sich über irgendwelche Versammlungen, auf denen irgend jemand erklärt hatte, er sage sich von seinem Freund oder Ehemann oder gar Bruder los. »Bloß wegen seiner armseligen Karriere ...«, sagte Mama. Ihre Stimme war scharf, schonungslos wie sonst nie. Ich verstand die Worte, begriff aber nichts. Karriere bedeutete die Arbeit eines Menschen, sich lossagen bedeutete verzichten, aber was hatte ein Bruder mit der Arbeit zu tun? Und wie sollte man auf ihn verzichten, davon hörte er doch trotzdem nicht auf, der eigene Bruder zu sein? Großmutter sagte von jemandem, er lebe in Not, sei aber ein redlicher Mensch geblieben und habe Gott sei Dank ein ruhiges Gewissen. »In Not leben« und »ein redlicher Mensch bleiben« näherten sich irgendwie ständig weiter an. Not wurde etwas sehr Würdiges und Achtbares. Man brauchte sich nur daran zu gewöhnen, bis auf das Notwendigste auf verschiedene Dinge zu verzichten. Wenn Jelisaweta Nikolajewna Mama zuredete, sie solle mit den Kosakenfrauen doch mehr handeln, antwortete sie gewöhnlich: »Na, bedeuten diese Fummel denn irgend etwas? Ich bin froh, wenn sie ihnen etwas wert sind. So werden wir wenigstens eine Woche lang satt. Eine ganze Woche leben!«

Den Kosakinnen war dies wirklich etwas wert. Weil auch sie die Unabhängigkeit liebten. Aber für sie hieß das: Es muß alles im Haus sein, für ein Jahr im voraus, und für die Kinder muß auch noch etwas bleiben. Weil Not bedeutet, daß man jemanden bitten, sich etwas von ihm leihen und sich ihm verpflichten muß. Not ist Abhängigkeit. Wenn Truhen gefüllt und der Vorratskeller voll ist, das ist die wahre Freiheit, dann ist man sein eigener Herr.

Es ist ein großes Glück für die Menschen, daß sie neben ihren gewohnten Begriffen auch noch eine unermüdlich tätige Intuition haben. Sie weiß besser als die Menschenköpfe, wo im aufgeweichten Schlamm fester Grund für eine gerade Straße ist, wo statt einer blinden Mauer alles offen sein muß, und legt die Straße an und trägt die Mauer ab. So war es auch mit uns. Allen Anzeichen nach hätten wir uns mit den Kolchosarbeiterinnen aus der Gemüsebrigade über nichts einigen können, hätten uns gereizt und feindselig voreinander abschotten müssen – aber wir hatten Freundschaft geschlossen, trotz allem. Wir lernten allmählich und hatten schließlich gelernt, unter dem abweisenden Schein das Vertraute zu erkennen, unter der verschlossenen Fremdheit die unmittelbare Verwandtschaft. (Wie oft in meinem späteren Erwachsenenleben war es dann umgekehrt: Die kindliche Intuition war vergessen, ich glaubte Worten und dem äußeren Schein. Und der Mensch, der genauso sprach wie ich, ging mich denunzieren.)

Wenn ich später zu verstehen und mich zu erinnern suchte, womit die Veränderung in unserem Verhältnis begonnen hatte, fand ich schließlich die richtige Stelle. Natürlich damals, als wir die Okkupation überstanden und im Rückblick darauf deutlich begriffen hatten, daß uns niemand verraten hatte. Keiner der wenigen Deutschen, die in die Gemüsebrigade kamen, hatte offenbar den Verdacht, daß dort jemand wohnte, noch dazu zwei Familien aus Leningrad, noch dazu die Frau und Tochter eines kommunistischen Frontoffiziers. Keiner ihrer einheimischen Begleiter hatte ihnen etwas gesagt. Dabei wäre es so einfach gewesen, den verdrossenen Gast mit der überraschenden Information milde zu stimmen: Was soll ich machen, die Kartoffeln sind faul, die Rüben sind alle, aber Sie sind trotzdem nicht umsonst hergekommen – haben Sie nicht gehört, daß hier Leute aus Leningrad wohnen? Wenn Sie schon mal da sind, wollen Sie nicht nachsehn?

Warum wollten die Einheimischen, daß wir überlebten? Wir waren ihnen fremd, von unserer Geburt, von unserem ganzen Leben und vor allem vom Denken her. Die Deutschen hatten sie als Verbündete erwartet. Warum verhielten sie sich, wenn sie mit den Deutschen in unseren Hof kamen, so, als wären sie mit uns verbündet?

Ich fragte Mama danach. An ihrem Tonfall merkte ich, daß sie meine Frage nicht überraschte. Aber sie antwortete nicht mit einer Erklärung, sondern mit einer Gegenfrage:

»Weißt du noch, wie oft sie in unserer Gegenwart auf die Sowjetmacht geschimpft haben? Wir fanden das schlecht, aber wärst du zu den Behörden gegangen und hättest erzählt, was sie gesagt haben, und mit dem Finger auf sie gezeigt?«

»Ich?« erschrak ich. »Aber nein!«

»Siehst du«, sagte Mama.

Sie nahm den leeren Eimer von der Bank und ging in den Hof hinaus.

Das bedeutete, daß ich mir selbst einen Reim drauf machen mußte.

Ich strengte mich mit aller Kraft an, hatte aber offensichtlich nicht genug. Ich verstand nicht einmal meine eigene Antwort, die mir gerade entfahren war. Wieso wäre ich nicht hingegangen? Schließlich war es doch unsere Pflicht, furchtlos zu entlarven. War es etwa gut, daß ich nicht gegangen wäre, nicht hätte gehen wollen?

Hier begannen sich meine kurzen Gedanken zu verheddern und zu stolpern. In diesem ganzen Wirrwarr war nur eines klar: Die Kosakenfrauen und wir mußten uns in irgend etwas sehr ähnlich sein. Sie wollten uns nicht verraten. Und ich hätte sie nicht verraten wollen. Und Mama natürlich auch nicht. Aber wir waren doch so verschieden. Folglich war das nicht das Wichtigste. Was aber war es dann?

Ich hatte plötzlich das Gefühl, als müsse ich eine lange, lange, schwierige Straße gehen. Na, wenn schon? Nichts konnte besser sein als unsere Straße, aber auch nichts einfacher – geh zu, ohne an etwas zu zweifeln, ohne irgendwo zu verweilen, über dir steht die Sonne, vor dir siehst du weit in die Ferne, wie leicht und weiträumig alles ist! Aber dies war eine andere Straße, hier war nichts einfach, und eine unbekannte Angst beschlich mich: Man konnte sich auch verirren, nicht ans Ende gelangen und überhaupt verlorengehen, ohne etwas verstanden zu haben. Und das Gefühl, ich müsse diese Straße gehen, war gar nicht leicht und freudig. Doch verlassen konnte ich sie nicht. Warum hatten uns die Kosaken nicht verraten, und warum hätte ich sie nicht verraten?

Die Tür flog auf, und Nira stürmte atemlos herein.

»Mikola fährt Heu in den vierten Abschnitt, er hat gesagt: Setzt euch drauf, und ich darf auch mit, und zurück auch, aber er hat gesagt, du sollst das mitnehmen, das Dings da, das die Pferde im Gesicht haben, er hat gesagt, du weißt, wo es ist! Und den Eimer auch, in der Gartenbrigade gibt's schon Äpfel, na, mach schon!«

Wie ich so im Kreis meiner erwachsenen Freundinnen saß, nahm ich unmerklich für mich selbst immer stärker ihre ausgeprägte, schwungvolle Lebensfreude an und lernte, wie sie mit voller Brust zu atmen und hartnäckig auf dem eigenen Standpunkt zu beharren. Unsere mühsam erworbene Nähe ließ nicht die Ungezwungenheit und Aufgeschlossenheit zu, wie man sie in einer spontanen, herzlichen Freundschaft mit Menschen erfährt, mit denen man sich auf Anhieb versteht. Aber aus irgendeinem Grund, vielleicht gerade durch diese Erschwernis, bedeutete sie uns mehr als jene andere Freundschaft. Sie war uns nicht als Geschenk des Himmels zugefallen, als glückliche, unbeabsichtigte Begegnung. Wir hatten sie mit unseren eigenen Händen in langer, grober Arbeit aufgebaut, indem wir Monat um Monat die zwischen uns aufgetürmten Sperren aus Unverständnis, Vorurteilen und angeborener Verschiedenheit abgetragen hatten. Bei dieser schweren Arbeit hatten wir etwas sehr Wichtiges begriffen und etwas sehr Notwendiges gelernt.

Es war eine unbeschwerte, glückliche Zeit: volle Übereinstimmung und Vertrautheit mit allem und allen um uns herum. Wir gehörten jetzt dazu. Nach langer Anspannung, Fremdheit, Eingewöhnung und aufmerksamem Zuschauen hatten wir uns in das hiesige Leben eingefunden, und es hatte uns endgültig angenommen.

Doch das dauerte, soweit ich mich erinnere, nicht lange. Schon bald fand eine Veränderung statt – nicht bei Mama und mir, aber für uns war es auch ein Hinweis darauf, daß die Veränderungen begannen und sich auch in unserem Leben etwas bewegen könnte und müßte. Unser soeben erst gewonnenes stabiles Lebensgefühl kam wieder ins Wanken.

Jelisaweta Nikolajewnas Mann kam, um sie und die Kinder nach Leningrad zu bringen. Ich weiß nicht mehr genau, wie ihre Situation war. Er war wohl gar nicht an der Front, sondern arbeitete in einer geheimen Fabrik, wo man vom Wehrdienst freigestellt wurde, der Krieg und die Blockade hatten ihn nicht in Leningrad angetroffen –

so war es gekommen, daß seine Familie ohne ihn evakuiert worden war. Jetzt kam er sie holen. Ich habe ihn überhaupt nicht mehr in Erinnerung, weiß nur noch, daß er mir als ein unzeitgemäß in sich ruhender, zufriedener Mensch erschien. Vielleicht kam das daher, daß er auf dem Hof der Gemüsebrigade und in unserer Kate herumging und sich dabei mit heiterem, herablassendem Erstaunen umschaute wie ein weißer Mann, der in ein Eingeborenendorf geraten war. Als ich seinem Blick folgte, sah ich wohl zum erstenmal die Risse in der Decke und die Flecken an den Wänden, wo die weiße Farbe abgeblättert war. Na und? Es kränkte mich für unsere Kate. Ich war definitiv keine Weiße. Ich war eine Eingeborene.

Tante Chwenja teilte uns unverzüglich mit, daß wir ein neues Leben beginnen würden – ein ganzes Zimmer für uns zwei! Doch uns beide wollte das nicht freuen. Zwischen uns und Jelisaweta Nikolajewnas Familie bestand keine so große Nähe – Mama und sie waren ganz verschiedene Menschen, und für mich war Dagmara zu groß, schon fast erwachsen, und Nira viel zu klein. Aber wir hatten in der schwersten Zeit einträchtig und gut zusammengehalten. Wir hatten in der Vergangenheit denselben Todestransport überstanden und noch weiter davor Leningrad. Das verband uns fest. Und wir hatten an jenen Winterabenden gemeinsam beim Funzelschein am Tisch gesessen, Puschkin und Gogol gelesen, während draußen der Schneesturm tobte. Das war auch eine Verwandtschaft, und was für eine!

Jetzt packten sie in freudiger Aufregung ihre Sachen. Ich hätte sie beneiden können, aber ihre Freude hatte seltsamerweise etwas Fremdes, fast Beleidigendes für mich. Was, wenn Mama und ich auch nach Leningrad fahren könnten? Vorläufig war das unmöglich, es war immer noch eine gesperrte Stadt, man mußte nahe Verwandte haben – wir hatten dort niemanden mehr – oder von jemandem eine besondere, von den städtischen Behörden beglaubigte »Einladung« erhalten, die bestätigte, daß man dort von irgend jemandem gebraucht wurde. Aber wenn wir könnten, würde ich mich dann auch so freuen? Das konnte ich mir nicht vorstellen.

Mama war seit dem Morgen bei der Arbeit im Feld. Ich hatte keine Lust, Jelisaweta Nikolajewnas glückliche Packerei zu stören. Ich steckte mir ein Stück Brot und eine Tomate ein und ging in die Steppe – immer der Nase nach.

Merkwürdig, vielleicht aber auch gar nicht merkwürdig, daß ich an diesem Tag eine Richtung einschlug, die ich sonst selten nahm. Ich ging auf die Straße – auf die aus jener Nacht –, dann am Sonnenblumenfeld entlang, ohne sie diesmal zu besuchen, bog dann auf dem Rain nach links ein, bis das Feld aufhörte und das Gleisbett der Eisenbahn vor mir lag.

Auf der Strecke von uns aus nach Kuschtschewka gab es eine kleine Bahnstation oder auch nur einen Haltepunkt – Tschernomorka. Dort zweigte eine Trasse ab, die nach Süden zum Schwarzen Meer führte. Das war unsere nächste Nachbarschaft: zwei oder drei kleine Häuser, wenn ich mich richtig erinnere, in denen ehemalige Eisenbahner wohnten. Ich hielt mich dort gerne auf, besonders wenn die uralten, weit ausladenden, weißen Akazien blühten. Diese riesigen, duftenden Bäume und der dichte Schatten unter ihnen war eine solche Seltenheit in unserer Gegend, daß ich mir wie in einem anderen Land vorkam.

Jetzt lag Tschernomorka weit hinter mir, und wenn ich mich umblickte, sah ich nur die Baumwipfel. Weit und breit war nichts und niemand. Ich stand allein auf dem verwilderten Bahnkörper. Zwischen den Schwellen wuchsen Büsche von Barbarakraut mit leuchtend gelben Blütchen. Die Strecke war gar nicht mehr an Züge gewöhnt, erinnerte sich aber noch an sie. Durch die vertrauten Düfte des heißen Steppenneulands, der blühenden und vertrocknenden Kräuter, drang hier deutlich ein Geruch, der gar nicht zu den anderen paßte: vielleicht nach den in der Sonne erhitzten Gleisen und altem Schmierfett, vielleicht nach den mit irgend etwas getränkten Schwellen oder den längst angetrockneten Ölflecken. Es war ein fremder, unverständlicher und störender Geruch.

Morgen wird Jelisaweta Nikolajewna abreisen. Und wir bleiben allein. Wirklich? Jetzt wußte ich schon, daß wir nicht blieben. Ich verspürte keine Freude darüber. Mich schmerzte allein schon der Gedanke, daß ich die Steppe verlieren würde. Doch die harte Disziplin der Kriegsjahre hatte mir früh die Worte »es muß sein« und »es geht nicht anders« beigebracht. Jelisaweta Nikolajewnas Abreise war die Benachrichtigung von unserer eigenen – in einem halben Jahr, in zwei Jahren, in jedem Fall würden wir abreisen müssen. Es ging nicht anders. Das wußte ich.

Der Krieg war noch in vollem Gang. Wir waren irgendwelchen dumpfen, unterirdischen Ausschlägen einer unsichtbaren, aber gewaltigen Schwingung ausgeliefert. Der eine hatte uns hierher in die Steppe geworfen. Jetzt kam der Gegenschwung auf uns zu und gewann immer mehr Kraft. Hier stand ich also allein auf der Strecke, auf der keine Züge mehr fuhren, die aber immer noch eine Strecke von irgendwo nach irgendwo war, als ob ich hier besser verstehen könnte: Wohin? Wann? Und wie wird das alles enden?

Doch ich verstand nichts besser. Die Strecke und alles im Umkreis war verlassen. Nicht einmal Geier gab es am hellen, klaren Himmel. Nur der Wind war hier auf dem offenen Bahndamm stärker als in der Steppe. Rechts von mir wiegten die Sonnenblumen ihre Köpfe, links auf dem Neuland liefen leichte, trockene Wellen durch das Steppengras. Der Wind wehte von Süden, und ich ging ihm aus irgendeinem Grund entgegen. Ich ging sehr langsam, als ob ich noch etwas zu entscheiden hätte, als ob ich die Strecke erst ausprobierte.

Ich wußte gar nichts. Die Zukunft erschien mir wie ein leeres Blatt Papier, auf dem noch kein einziges Zeichen stand. Indessen hatten schon sämtliche Mitverfasser meines Horoskops hinter meinem Rücken alles miteinander abgesprochen: das Porträt meines Großvaters mit meiner Kindheit ohne Schule; die »Allgemeine Kunstgeschichte« mit den Schneestürmen, die vor dem Fenster tobten, während wir beim Funzelschein lasen; die Leningrader Blockade mit der sommerlichen Steppenstraße in der Sternennacht. Fast alles war schon vorhergesagt.

Doch von alledem wußte ich nur eins: Der Abschied von der Steppe, der Strecke und der Straße stand uns bevor. Ich machte ja gerade die ersten unsicheren Schritte, wie ich so langsam von einer grasüberwucherten Schwelle auf die andere trat.

Ja, ich war bereit.